# 九乐集

回良玉 / 著

中国言实出版社

快乐是生命情感的花朵，是生活幸福的标签，是友好和谐的展示，是洒向人间的爱意。快乐也是工作事业之目的，美好人生之憧憬，强身健体之定律，安身立命之法宝。快乐是多元的并有着丰富的精神内涵和家国情怀；快乐是多层次的并展示着鲜明的时代色彩和心灵情感；快乐是成功的并且是人世间成本最低和风险最小的成功。总之，学会快乐是一种能力，认知快乐是一种胸怀，创造快乐是一种境界，分享快乐是一种品格，永远快乐是人的睿智。

——回良玉

# 自 序／

　　前一段时间，我结合自己工作经历和生活体察，就人之情做了一些回顾和浅释。所写的散文随笔《七情集》，不是人们通常所讲、书本通常所述、传统而又简练概括的喜、怒、哀、思、忧、恐、惊的人性七情，而是我已走过人生旅程中的情怀、情感、情缘、情结、情谊、情韵、情理的涓涓七情，是真性表露的仁心七情，是回首往事和心扉纪实的随感七情。

　　近一个时段，我在轻松休闲和安逸平静中，时常会有波澜起伏的思绪冲撞，而对人情世故伏案长思并洞悉心境；在惬意满足和平淡超脱中，时而会有触景生情的感叹领悟，而在世风变幻中细味咀嚼并醒世明理。对这一切，我努力地捕捉和梳理，并就人之快乐、笑对人生做一些思索和剖析。

　　人生路上的所见所闻、前尘往事里的所知所感和寻觅静思时的所觉所悟，常常促使我闭目自问，又扪心自答：人生这本书怎样才能真正读懂，人生这台戏怎样才能始终演好，人生这条路怎样才能坚持走正，人生这首歌怎样才能唱出韵味，人生这杯酒怎样才能饮而不醉，人生这辈子怎样才能活得无悔？

在心灵的拷问和对世事的考量中，我真真切切地体悟到：崇德向善乃是为人处世的天理良知，重情厚义乃是安身立命的天性良心，中庸包容乃是和谐安定的天道良方，快乐健康乃是生存生活的天愿良意。人世间最值得珍惜的往往不是金钱和财富、权贵和浮名，而是品德和情感、快乐和安康。为此，我们一生应该讲道德和友善，讲情感和正义，讲中庸和包容，讲快乐和幸福。这样生活才会充实，社会才能温馨，人生才有价值，生命才是精彩。我们应该做个营造快乐并享受快乐的人，做个真诚微笑并永远微笑的人。

在这色彩斑斓、光怪陆离、驰骛不息的大千世界里，在这多元、多彩、多样、多变的现实生活中，每个人尽管都有不同的生活轨迹和不同的人生课题，而且每个人的生活轨迹和人生课题既是自己不能重来的，又是旁人无法复制的，但是作为一个真实求理的人，大都有着共同期盼、寻找和追求的东西，那就是生命需要愉悦、生活希望甜蜜，快乐和幸福是人性本真的最大渴望。这是多么简单的生活准则和生存伦理，这是多么简明的价值体系和人生哲理。

在人生的长途跋涉中，在过往的滚滚红尘中，每个人尽管有童年、少年、青年、壮年、老年的不同年龄时段，有春、夏、秋、冬的不同时令季节，有日出、日升、日下、日落的不同时辰变化，有急行、奔跑、忙碌和漫步、休闲、歇脚的不同生存状态，但是作为一个真实不虚的人，大都有着共同向往、期待和追寻的东西，那就是生命的各个阶段都需要开心，生活的各个环节都希望吉祥，快乐和幸福是人生终极的奋斗目标。这应该是尽人所皆知的道理和世人所共有的愿景。

当下的中国，正处在一个特定的发展时代，处在一个复杂的转型时期，处在一个迅捷变化的时候。这个时代，前行的历史车轮既不断孕育新鲜事物、新的机遇和奇特的场景，充满着希望和可能；也不断传递出迷惘、犹豫、艰辛和兴衰更替，充满着困扰和阵痛。这个时期，我们既不断经历社会的深刻变革和经济的急剧转型，展示了前所未有的成就和辉煌；也不断出现困惑、彷徨、踉跄和革故鼎新，遇到了前所未有的课题和

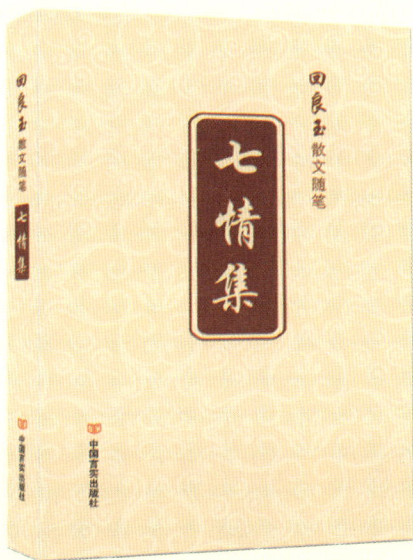

中国言实出版社出版　　　　美国太平洋国际出版公司出版

挑战。这个时候，我们既不断感受到热闹、精彩、温馨和踏实，充满着更多的满足和期待；也不断出现眩晕、焦躁、困顿和无奈，带来一些恍惚、惆怅以及眷恋怀旧。在这个特定的时代、复杂的时期、变化的时候，虽然有太多的特质和内涵，有太多的需求和感受，呼唤我们客观地看待和面对，要求我们公正地审视和理解，希望我们认真地思考和感悟，但作为一个真实无妄的人，更是大都有着共同期冀和追念的东西，那就是人们在各种情况下都需要真诚、善良和美好。快乐和幸福正是真善美的集中体现。幸福表现为快乐，欢笑才成其为幸福，快乐和幸福是人生迷津中的灯塔。这应该也是深邃的观察思索和人心人性的倾诉。

快乐是生命情感的花朵，是生活幸福的标签，是友好和谐的展示，是洒向人间的爱意。快乐也是工作事业之目的，美好人生之憧憬，强身健体之定律，安身立命之法宝。快乐是多元的并有着丰富的精神内涵和家国情怀；快乐是多层次的并展示着鲜明的时代色彩和心灵情感；快乐是成功的并且是人世间成本最低和风险最小的成功。总之，学会快乐是一种能力，认知快乐是一种胸怀，创造快乐是一种境界，分享快乐是一种品格，永远快乐是人的睿智。

乐为何物？乐在何方？乐有何能？乐从何来？如何让乐充盈精神生活和工作时空？如何让乐充溢家庭生活和社会人间？我努力地在认识快乐中寻找快乐，在追寻快乐中营造快乐，在传递快乐中增长快乐，在感悟快乐中享受快乐。

乐是我们企盼的人生佳境和人世目标，尽管不同信仰和价值观的人们会有不同的解读和操守，不同理念和感受的人们会有不同的理解和行为。通过浅显的探析思考，以及简要的梳理领略，我将人之乐初步提炼为"九乐"，即明德修身之乐、崇善躬行之乐、包容和谐之乐、大道至简之乐、大智中庸之乐、孝悌友爱之乐、学习求知之乐、事业报国之乐、夕阳精彩之乐。可以说，古往今来有识之士所追求的美好理想，其实质就是提高最广大社会成员的快乐程度，实现社会进步，大家共乐，此可谓乐之大道。愿乐在心田久久长存并辉光日新，愿乐和人们久久牵手并相依相偎，愿乐在人间久久驻守并相伴相随。于是，就有了这本散文随感《九乐集》，以此来感知和感悟、赞美和咏唱人生之乐，领会和阐释、继承和弘扬中华民族的传统美德。

此《九乐集》共收录九篇文章，每篇九个章节。"一为数之始，九为数之极"，九鼎是重，九霄乃高，以"九"谐"久"，久久为长，旨在祝愿中华民族昌盛久远，人民生活康乐久安。

回良玉

二〇一七年三月

# 目 录
## CONTENTS

# 目　录
## CONTENTS

# 目 录
## CONTENTS

# 目 录
## CONTENTS

# 目 录
## CONTENTS

# 目 录
CONTENTS

# 目 录
## CONTENTS

# 目 录
CONTENTS

# 目  录
## CONTENTS

# 明德修身之乐

（一）正心立德　忠诚守信

（二）志存高远　脚踏实地

（三）淡泊名利　宁静致远

（四）正直坦荡　无欲则刚

（五）戒慎恐惧　严于律己

（六）力行容恕　宽以待人

（七）虚怀若谷　见贤思齐

（八）自强不息　乐观进取

（九）以德治国　经邦济世

在职时整天忙于事务，退休之后经常阅读经典著作终于成为可能，渐渐也成了习惯和必需。在这些古今中外的经典著作中，着墨并不多的《大学》《中庸》等让我百读不厌，收获颇多，促使我时时掩卷长思。"大学之道，在明明德"。弘扬光明美德，是中华文化的思想内核，是礼仪之邦的永恒价值，是震古烁今的天道至理。国无德不兴，家无德不和，人无德不立。德是个人安身立命的生命线，是社会和谐的根基与核心，极具向心力和凝聚力。大至兴国安邦，小到修身齐家，都必须讲道德、尊道德、守道德，提升修心修身的自觉，凝聚向上向善的力量。

中华文化历来强调明德修身、德位相配。在社会转型加速、多元思潮碰撞的今天，追求功名利禄、热衷钻营取巧的行为有所抬头，道德蒙尘、道德滑坡、缺德失节的现象时有发生，这无不反映出一些人的焦躁心理、功利心态和迷离心境，愈发凸显明德修身之于当下的重要和宝贵。明德的力量是无穷的。明大德、守公德、严私德，既是生存发展之根本，又是履职为官之准则。它不仅可以引人向善、催人奋进，而且能够化解矛盾、平息冲突，更会让人收获良知、享受快乐。

《大学》云，"古之欲明明德于天下者，先治其国；欲治其国者，先齐其家；欲齐其家者，先修其身""身修而后家齐；家齐而后国治；国治而后天下平"。由此可见，明德与修身是有机统一的。明德是一种大道昭示、自然秉性，修身是一种天理追求、德行砥砺。修身就是一个不断彰显自己的德性、完善自己的人格的过程，也是追求快乐、享受快乐的过程。为此，我们要自觉地从中华民族优秀传统文化中汲取营养，把传统美德像血脉基因一样传承下去，并与时俱进地发扬光大，用高尚的品德操守书写璀璨的人生华章。

2015年5月20日，回良玉参观贵州省贵阳市孔学堂，在道德讲堂内谈"德"之内涵。

## 正心立德 忠诚守信

万事德为先，百行德为首。《大学》有言："德者，本也。"《说文解字》解道："德，升也。"《篇海类编》定义："德，德行。"古往今来，孝悌忠信、礼义廉耻都被认为是"德"的范畴，勤朴古健、果义敢为、居安思危、善始善终被当作对"德"的归纳。儒、释、道三家都对"德"有所阐述，儒家强调修齐治平、立身处世的美德；释家弘扬业因果报、慈悲济世的厚德；道家倡导清净无为、善巧拯世的玄德。厚德载物、明德惟馨、德行天下、德才兼备等至善品格，一直为世人所称道。今天看来，德不仅是为人处世之本，也是治国理政之本。做人应讲究品德、砥砺德行，社会应遵循公德、弘扬美德，为政应实施德政、注重德治。

"自天子以至于庶人，壹是皆以修身为本"。修身是中华传统文化秉持千古的主题，也是当今社会不可或缺的时代追求。众所周知的《大学》所谓格物、致知、诚意、正心、修身、齐家、治国、平天下"八目"，就是阐述修身的外部途径、内在前提与自我实现。历史上，崇德修身的经典感悟给世人以深刻启迪。曾子的"吾日三省吾身"，孟子的"君子之守，修其身而天下平"，苏东坡的"守道而忘势，行义而忘利，修德而忘名"，都提倡把修德作为立身之本。《易经》里"天行健，君子以自强不息；地势坤，君子以厚德载物"更是旗帜鲜明地对君子效法天地之德提出了明确要求。"人之立身，所贵者惟在德行。"修德，关键是在良莠真伪中"择其善者而从之"，既要择善而听，倾听民声、体察民情、尊重民意，达到闻过则喜的境界；又要择善而交，善交净友、善交挚友、善交素友，达到以友为鉴的境界；更要择善而为，积德行善、乐善好施，行所当行、止所当止，达到自利利他的境界。

修身立德莫先于正心诚意。正心诚意的道德修养心诀，是我们的老祖宗在漫长的历史长河中积累的丰富经验、总结出的宝贵智慧。人生下来就如同一匹素白的绢布，如果接触外界的朱砂、藤黄、靛蓝、石青……就很难再保持原来那份纯净。若内动于私欲，外惑于邪气，人心就会失去纯洁宁静而变得复杂斑驳，产生很多不确定性，三心二意、七上八下，朝三暮四、患得患失，半途而废、脚步凌乱，身心交战、内心焦灼，义利两分、顾此失彼，快乐也离之远去。在现实生活中，有的人丢掉了质朴、善良、率真的赤子之心，放弃了对独立人格的坚守、对自由精神的追求，从而失去了旺盛的生命力。有人讲，现在大家的收入增加了，但幸福指数却似乎减少了；所处的时代更加自由了，但明德向善却似乎减少了；人们掌握的信息更多了，但社会诚信却似乎减少了……为此，我们必须"惟精惟一"，正心诚意，让理智来克制、驾驭欲望，把放逐狂乱的心找回来，拂去流沙、滋润心田，让内心充盈而纯净。

欲正其心，先诚其意。古人认为"诚者，天之道也；诚之者，人之道也"，强调"诚者，物之始终，不诚无物"。诚是十分重要的德行，内涵也十分丰富。古为今用，诚信、忠诚、求实皆由此演化而来。人而无信，不知其可。历史上，明理诚信、实事求是，言必诚信、行必忠正，君子一言、快马一鞭，一言既出、驷马难追等格言都生动阐释了诚实守信的必要。然而，诚实守信似乎成了当今社会的稀缺资源：说话报数不真，常有失实浮夸，邀功避过；工作干事不实，常有知行脱节，浮华漂浮；商贸往来不诚，常有假冒伪劣、欺诈蒙骗；为人处世不信，常有担惊受怕、蛇影杯弓。实践一再印证，个人没有诚信，就难以安身立命；企业没有诚信，就难得发展壮大；社会没有诚信，就难有公序良俗；政府没有诚信，就难守公平公正。在构建诚信社会的路上，要充分调动方方面面的力量，让诚实守信真正成为一种行动自觉和社会责任。公民要把诚实守信作为个人美德，以诚相待相交，以诚感人聚人，对事业和工作的态度努力做到实而不虚、干而不浮，对人和事物的评价努力做到高而不过、低而不贬，客观公正、实事求是，言为心声、一诺千金；企业要把诚实守信作为黄金资产，坚持诚信经营、诚信兴业，始终把产品和服务的质量作为生命线，实现企业声誉、生产效益与社会责任的最佳结合；社会要把诚实守信作为制度环境，努力建设不能失信、不敢失信的法治约束，积极营造守信光荣、失信可耻的良好氛围；政府要把诚实守信作为执政基础，政绩不掺水、承诺不打折，求真务实，取信于民，带头筑牢社会诚信的基石。

"然则古之所谓正心而诚意者，将以有为也。"如果没有忠诚，有为何以成行。忠诚敬业不仅是我们做人做事的本分，也是事业兴旺发达的重要前提。忠诚敬业的人，既能在平凡的工作中创造卓越，也会在日常的工作中感受到快乐。几千年来，"精忠报国"四个字融在了中华文化的血脉中，刻在了中华儿女的心头上。屈原"长太息以掩涕兮，哀民生之多艰"的真情，贾谊"国以民为本，君以民为本，吏以民为本"的疾呼，司马迁"常思奋不顾身，而殉国家之急"的报国情怀，林则徐"苟利国家生死以，岂因祸福避趋之"的人生担当，无不令人动容。秉持报国之情，砥砺报国之志，投身报国之行，是每一个中国人的价值追求、生命归宿。对于我们共产党员来说，更要正心诚意、涵养品德、端正品行、忠诚报国。永远坚持"不改痴心"追求理想信念，"不忘初心"牢记使命宗旨，"不变真心"推动社会发展。

## 志存高远　脚踏实地

修身明德，立志为要。记得小时候上学，老师就要求我们树立远大志向。走上领导岗位以后，自己也多次在不同场合向自己和他人提出"志存高远"的期望期许。在中国农业大学建校一百周年之际，我应邀到人民大会堂出席庆祝大会并发表讲话，真情鼓励全国农业院校的大学生志存高远、心系"三农"，青蓝相继、薪火相传，艰苦奋斗、勇于创新。2006 年 5 月，在全国"创业之星"经验交流表彰大会上，我在向全国"创业之星"表示祝贺的同时，真情鼓舞他们志存高远，始终保持昂扬斗志。还有 2007 年冬，共青团中央在福州市召开全国进城务工青年工作推进会，我在向广大进城务工青年致以诚挚问候的同时，真挚希望他们志存高远，奋发有为，争当"学习的模范、创业的先锋、守法的公民、致富的骨干"。

诸葛亮在《诫外甥书》中说："夫志当存高远。"强调人生在世应当树立高尚远大的志向，仰慕先贤、杜绝贪欲、清除障碍，使贤明的志向在自身上存留、在内心中感悟。古往今来，《淮南子》的"人无善志，虽勇必伤"，刘秀的"有志者事竟成也"，王勃的"穷且益坚，不坠青云之志"，李白的"长风破浪会有时，直挂云帆济沧海"，岳飞的"莫等闲，白了少年头，空悲切"，孙中山的"吾志所向，一往无前，愈挫愈奋，再接再厉"，都在阐述志存高远的道理。志向是人生的视野，是远方的灯塔，指引我们扬帆远航、干事创业。历史上的英雄豪杰，现实生活中的行业翘楚，之所以能取得世人赞誉的成就，之所以能面对社会表现过人的隐忍和涵养，其根在于志存高远。志存高远是一种精神，总是那样激励人心、催人奋进；志存高远是一种情怀，常常蕴含仰慕之情、期许之意；志存高远是一种力量，始终透出豪迈气概、磅礴气势；志存高远是一种信仰，经久传唱人生如诗、岁月如歌。

"有志不在年高，无志空长百岁"。少年兴则国家兴，青年强则国家强。广大青少年朝气蓬勃、风华正茂，只有珍惜韶华、奋发有为，在"为天地立心，为生民立命，为往圣继绝学，为万世开太平"中找准理想与现实的结合点，才能让生命闪光、让青春无悔。但是，志存高远的修身要诀绝非仅对于青少年而言，一个人不论年龄大小、职务高低、财富多寡、能力强弱，都应该志存高远、胸怀宽广。要注重从小培养远大理想，人小志气大，以平凡小事彰显崇高志向；要注重人穷志不穷，奋发图强，在勤奋拼搏中实现人生价值。司马迁在其父病危时，立誓继承父志、著书立说。他发愤治史而废寝忘食，遭受宫刑却忍辱负重，恪守志向以兑现誓言，终于在离世前一年写成了千古之绝唱——《史记》。曹操统一北方后感慨万千、心潮起伏，挥笔写下"老骥伏枥，志在千里。烈士暮年，壮心不已"的悲壮诗句，表达了弛而不息的进取精神，抒发了老当益壮的豪情壮志。著名建筑学家吴良镛院士 92 岁高龄时拄着拐杖到人民大会堂为高校学生作报告，结合自身亲历畅谈理想与立志："回顾过往，我自审之所以没有'转错'大方向，很大程度上还是与早年'立志'相关，我很早便立志在建筑与城市的学术领域做一些事。"言谈间展示了大师的精神境界。

不登高山，不知天之高也；不临深溪，不知地之厚也。人生在世，既要仰望星空、志向远大，更要脚踏实地、身体

司马迁忍辱负重，发愤治史，终成"史家之绝唱，无韵之离骚"。

力行。《大学》云："知止而后有定，定而后能静，静而后能安，安而后能虑，虑而后能得。"只有知道应该达到的境界，才能坚定志向、明确方向，而后才能平心静气、戒骄戒躁、思虑周详，最终有所收获。在人生旅途中，没有志向容易迷失方向，有了志向还需脚踏实地。李大钊说过："凡事都要脚踏实地去做，不驰于空想，不骛于虚声，而惟以求真的态度作踏实的工夫。"钱三强说过："古往今来，凡成就事业，对人类有作为的，无不是脚踏实地，艰苦攀登的结果。"有目标方向而不付诸行动只是好高骛远，虽付诸行动但无目标方向终是浑浑噩噩。有的人受浮躁之心的驱使和功利之风的影响，幻想一夜暴富、一秀出名、一举成功，其病根就是缺乏脚踏实地精神，说到底并无远大志向。在通往理想和志向的道路上，不仅没有捷径可走，而且可能一路坎坷，只有丢掉幻想、抛却妄念、无所畏惧、勇往直前，一步一个脚印，才能接近成功。有了"一览众山小"的雄心壮志，还须有乘风破浪的勇气、勇攀高峰的毅力。只有弘大刚毅、坚韧不拔，向着心中高远的志向百折不挠，才能胜重任而致远道。

志存高远、脚踏实地不仅是我们个人的修身之要，更是一个民族、一个国家、一个政党前进壮大的精神支柱。有了远大的理想，有了坚定的信念，脚踏实地、笃志前行，我们才能穿透烟云、廓清迷雾，在胜利和顺境时不骄傲不急躁，在困难和逆境中不消沉不动摇。我们应该把为国为民思想融入血脉、把攻坚克难思想融入工作、把拼搏进取思想融入人生，胸怀大志、勇挑重担，创造出无愧于时代的光辉业绩。

## | 淡泊名利　宁静致远 |

《淮南子》云："是故非澹薄无以明德，非宁静无以致远，非宽大无以兼覆，非慈厚无以怀众，非平正无以制断。"诸葛亮在 54 岁时写给他 8 岁儿子诸葛瞻的《诫子书》中也讲到"非淡泊无以明志，非宁静无以致远"。一直以来，人们都把淡泊名利、宁静致远视为道德准则和快乐真谛，当作立身要旨和修养境界。许多脍炙人口的名句，我自蒙童时便耳熟能详。但还是要在经历生活的艰难和工作的磨砺，让岁月洗去贪嗔浮躁之后，才能真正理解其中所含的"淡泊"真味，才能实实在在地对待物与己，才能豁达开明地看待得与失，才能客观公平地对待官与民。淡泊，就是要恬静寡欲、世事洞明，犹如指引心神恬适的一盏明灯；宁静，就是要气度平和、志向笃定，好比抵近情致远达的一叶扁舟。

"名利高寒阁，冷暖只自知"。人活一世，免不了与名利打交道。"天下熙熙皆为利来，天下攘攘皆为利往"，"人过留名，雁过留声"，说的都是人很难不为名利所累。古希腊哲人泰勒斯说："多言不表明有才智"，另一哲人喀隆说："不可让你的舌头超出你的思想。"当今确实有一些所谓的"名人""高手""大家"，游走于各种场合，随意信口开河，其实他们是名利场上的说客和食客。这种过于追名逐利的行为，往往陷入"求名心切必作伪，求利心重必趋邪"的境地。人的一生，面对物欲、功利、情色、名声而心不能安、理不能讲、性不能循、法不能守，所犯的错误乃至罪过该有多少？我们身边发生的这样或那样的许多例子，是多么让人震惊和令人痛心啊！人间的很多悲剧，正是由于经不起诱惑才发生的。诱惑就像腐蚀剂一样，既销蚀了个人品德，毁害了家庭美德，又极大伤害了社会公德。人生中有的错误是有改过机会的，有的错误是没有改正机会的。财富和权力可以为你和更多的人带来幸福和快乐，同样也可以给你和更多的人造成灾难和不幸。精神上的美味佳肴比饮食上的美味佳肴更有营养，心灵上的高贵者比名利场上的高贵者更让人尊敬。我们应该努力做到功名前不趋之若鹜，利禄上不为之所累，是非间不趋炎附势。

古人云："恬淡为上，胜而不美。"淡泊是一份豁达的心境，正如"古今多少事，都付笑谈中"；是一种明悟的觉然，一如"看尽人间兴废事，不曾富贵不曾穷"。淡泊还是"登山则情满于山，观海则意溢于海"的情致，是"一蓑烟雨任平生"的态度，是"行到水穷处，坐看云起时"的洒脱，是"宠辱不惊，闲看庭前花开花落；去留无意，漫随天外云卷云舒"的境界。淡泊就似一杯清水，无色无味，却比其他任何饮料都解渴；就像一幅古朴的山水画，简洁却韵味悠长；就如一棵白玉兰，带着某种孤傲与矜持，却卓尔不群、纤尘不染，超然于世俗之上。古今中外，许多名人志士不重名利、不计得失，以淡泊的情怀书写出高贵的人生。钱钟书先生学贯中西、闻名世界，但淡泊自守、不求闻达。他对媒体采访、重金聘请均予以谢绝，还把许多文学作品的稿费捐献给了国家，表现出一个知识分子高尚的精神品格。

"淡中出真味，常中识英奇"。淡泊名利绝不是孤芳自赏的清高，也不是力有不逮的无奈，更不是庸碌无为的借口。它是简单的乐趣、坦然的幸福、脱俗的智慧，是修养和积淀之后的气韵。没有超然物外的心境，没有包容天下的胸襟，没有洞悉世事的明悟，是难以做到的。有人提出，追求淡泊名利，要领悟"六然"真谛，即：自处超然、处世荡然、有事断然、无事澄然、得意淡然、失意泰然。在我看来，只有思想上不重名利、淡泊明志，行动上达观淡定、处事淡然，交往中怨恨淡忘、择友淡物，生活中清心淡欲、高洁淡雅，人生才会有恰似"明月松间照"的静谧、"清泉石上流"的自在，才会有犹如"身心转恬泰"的安适、"烟景弥淡泊"的豁然！

无为自化，清静自在。老子认为，"万物生于静归于静"。庄子说："正则静，静则明，明则虚，虚则无为而无不为也。"不论道家的炼气，儒家的修身，还是佛家的明心，皆从静入手，以静为基础。古人提倡"动以养身，静以养性"，指的就是在宁静的环境中能摒弃杂念、排除干扰、悟出真谛、涵养德性。田园诗人陶渊明写道："结庐在人境，而无车马喧。问君何能尔？心远地自偏。采菊东篱下，悠然见南山。山气日夕佳，飞鸟相与还。此中有真意，欲辨已忘言。"这首脍炙人口、广为传诵的诗篇，贯穿了诗人返乡归田的志趣和宁静悠远的情怀，让人翩然走进宁静恬和的意境。空谷幽兰，一尘不染，四溢芳香，是一种淡泊的宁静；峭壁苍松，一意傲立，百尺高洁，是一种肃然的宁静；大漠胡杨，一身坚韧，千年不朽，是一种坚守的宁静；破岩青竹，一丝不懈，万击坚劲，是一种自信的宁静。由物见静，宁静如一泓秋水映着明月，如数缕阳光穿透深林，是那样的赏心悦目、心稳神定。

何以解忧，唯有"静"之一字。静能养生，静能开悟，静能生慧，静能明道，宁静拒绝浅薄和平庸，是充满智慧的淡定、富有内涵的幽远。圣人之静，善于固守养静，万物不足于扰其心志。正所谓"抱神以静形将自正"。置身色彩斑斓的百花园，面对竞争多元的名利场，必须守得住心机神态中的宁静，让一切浮华焦躁归于平息，让一切忧愁烦恼归于平静，让一切功名利禄归于平凡，让一切毁誉成败归于平淡。

世上本无事，庸人自扰之。身在大千世界，要想不失态、不失志、不失德，就须做到淡泊名利、宁静致远。这是平和、谦逊、进取、成熟的人生心态和处世智慧。放得下名利，看得破毁誉，参得透得失，不为物欲所惑，不为利害所移，只有这样才能在"风吹浪打"中保持"闲庭信步"，才能在默默无闻中砥砺品行，才能在千军万马中一往无前。唯有如此，才能真正体现寓情于理的情操，才能真正享受生命快乐的情调，才能真正得到生活幸福的情趣，才能真正收获良知甘露的情义。

## 正直坦荡　无欲则刚

我出生在吉林，在那里度过了一段幸福美好的时光。家乡的一草一木都给了我良知的熏陶，一山一水都给了我明德的启迪，所以至今依然对巍巍白山、滔滔黑水一往情深。坚毅挺拔、气势恢弘的长白山，展露出刚毅坦荡的情怀；奔腾不息、矫若游龙的松花江，显露出豪迈激荡的情韵。在人生信条中，心胸坦荡、光明刚正是最为闪亮的道德情操，也是我们孜孜以求所要达到的修养境界。

"君子坦荡荡，小人长戚戚。"出自《论语》的这段千古名句被世人经久传诵，引发几多感慨、几多沉思。是啊，人生冷暖，世事无常，只有坦荡做人、正直做事，才能处变不惊、临危不乱。历史上，先贤所言"无反无侧，王道正直"，"长史体闲任，坦荡无外求"，"正直者顺道而行，顺理而言，公平无私，不为安肆志，不为危激行"，"君坦荡不为限级，遇人无新旧，樽酒尽欢"，"自言正直动山鬼，岂知造物哀龙钟"，都是推崇心地正直、心胸坦荡的品格。坦荡正直是"清者自清，浊者自浊"的泰然自信，是"仰不愧于天、俯不怍于人"的光明磊落，是"闻过则喜，知过不讳"的豁达大度，是"胸藏五岳，腹纳乾坤"的包容开阔。往往在碰到挫折时，多一份坦荡就多一份希望；经受考验时，多一份坦荡就多一份从容；陷入困境时，多一份坦荡就多一份力量；遭遇失败时，多一份坦荡就多一份希望。

俗话说得好，"平生不做亏心事，半夜敲门心不惊"。坦荡正直的人较少得失之心，不受名利所困，可以安然踏实入梦。做人要坦荡，就是要豁达光明，一如傲霜斗雪的腊梅，于素雪晶莹中绽放挺立，任春寒料峭，无怨无悔地守望春天。行事要正直，就是要执着坚定，一如心存高远的江河，于奔流不息中涤荡万物，随时光荏苒，义无反顾地奔向大海。春秋时期的祁奚是个襟怀坦荡之人，他在政治上并无突出建树，但其"举贤不避亲仇"却成为千古美谈。如烟往事俱忘却，心底无私天地宽。王阳明临终前发出"此心光明，亦复何言"的至理名言，让世人明白什么是没有负累、没有亏欠、没有愧疚、没有凝滞，坦荡荡而来，坦荡荡而去。

常言道，花有五颜六色，人有七情六欲。情和欲作为一种生存的需求、动力和本能，大可不必谈之色变。情之在理，欲之有度，必能受益；情之无理，欲之无度，必遭祸害。正所谓"天下大福，莫大于无贪欲；天下大祸，莫大于欲无底"。在我少年读书时，曾听过一首关于欲壑难填的民间散曲，我一直铭记在心，并常常说与人听："终日奔忙只为饥，刚得饱来便思衣。衣食得了双足份，房中缺少美貌妻。娶下娇妻并美妾，出入无轿少马骑。骡马成群田万顷，又怕无官受人欺。五品四品嫌官小，三品二品仍嫌低。当朝一品为宰相，还想面南做皇帝。坐北朝南登了殿，又思上天当神仙。见得玉帝女儿美，要和玉帝攀亲戚。玉帝大怒龙心恼，一刀给个脖儿齐。这就叫贪心不足犹如蛇吞象，只落得魂化清风肉成泥。"

海纳百川，有容乃大；壁立千仞，无欲则刚。儒家推崇无欲则刚，佛家认为有求皆苦，道家倡导清心寡欲，古训"君子欲而不贪"，"见欲而止为德也"，都是诠释"人若无欲品自高"的道理。欲望要用正当的手段去实现，而且必须节之以义、节之以礼、节之以度。在安徽省金寨县天堂寨镇有一个白马大峡谷，集"秀、幽、雄、险"于一身，聚"泉、瀑、溪、潭"于一谷，风光优美令人流连忘返。但让我印象最深的却非如此美

安徽省金寨县天堂寨镇白马大峡谷内的"唯吾知足"石刻。

景，而是一块其貌不扬的大石头。石头上镌刻着一个图案，乍一看像是一枚方孔圆边的古钱币，并写有"隹五矢止"四字，细思之下才发现，这是一个出自民间的合体字——"唯吾知足"，是由"隹五矢止"上下左右依次排开共用一个"口"字构成，它们不争高低，不分前后，相得益彰，颇有和谐之美，深得徽文化之精髓，给我很大的触动。当地同志告诉我，在山西乔家大院大德通票号旧址，乔家大院的主人乔致庸也将此合体字用厚重的石头砌在院中。究其寓意，至少有三：一表最朴素的生活之道，知足常乐，顺其自然，不要苛求。二示最精明的经商之道，凡秘密之事，"唯吾知，足也"，让客户在此放心。三喻最诚恳的处事之道，做人做事要心口一致，堂堂正正，正所谓外圆内方，以方正持己，以圆通处世。"唯吾知足"，何尝不是对欲望的节制、对世事的明悟。

无欲则刚，"刚"也不是逞强好胜、盛气凌人、事事较真，而是对道的坚信坚持坚守，是在生死荣辱关头所体现的大气节。富贵不能淫，贫贱不能移，威武不能屈，这正是无欲则刚、刚正不阿的形象代言。孔子曾感慨："吾未见刚者。"有人说："申枨不是很刚强吗？"孔子接着说："枨也欲，焉得刚？"申枨有逞强好胜之欲，所以算不得刚者。钱穆先生对此有精彩解读："人之德性，以刚为难能而可贵，故孔子叹其未见……刚德之人，能伸乎事物之上，而无所屈挠。富贵贫贱，威武患难，乃及利害毁誉之变，皆不足以摄其气，动其心。凡儒家所重之道义，皆赖有刚德以达成之。"历史上，比干、魏征、文天祥、史可法等彪炳千秋的人物，无不如此。面对生死考验、面对大是大非、面对极端化的处境考验，他们或犯言直谏，或弹劾奸佞，或为民请命，所谓以死相争、不得不尔，其事迹至今令人热血沸腾。唯有胸襟广博、坦荡做人，坚守信仰、正直为官，光明磊落、秉公办事，方能在金钱和权力面前炼就金刚不坏之身。

## 戒慎恐惧　严于律己

漫步在中南海大院，每每路过海棠盛开的西花厅，对周总理的怀念之情便会油然而生。他的一些名言警句，也会自然在耳畔回响。早在 1943 年 4 月，周恩来同志在重庆为中共中央南方局干部作了一次题为《怎样做一个好的领导者》的报告，谆谆告诫"领导者切勿轻视自己的作用和影响，要戒慎恐惧地工作"。他毕生都奉行"戒慎恐惧"，其思想光辉穿越历史的时空，时至今日仍一如西花厅前怒放的海棠开得鲜艳，开得光彩，开得漂亮，对我个人的从政理念也产生了潜移默化的影响。

"戒慎恐惧"一语出自《礼记·中庸》："戒慎乎其所不睹，恐惧乎其所不闻。莫见乎隐，莫显乎微，故君子慎其独也"。其意发人深省，令人警醒。它告诉人们，即使是在他人看不到的隐秘的地方也须谨慎小心，在他人听不到的僻静之处也得警觉注意。再隐秘的事情也没有不会被发现的，再细微的事情也有一天会显露。朱熹对戒慎恐惧曾有深切感悟："所不闻，所不见，不是合眼掩耳，只是喜怒哀乐未发时。凡万事皆未萌芽，自家便恁地戒慎恐惧，常要提起此心，常在这里，便是防于未然。"民间对此也有形象地说法，即：要想人不知，除非己莫为。我从周恩来的一生经历中体悟到，戒慎恐惧不仅表现为对计划的慎重周详、对工作的举轻若重、对事业的殚精竭虑、对安全的防患未然，也表现为对人民的心存敬畏、对欲望的克制忍耐、对权力的谨慎行使、对自身的严苛要求。

戒慎恐惧作为传统美德，拥有重要时代价值。谈及戒慎恐惧，有人认为谨慎过头可能导致懦弱，恐惧过甚势必畏首畏尾。其实，戒慎恐惧作为一种蕴含领导艺术、求是精神、辩证智慧的思想，有其内在原则和底线，并不是无原则地懦弱退让、缩手缩脚。周总理既倡导"我们应该有临事而惧的精神""月晕知风，础润知雨""办事不能急躁，不能草率，必须谨慎从事"，又强调戒慎恐惧"不是后退，不是泄气""是革命家的气概，是马克思列宁主义者对待困难的唯一正确的态度"。周总理对新中国国防科技工作提出的"严肃认真、周到细致、稳妥可靠、万无一失"十六字方针，可谓体现了戒慎恐惧思想的精髓。当今社会，一个人如果能苦练戒慎持守的功夫，并将之内化于心，非但不会感到痛苦，反而会有和畅充周、气恬容祥之感，这应该是实现快乐的一种方式。

戒慎恐惧，律己为要。曾子说："十目所视，十手所指，其严乎。"人的言论行动总在监督之下，不允许做坏事，做了也不可能被隐瞒。因此，要时时刻刻戒慎，堂堂正正律己。唐太宗李世民常常律己自省，他所说的"朕每闲居静坐，则自内省，恒恐上不称天心，下为百姓所怨""以铜为镜，可以正衣冠；以古为镜，可以知兴替；以人为镜，可以明得失"，无不闪耀着律己修身的睿智灵光。明朝大将军徐达虽然战功赫赫，却从不居功自傲，而是律己甚严。朱元璋称之为："受命而出，成功而旋，不矜不伐，妇女无所爱，财宝无所取，中正无疵，昭明乎日月，大将军一人而已。"

戒慎恐惧，要在心、思、身、行方面常修四诀。惧在心。要常怀敬畏之心，敬畏法度、敬畏百姓、敬畏权力、敬畏自然，"勿以恶小而为之，勿以善小而不为"。戒在思。始终保持坚定的理想信念和崇高的思想境界，不为任何风险所惧，不被任何干扰所惑，耐得住寂寞、经得起诱惑、守得住清贫。恐在身。当年离开西柏坡时，毛主席把执政比作"进京赶考"，要求广大党员干部有一种"恐慌意识"。慎在行。做事情要有如临深渊、如履薄冰的谨慎态度，守住底线、不碰红线，行所当行、止所当止，任何时候都心胸坦荡、襟怀坦白、公道正派。至于当下，就是要有坐不住的危机感、慢不得的紧迫感、等不及的责任感，尽职尽责、尽心尽力地做好工作。

欲明人者先自明，欲正人者先正己。明人、正人都要以严以律己为前提，"其身正，不令而行；其身不正，虽令不从"。南宋思想家陈亮在《谢曾察院启》中说："严于律己，出而见之事功；心乎爱民，动必关夫治道。"严格约束自己，放手一搏就要有所作为；心怀天下子民，一切行动关乎治国之道。严以律己，就是要常修为政之德、常思贪欲之害、常怀律己之心，做到慎始慎微、慎独慎情、慎权慎好。一曰慎始慎微。不矜细行，终累大德。做人做事要守住小节、防微杜渐，去小恶保本真，集小善成大德。二曰慎权慎独。"不患无位，而患德之不修""不患位之不尊，而患德之不崇"。牢记权力是把双刃剑，慎则公私两利，擅则人己两伤。心中有敬、心中有戒，行事方能正道。三曰慎欲慎交。常思"一念之欲不能制，而祸流于滔天"的道理，心如止水、抱元守一，清心寡欲、洁身自好，处理好法、情、理三者的关系。

## 力行容恕　宽以待人

在中华文化中，以水喻人、由水悟道的传统由来已久。一直以来，我赞赏水性的仁爱，滋润万物，生生不息；我景仰水性的坚韧，水滴石穿，百折不回；我喜欢水性的柔和，顺势而为，随物赋形；而我更赞叹水性的豁达包容，大度平和，力行容恕。水有思想，水有品格，水有追求。人之美德应如水之通流、水之清澈、水之广阔，追求宽容而积累善德、通达而广济天下的境界。

罗贯中在《三国演义》第六十回中写道："某素知刘备宽以待人，柔能克刚，英雄莫敌。"自古以来，宽以待人就被当作一种修养，一种气度，一种品德，是广为认同的君子之风、修身之法和处世之道。"躬自厚而薄责于人，则远怨矣。"宽以待人，看似修外、实则修内，看似度人、实则度己，能够挣脱心灵的束缚、实现内心的安定。俗话说："将军额上能跑马，宰相肚里能撑船。"可见，做到宽以待人，可以赢得成功、赢得尊敬；反之，过于苛责于人，往往招致抱怨、招致祸端。

己所不欲，勿施于人。儒家以忠恕行仁，既肯定人伦常理的差异，又追求人我平等的价值，也强调自己不愿承受的事不要强加于别人，根本上是要以感恩情怀启发并带动别人一起追寻美好快乐的生活。古人所说"以责人之心责己，则寡过；以恕己之心恕人，则全交"，"与人当宽，自处当严"，"其责己也重以周，其待人也轻以约"，都是要求宽容行事、宽以待人。"人非圣贤，孰能无过；知过能改，善莫大焉。"对于自己的错误固然要严厉苛责，对于他人的过失则应该宽容待之，以权巧的智慧加以规劝引导，往往会收获意想不到的结果。拿破仑在军旅生涯中素有美德，因为他能很好地顾及别人的情绪，所以对于他的批评士兵都能欣然接受。在一次夜间巡岗查哨中，拿破仑发现一名巡岗士兵倚树而睡，他没有喊醒士兵，而是替他站岗。士兵醒后，十分惶恐。拿破仑没有过多责备，而是和蔼地说："因为艰苦作战，你打瞌睡可以谅解，但是一时的疏忽可能断送全军。我正好不困，就替你站了一会儿，下次一定小心。"一番简短而又真诚的话语，无形中提升了拿破仑在军中的威望。以宽容的态度接纳别人的过错，既是一种德行修养，又是一种人生智慧。

子曰："君子有三恕，有君不能事，有臣而求其使，非恕也；有亲不能孝，有子而求其报，非恕也；有兄不能敬，有弟而求其顺，非恕也。"孔子认为，有国君不去侍奉，有臣子要其使役；有父母不去孝敬，有儿子要其报恩；有兄长不去尊敬，有弟弟要其顺从，都不是恕。能明白这"三恕"的根本意义，而且能身体力行者，可以算得上品行端正。朱熹提出："尽己之心为忠，推己及人为恕。"看来，恕的内在含义就是将心比心、推己及人、换位思考。春秋时期，有一年冬天齐国普降大雪，齐景公身披狐腋之裘坐于厅内赏雪。晏子走近，若有所思。景公说："下了三天雪，一点都不冷。"晏子有意追问："真的不冷吗？"景公点头称是。晏子就直爽地说："我听闻古之贤君，自己吃饱了还要想有没有人饿着，自己穿暖了还要想有没有人冻着，自己安逸了还要想有没有人累着。"景公顿时语塞。晏子提醒景公要换位思考，人同此心、心同此理，将心比心、真心体谅，如此方能达成真正的仁恕之道。换位思考就是感同身受的体验、设身处地的善思、角色互换的诚意，就是融洽社会关系的润滑剂、打开工作局面的助推器、凝聚各方合力的导航仪。有时候有理不在声高，理直不一定气粗，达理需要通情，得理且要饶人，给人忠言也不一定都要逆耳。对于他人的过错，若能身份互易、立场调换，以和善包容埋怨，以谅解包容失误，以宽厚包容排斥，以慈爱包容隔阂，就会收获丰硕，那么我们的生活也会变得更加美好。

宽以待人的一个基本条件就是要舍得"吃亏"。真正有智慧的人应懂得"吃得亏中亏，方得福外福"。做人过于计较，胜败观太强，得失心太重，往往会舍本逐末，丢掉应有的福气。纵观古今，"吃眼前亏"的好汉比比皆是。韩信忍受胯下之辱吃了眼前亏，却成为叱咤风云的一代名将；蔺相如每天曲道而行吃了眼前亏，却赢得廉颇的尊重和信任；清朝大学士张英"让他三尺又何妨"，似乎也吃了眼前亏，却流传为佳话美谈。他们都吃了眼前亏，却兼顾了他人利益，赢得了长远利益。"吃亏"不光是一种自律和大度，更是一种睿智和境界。能够吃亏的人，往往是一生平安，幸福坦然。不能吃亏的人，总是在是非纷争中斤斤计较，狭隘的自我思维往往会蒙蔽双眼，可能会遭受更大的失误与困难，反而最终失去更多。

岁月如歌，流年似水，时光的流逝淡化了不少记忆、湮没了很多往事。但有些人，有些事，有些情，令人难以忘却、难以割舍。我与"三农"工作有着血浓于水的情缘，我与民族工作有着鱼水相依的情谊，我与残疾人工作有着难以割舍的情感。之所以倍加珍视、常常回味和深深感念，就是因为推己及人、换位思考，从中受到了太多的感动和震撼，汲取了太多的营养和力量，是我可以终享一生的宝贵财富。站在农民兄弟的立场上想问题，我们进一步明确了"三农"工作的发力重点和攻坚方向；站在民族同胞的立场上作决策，我们制定出台了一系列政策措施支持民族地区加快发展；站在残疾人朋友的立场上办实事，我们竭力帮助残疾人排生产之忧、济生活之困、解发展之难……

"衙斋卧听萧萧竹，疑是民间疾苦声。些小吾曹州县吏，一枝一叶总关情。"在工作和生活中应倍加珍惜力行容恕、宽以待人的内心情感，用心涵养不让它褪色枯萎。

## 虚怀若谷　见贤思齐

因为在安徽工作过的关系，我登黄山的次数比较多。每次观黄山云海，总是思绪万千，既对云彩的变幻多端而深为惊叹，又对山谷的广阔深邃而深有感触。身处山谷，总有思想涤荡、身心愉悦之感，总有畅意抒怀、尽兴悟理之念，总有宁静淡泊、明理无忧之乐。《老子》曰："敦兮其若朴，旷兮其若谷"，"上德若谷"。说的是做人要纯朴得好像未经雕琢，旷达得好像高山空谷。《吕氏春秋》云："故当今之世，求有道之士，则于四海之内，山谷之中，僻远幽闲之所。"可见山谷空静幽远，是隐迹修道的必选之地。古往今来，多少修道之士栖息山林、遁世修身，期冀在深山幽谷中臻于极致通达、体悟天人合一。以谷喻人、借谷叙怀，就是强调敞开胸襟，心怀雅量，谦逊温和。正如明末清初思想家陈确在《复吴裒仲书》中说："读教益，知虚怀若谷。"

虚怀若谷首在"虚"。"虚"不是虚弱更不是虚伪，不是推诿更不是退避，而是敞开自己、放空自己、摆低自己，如此才能倾听别人、理解别人，才能取人之长、补己之短，才能不断完善、不断提升，才能使人进步、使人快乐。未出土时先有节，已到凌云仍虚心。古人多咏竹赞竹，喜欢用翠竹的高洁来表达对谦虚的推崇，谦恭有度的心态、谦和有礼的个性、谦逊有节的品格都被当作仁人君子所应秉持坚守的情操。俗话说，"虚心万事能成，自满十事九空"。谦虚低调仿佛有一种抑腐防朽的神奇能力，总能让人在骄浮中找到平实、在困难中看到希望、在被动中获得主动。古来建立功业、彪炳史册的大都是谦虚圆融之人，那些执拗固执、骄傲自满者往往难以成就大业。文王谦虚，渭河之滨访太公，最终成就周朝八百年基业；高祖谦逊，放手使用汉三杰，最终缔造大汉王朝伟业；刘备谦虚，三顾茅庐请卧龙，最终三分天下有其一。纵览历史风云，品味历代兴衰，明君贤主因虚心治国，大都政治清明、群贤毕至。当前，我国经济总量已跃居世界第二，但并不意味着综合国力也是如此，更不表明科技实力和国防实力也是这样，人均水平差距依然很大。在复杂激烈的国际竞争中，我们唯有戒骄戒躁、谦虚谨慎，始终保持虚怀若谷的学习态度和如饥似渴的求知精神，不断借鉴和汲取世界其他民族的优秀文化，才能永葆生机、不断进步。

虚心求教是虚怀若谷的内在逻辑。孔子说："三人行必有我师"，他问官于郯子、学乐于苌弘、习琴于师襄，更向老子问礼问道，之所以能成为"万世师表"，与其随时学习请教的可贵态度和这种虚心自省的精神有很大关系。有一则故事，讲的是一位满腹经纶、自视甚高的学者，为解禅学奥妙不远千里去拜访一位得道禅师。禅师斟好两杯清茶后，便开始讲解佛学精义。学者刚开始还饶有兴趣，后来总感觉禅师的话似曾相识，并无新意，不过如此。于是学者开始心浮气躁起来，不停出言打断，语带不逊。禅师没有因此而生气，只是拿起茶壶替这位学者斟茶，直到茶水不停地从杯中溢出。学者连连提醒，禅师放下茶壶慈和地说："是啊！如果你不把原来的茶倒干净，又怎么能品尝我现在倒给你的茶呢？"一番言语让学者叹服顿悟，虚心求教，终获益匪浅。可见做到虚怀若谷，必须多听善听，更多时候需要用心倾听。我们不仅要倾听同伴的心声，还要倾听对手的意见；不仅要倾听赞美的语言，还要倾听批评的声音；不仅要倾听强者的呼唤，还要倾听弱者的诉求；不仅要倾听先哲的名言、心灵的呐喊，还要倾听朴素的村话、无忌的童语。这是一种饱含谦虚谦逊的气度、雅量和修养。

虚怀若谷为上，见贤思齐为美。"见贤思齐焉，见不贤而内自省也。"《论语》告诉世人，看见贤德的人就要向他看齐，看见不贤的人就要内心反省。孔颖达说："见彼贤则思与之齐等"，骆宾王说："见贤思齐，仰圭璋而有地；挥毫兴颂，镂琬琰之无惭"，诸葛亮说："亲贤臣，远小人"，以上都是倡导见贤思齐的美谈。我们多崇拜鸿学大儒的贤能贤德，多推许开明君主的贤明贤达，多赞美贤妻良母的贤淑贤惠，"贤"只一字却囊括了做人的优秀品格、定义了行事的道德标准、凝聚了向善的美好憧憬，蕴含了宝贵的精神财富。从见贤思齐的修身路径来看，虚怀若谷、集思广益、择善而从、弛而不息可谓密不可分的"四重奏"。虚怀若谷以纳谏自省，此乃见贤思齐的前提；集思广益以兼收并蓄，此为见贤思齐的基础；择善而从以心向光明，此是见贤思齐的关键；弛而不息以终至妙境，此系见贤思齐的要义。古人云："尚贤者，政之本也。"

用一贤人则群贤毕至，见贤思齐就蔚然成风。全国各地、各行各业都要选贤任能、用当其时，寻觅人才、求贤若渴，发现人才、如获至宝，知人善任、人尽其才。

榜样的力量是无穷的。"高山安可仰，徒此揖清芬。"榜样是大山，代表着崇高；榜样是明灯，导引着航程；榜样是旗帜，坚守着方向；榜样是资源，凝聚着力量。孟子说："天下之善士，斯友天下之善士。"文天祥在《正气歌》中写道："哲人日已远，典刑在夙昔。风檐展书读，古道照颜色。"历史上，从来不乏彪炳史册而启迪后人的榜样，这些仁人贤士的道德品格都折射出人性中最光辉的一面，有着强大的人格吸引力、道德感染力和真理召唤力，能够激励人、鼓舞人和带动人。因此，我们要常用"见贤思齐"的古训对照自己、校正自己、完善自己，实现力量传递，形成良好风尚。

## 自强不息　乐观进取

《易经》很早就提出了"天行健，君子以自强不息"的宏大命题。几千年来，自强思想一直生生不息，自强精神始终熠熠生辉，流淌在中华文化的血脉之中，刻印在中华儿女的心头之上。《中庸》赞美："君子和而不流，强哉矫！中立而不倚，强哉矫！国有道，不变塞焉，强哉矫！国无道，至死不变,强哉矫!"屈原感叹:"惩违改忿兮,抑心而自强。"《礼记》中讲道:"知困,然后能自强也。"《宋史·董槐传》有云:"外有敌国,则其计先自强,自强者,人畏我,我不畏人。"康有为提出:"自强为天下健,志刚为大君之道。"由此足见中华文明对自强不息始终有着高度认同。

"眼前多少难甘事,自古男儿当自强。"古今中外,无数杰出人士历经磨难而自强不息的精神令人敬仰。在外国,盲诗人荷马的吟唱,为世人流传下瑰丽神奇的宏伟史诗;失聪后的贝多芬,叩响了《命运》之门;耳聋的爱迪生,为人类留下划时代的发明创造;全身瘫痪的物理学家霍金,成为了最接近宇宙奥秘的人;饱受病魔摧残的海伦·凯勒,展示了最为迷人的心灵之美。在中国,"左丘失明,厥有《国语》;孙子膑脚,《兵法》修列";遭受腐刑的司马迁,以一部《史记》成就千古绝唱;双目失明的鉴真大师,远渡重洋播撒中华文明;"瞎子"阿炳,一曲《二泉映月》道尽人间沧桑;19岁因伤寒而导致腿部残疾的华罗庚成为数学泰斗;高位截瘫的张海迪却书写了《绝顶》和《轮椅上的梦》……他们都曾遭遇过严峻的人生困境和挑战,承受过常人难以想象的艰辛和磨难,但他们没有沮丧和沉沦,始终自强不息、信心满怀,登上了世人难以企及的人生巅峰,身上闪耀着伟大的人性光芒。

德性之美,莫过自强。自强是一种精神,让人活出尊严、活出价值；自强是一种态度，让人积极向上、永不言弃；自强是一种信念，让人朝乾夕惕、矢志不渝；自强是一种境界，让人勇往直前、乐观进取。自强更是民族气节，支撑着中华民族历尽沧桑而不衰、备受磨难而不败，如今更是豪迈地屹立于世界民族之林。古往今来，"发愤忘食，乐以忘忧，不知老之将至"抒发着自强不息的感慨，"苟日新，日日新，又日新"策论着自强变革的意义，"路漫漫其修远兮，吾将上下而求索"饱含着自强无畏的精神，"胜人者有力，自胜者强"充满着自强拼搏的能量，"自力更生、艰苦奋斗"回荡着自强自立的豪情。

精神乐观人自强，独怀浓愁梦不香。乐观总是与自强为伍，与进取相伴。乐观是克服困难的动力，是治疗创伤的良药，是摆脱悲观的利器，是走向成功的路标。乐观是"天生我材必有用，千金散尽还复来"的豁达，是"大鹏一日同风起，扶摇直上九万里"的豪迈，是"千磨万击还坚劲，任尔东西南北风"的毅力，是"安能摧眉折腰事权贵，使我不得开心颜"的自由。乐观的人，处处可见"百鸟枝头唱春山"；悲观的人，则时时感慨"风过芭蕉雨滴残"。正如一张白纸，如果以乐观的态度对待它，它能成一幅色彩绚丽的图画；如果以悲观的态度对待它，它就是一张一文不值的废纸。因而，守住乐观的心境，往往就能看遍天下美景、览尽人间春色。

日月其迈，唯心维初。在我从事较多的实际工作中，农民兄弟总给我以执着乐观的感悟，民族同胞总给我以自强乐观的感奋，残疾人朋友总给我以坚毅乐观的感知，这些都将永远令我萦绕于怀、铭记于心，值得用一生去珍惜、珍藏、珍念。

面对农民兄弟，我总是收获感动。农民世代从事繁重的农业生产和体力劳动，塑造了为人正直、待人诚恳和朴实无华的性格特点。我曾和顺着垄沟找豆包的农民兄弟一起扶犁、点种、踩格子；也曾和两手老茧、饱经风霜的父老乡亲一道收割、拉地和打场，他们没有华丽的语言，却有一颗真诚的心；他们没有亮丽的外表，却有一团火热的情。他们默默地劳动着、创造着、奉献着，他们是可亲可爱、可敬可佩、可歌可叹的，在他们身上表现出的勤劳质朴、坚毅顽强、崇善明理和知足感恩的特质，值得我们礼赞与尊重。

面对民族同胞，我总是体悟真情。我们国家是一个自然灾害多发的国家，而一些民族地区由于自然条件恶劣，更是灾害频发。"殷忧启圣，多难兴邦。"正是由于这种精神品格和传统，中华民族才历经磨难而不亡，并且愈挫愈奋、愈挫愈勇。我曾多次在灾区和当地民众一起参加抢险救灾和灾后重建工作，各族同胞表现出来的万众一心、众志成城，不畏艰险、百折不挠，自强不息、感恩奋进的精神，为中华民族精神品格和传统美德作出了最好注解，值得我们继承与发展。

面对残疾人朋友，我总是深受震撼。由于身受残疾之痛，经历人生的种种磨难，很多残疾人拥有常人所难以拥有的坚定意志、坚韧毅力、崇高品格和特殊才能，敢于直面人生困厄，勇于与命运抗争，创造了非凡的业绩，登上了人生的高峰。他们奋斗的经历弥足珍惜，取得的成就难能可贵，展现的精神令人感动。他们的行为感人至深，彰显了人们的精神追求，推动了社会的文明进步，值得我们敬佩与学习。

2012年中国残奥代表团出征伦敦前夕，回良玉来到中国残疾人体育运动管理中心，看望刻苦训练的残疾人运动员、教练员，勉励他们顽强拼搏，再创佳绩，努力实现人生价值。

自责之外无胜人之术，自强之外无上人之术。我们无法自由选择自己的出身，但可以牢牢把握成长的命运；我们无法自主决定未来的业绩，但可以紧紧抓住当下的机遇；我们无法独自改变别人的看法，但可以静静地保持自尊自律。自强不息作为一个奋进的过程，最终也会收获快乐，这种快乐是认识自己的快乐，是坚守自我的快乐，是超越自身的快乐，是经历风雨之后见到彩虹的快乐，因而是真正的快乐。

## 以德治国　经邦济世

读《大学》的次数越多，越是为古圣先贤的思想境界和智慧而击节赞叹。修德修心修身不是终点，"身修而后家齐，家齐而后国治，国治而后天下平"。修身是为了齐家、治国、平天下，通过彰显自己的内在之德而影响和改变周围的人乃至世人，从而达到"内圣"与"外王"相统一的理想境界，"以德治国"思想跃然纸上，可见可感。

道德是国家之基、民族之根。《尚书·尧典》记载："克明俊德，以亲九族；九族既睦，平章百姓；百姓昭明，协和万邦。"《尚书·大禹谟》有云："德惟善政，政在养民。"西周初期，因"天命改降于周"，先贤智慧地提出"皇天无亲，惟德是辅；民心无常，惟惠之怀"，将"明德慎罚"作为指导思想。春秋战国时期，传统德治思想进一步发展，形成了基本完备的德政伦理体系。孔子继承和发展周朝"重德"思想，提出"为政以德，譬如北辰，居其所而众星拱之""道之以政，齐之以刑，民免而无耻；道之以德，齐之以礼，有耻且格"，生动形象地阐明了德治德政的意义。此后历代王朝进一步发扬儒家的"以德治国"思想，汉朝推行"德主刑辅"的治国方策，唐朝奉行"德礼为政教之本，刑罚为政教之用"，宋朝进一步明确了法律"必以仁义为先，而不以功利为急"的主张，明清时期也是一直延续德法合治。以德治国作为传统中国治理的根基，对于国家长治久安、民族长盛不衰具有重要意义。一个国家、一个民族任何时候都不能失掉道德的支撑。

威与信并行，德与法相济。"法出于仪，尊礼则文治；威生于义，尚法则威升。"在儒家思想看来，道德与政治是相互统一的，政治只有以道德为指导，才有正确的方向；道德只有体现在政治中，才能产生深远的影响。儒家推崇以德治国，同时对法的作用亦不否定。孔子说："政宽则民慢，慢则纠之以猛。猛则民残，残则施之以宽。宽以济猛，猛以济宽，政是以和。"宽为德治，猛为法治，宽猛相济乃德治与法治之结合。此后"隆礼重法""阳为德，阴为刑""制礼以崇敬，立刑以明威"等思想都蕴含了德法合治的道理。从世界范围看，西方国家并非只讲"法治"而不讲"德治"，它们在把法治作为治国基本原则的同时，也注重用道德调节人们的行为。正如法国思想家卢梭所说：

"一切法律中最重要的法律，既不是刻在大理石上，也不是刻在铜表上，而是铭刻在公民的内心里。"二战之后，美国曾制定《政府道德法》，德国、法国、日本等国家也都注重公民道德教育。可见，法治和德治作为两种不同治国方式，法治是他律，德治是自律，大力倡导文明健康向上的道德情操，同构建严格规范的法律体系一样，都是人类文明发展进步的内在要求，二者如车之两轮、鸟之双翼，互促互进，不可偏废。

以德治国，济世经邦。从治国要义来看，德治须做到心忧天下、视民如伤。时代的进步、社会的发展、国家的兴盛，总是需要一批"先天下之忧而忧"的人。陆贽在给唐德宗的奏折中写道："有以无难而失守，有以多难而兴邦。"振兴国家的并非天灾人祸，而是国难当头激发出的爱国忧民的热情。《左传》记载："国之兴也，视民如伤，是其福也。"视民如伤是一种真正关怀百姓冷暖、切身感受群众疾苦的情感态度，这种情感不可能凭空而来，是与群众同呼吸、共命运的真切体悟，必然会赢得广泛拥护和支持。德治须做到知荣明耻、公平正义。荣辱观关乎天下风气、社会发展，是人所思所行、所作所为的道德依凭。只有知荣明耻、褒荣贬耻，才能行所当行、止所当止，激浊扬清、固本正源。"大道之行也，天下为公。"公平正义是美好社会的基本特征，是和谐社会的价值取向。推行德治，坚持公平、坚守公正不可或缺。德治须做到尚贤任能、以身作则。"尚贤者，政之本也。"治国之要，首在用人；用人之要，首在德行。"有德此有人，有人此有土，有土此有财，有财此有用。"我们党历来高度重视选贤任能，始终坚持德才兼备的用人原则，德为贤之首，德为能之前，德为才之先，可谓抓住了选人用人的根本性问题。"其身正，不令而行；其身不正，虽令不从。"施政者唯有自身德厚流光、高情远致，才能够影响身边的人、影响天下的人，真正做到为政以德、人皆仰之。

"礼义廉耻，国之四维，四维不张，国乃灭亡。"当今社会处在一个变革和变化最大的时期，也是一个喧嚣和呐喊最强的时期。在这个时期，物欲过旺、诱惑过盛、浮躁过多、情义过淡的现象又尤为突出。要实现国家长治久安，绝不能缺少信仰信念、缺失道德善举、缺乏情义友爱，必须识得真善美，辨别假恶丑。道德修养不是万能的，但一个人、一个社会，如果没有道德底线，很可能跌跟斗甚至堕入深渊。针对当前一些领域和地方的道德失范，应大力弘扬传统美德和时代新风，坚定不移开展道德引导、道德教化和道德建设。不知耻者，无所不为。为泯息人性中的假恶丑，应加强社会公德、职业道德、家庭美德、个人品德建设，引导人们自觉履行法定义务、社会责任，"仓廪实而知礼节，衣食足而知荣辱"。自古中国知识分子们都有宏伟理想，"太上有立德，其次有立功，其次有立言"。立德树人作为教育的根本任务，关键是解决好"培养什么人、怎样培养人"的问题，从青少年抓起，让他们"照好人生的镜子"。官德乃为官之本、成事之基。"德胜才，谓之君子；才胜德，谓之小人。"常修为政之德，做到以德正风、以德塑形、以德立身、以德立威。在新的形势下，德治必须继承弘扬中华民族的传统美德，并与时俱进地赋予新的时代内涵；必须总结借鉴过去的经验教训，并准确找到新的表达形式；必须坚持以往行之有效的办法，并不断指明新的实施路径，切实实现新的治理成效。

# 崇善躬行之乐

　　"善乃幸福之源，宽乃长寿之方"。在云南农村调研时，这幅贴在农户门上的对联给我留下了深刻的印象。让我感慨无限，每每想起就历历在目。

　　古往今来，"善"字一直与人类文明相伴。善的光芒始终照耀着人类社会从落后进入发达、从野蛮步入文明的历史进程。崇善弃恶，在中华民族五千年的思想和实践中都占有不可替代的重要地位。《大学》开篇便说："大学之道，在明明德，在亲民，在止于至善。"在这里，"止于至善"是"明明德"、"亲民"的落脚点和归宿，中国人的崇善思想可见一斑。善是一种积极、开放、包容、利他的心态，从心而发，能感化天地众生；更是一种春风化雨、润物无声的行为，由行而出，可滋养宇宙万物。善需要每个人的认真护持，才能以涓涓细流遍及四方；更需要社会的细心呵护，方可汇聚成滔滔大海。

2009年7月7日，回良玉率考察调研组专程看望西藏儿童福利院的孩子们并捐赠助学款。

## 从心出发 崇善之根

我常常在想，为什么《三字经》开篇即讲"人之初，性本善"？这是不是对千百年来炎黄子孙人性的概括？抑或说崇善自古以来便是中华民族的传统美德。人们对善的推崇源自于对德的践行，德与善是一体的两面，善是德的外在表现，德是善的内在动力。社会的和谐离不开道德的彰显，道德的彰显离不开善行的表达。正如《易经》所谓："君子居其室，出其言善，则千里之外应之，况其迩者乎？居其室，出其言不善，则千里之外违之，况其迩者乎？"《论语》也说："君子之德风，小人之德草，草上之风必偃。"社会的道德气象影响着大众的品德行为。历史一再印证，当崇善追求缺失，不正之风盛行时，犯罪、冲突、战争等不良行为则必然会层出不穷；反之，当崇善追求张扬，不正之风式微时，善的方面就会占据主导地位，不和谐之音就会偃旗息鼓。当今社会，物质不断丰富、科技高度发达、文化空前融合。然而，在物质文明快速发展的同时，人们的精神世界也面临着许多前所未有的挑战，冷漠、烦躁、焦虑、暴力等情绪不断滋生，人和人之间心的距离似乎越拉越大，感情也似乎越来越远。如何应对这种挑战，使人们更多地感受到快乐和幸福？归根究底，来自于人们的善心善行。心怀善良，人们的一言一行就会充满善意，生活就会变得更加美好和幸福，世界也会因此而更加精彩迷人。

崇善从心出发，方能持久感化天地。几千年来，儒家思想之所以流传至今、历久弥新，一个很重要的原因就在于它推崇人心向善的仁爱思想。《论语》有言："仁者，爱人。"儒家学说以仁爱为出发点，对中华民族乃至人类社会始终具有重大而深远的影响。慈善仁爱、扬善抑恶是当代中国社会主义核心价值观的重要思想之一。《道德经》从另一个角度指出："天下皆知美之为美，斯恶已；皆知善之为善，斯不善已。"善恶是相对的，看人们以什么样的目的去对待。若待之以不正确的态度，则善也可能转变为恶。我们在判断善恶、树立善恶标准的同时，更应该思考如何扬善，让隐存在每一个人内心深处的善的种子生根发芽，结出丰硕果实。可以说，如果每个人都拥有一颗平和而善良的心，并以此善待自己、善待他人、善待社会，不仅能持续净化自己的灵魂，而且也能为他人和社会带来快乐和幸福。

善始于恻隐之心，源自同情之心。儒家从人性探讨的角度，用恻隐之说回答人性是否天生善良的问题。《孟子》所言，"恻隐之心，仁之端也""无恻隐之心，非人也"，即是强调对社会上的贫弱者常生怜悯之情、常怀恻隐之心，是仁爱精神的表现，是与生俱来的秉性。西方美学理论中有同情说，将同情视为审美方式，认为同情是人的天性。西方哲人有类似的论述：法国贝克"同情是善良心地所启发的一种感情的反映"，英国培根"同情是一切道德中最高的美德"，"同情是人类与生俱来的天性"。恻隐之心、同情之心，人皆有之。唯有将这个与生俱来的本能发挥出来，并将这份善念善意转化为善行善举，才能真正走向崇善的道路，才不会对弱势群体麻木不仁、对社会不公充耳不闻、对天灾人祸袖手旁观，才可以驱散内心的阴霾、增长内心的快乐、促进社会的和谐。

善心善行，传递给别人的不仅仅是物质利益，更是一种心灵的力量，这才是社会和谐幸福之源。对于芸芸众生来说，与人为善也就是与己为善，做善事是在帮助别人，同时也给自己带来愉悦。很多时候，"搭把手不孤独，扶把手不费力"。善不只表现为钱财物的施惠，往往一个微笑，一个眼神，一个举动，一句话语都是善意的体现。对他人的尊重、谦让、包容、体谅、安抚，以平等之心对待弱势者，以宽慰之心对待失落者，以随喜之心对待成功者，这种看似平凡的行动，就是善良。善言善行能够折射出人性的光辉，能够滋养内心的幸福。每个人都多一些善意与成全，就可以成就一个和谐社会。

一心崇善，方得善果。做人做事，首先要有善念，善念生发出去，才有可能被他人所理解和支持，才有可能结出善果。"己欲立而立人，己欲达而达人。"我们共产党人所追求的善果，就是保护和发展人民的福祉。只要我们的事业，始终以人民为重，始终将人民利益摆在第一位，想人民之所想，急人民之所急，为群众办实事、解难事，让人民的根本利益得到保障，让人民的生活水平得到提高，就能带动人人一心向善，就能结出无数善果，整个社会就会和谐，达到"天下归仁"的境界。

## 躬行实践　扬善之道

感人心者，莫先乎情；动人心者，莫先乎行。再激扬的文字，抵不过躬身的实践；再动听的话语，抵不过实际的行动。行动，往往是最实际的"讲话"、最权威的"发言"，最真实的"标识"。崇善更是如此，善不是凝固在书本里的抽象词语，而是存在于我们周围的具体事物中，需要我们躬行实践，从我做起。这种行，是"看我的""跟我上"，而不是"听我的""给我上"，更不是只说不干，妄评不做，虚而不实。

善不该只是一句口号，而应该是一种行为。没有躬行的善，算不上真善。我们只有在处理与他人和社会的种种关系中，才好界定自己行为的善与不善。《论语》开篇第一句说"学而时习之，不亦说乎"，就是告诉我们，学习了解了道理，就要去躬行实践，进而才能得到真正的收获，产生由衷的喜悦。我们认识了善的道理，有了善的意识，也要在别人需要的时候，躬行实践，将善的意识付诸行动，才能从惠及他人的善行中获得快乐和幸福。

春风化雨，德润四方。崇善要见诸于行，养成习惯。所谓播种行为，收获习惯；播种习惯，收获性格；播种性格，收获命运。古人常讲，要日行一善，月习一德，善行一生。这说明做善事不是一时之举，而是天天要做的事情。做善事一旦形成个人习惯和社会习俗，快乐就能源源不断涌来。诚然，偶尔做做善事相对容易，经年累月去坚持做善事则相当困难。毛泽东在祝贺吴玉章同志 60 寿辰时就曾说过"一个人做点好事并不难，难的是一辈子做好事，不做坏事"，在纪念张思德时也强调要完全、彻底为人民服务。从张思德到雷锋，再到郭明义，这些优秀共产党员都是行胜于言、一辈子做好事的典范，是我们学习的榜样。如果人人都能在日常生活、工作和学习中知善、行善、扬善、乐善，那么行善就从一种理念和口号成为一种习俗、一种风尚。

"勿以善小而不为"，刘备临终前对儿子如是说。小善都不肯做，又如何做得了大善？而且，小善也不一定就是微不足道的。一件小小的善行，也可以有大义。古人说，"水滴虽微，渐盈大器。"江苏江阴市民张纪清，27 年如一日以"炎黄"的署名捐款，建敬老院、希望小学，2015 年他被评为感动中国十大人物，他却平淡地说："这都是小事，能帮就帮一把吧。"也许每一次行善看起来都是件小事，但是能够持之以恒坚持27 年，这就成为了大德。

其实，善不分大小，善不分轻重，善不分厚薄。扶危济困是善，微笑问候也是善，见义勇为是善，理解宽容也是善。我们每日的活动基本都是在家庭生活、单位工作、社会交往中进行的，这其中我们所面临的也多是些小事和琐事，很少遇到惊天动地的大事情。舍生忘死救溺水者是英雄，热情耐心为迷路人指路是好人。从概率角度讲，当好人的机会远远大于当英雄的机会。而当好人，在小事和琐事中向别人传达善意和关爱，是我们每个人都有机会并且有能力做到的。天下大事作于细，天下善事也是作于细。身边的善、日常的善，不是"挟泰山以超北海"之类的重责大任，而是"为长者折枝"之类的举手之劳，这一个个举手之劳、一次次微笑之善，就会形成善意的海洋，产生强大的正能量。

赠人玫瑰，手有余香。当行善成为一种生活态度、一种生活方式、一种生活习惯，行善的人必定生活在快乐和充实之中。试想，一个人坚持做善事，在家在外待人友善，他就必定是一个受人欢迎的人：在家庭是个好成员，在单位是个好职工，在社会也必定是个好公民。这样的人，即使有烦恼也是暂时的，而幸福则是长久的。推而广之，个人欢快的音符在跳动，组成家庭的光明乐章，千万个家庭乐章相连，共同构建了社会和谐这一恢宏壮观的欢乐颂！躬行实践，行胜于言。如果我们能够将崇善追求真正落实到一言一行中，就如一首歌中所唱的："只要人人都献出一点爱，世界将变成美好的人间。"可以说，以善为乐得真乐，以善求乐获常乐。

2011年7月15日，回良玉等在京出席第六届中华慈善奖表彰大会，并在会前参观中华慈善奖事迹展览、会见中华慈善奖获奖者。

## 感恩报恩　向善之基

施恩慎勿念，受施慎勿忘。感恩报恩，历来备受推崇。一句古语说得好，受人滴水之恩，甘当涌泉相报。别人施恩于你，你从内心升起感激之情，这是最起码的为善之基和处世原则。在此基础上，若能再将感激之情进一步升华，知恩图报乃至推己及人，将此感恩之心转化成对他人的恩惠，策励行善，则为得恩向善。

古往今来，人们对感恩报恩的高歌赞颂从不吝啬，且大都是出于内心共鸣，有感而发。如南宋学者赵与时在《宾退录》中写道："读诸葛孔明《出师表》而不堕泪者，其人必不忠；读李令伯《陈情表》而不堕泪者，其人必不孝；读韩愈《祭十二郎文》而不堕泪者，其人必不友。"诸葛孔明为报刘备知遇之恩，鞠躬尽瘁死而后已；李令伯为报祖母养育之恩，辞高官厚禄甘于平淡；韩愈感念亲友情深，骨肉至亲刻骨铭心。如此情义，千载之下，仍然令人动容。

常怀感恩之心，方能体察万物，领悟人世美好。羊有跪乳之恩，鸦有反哺之义，动物尚且如此，何况顶天立地的人呢？中国有人生十大恩的说法：应念天地呵护之恩，因衣食取天地之精华，享日月之灵光；念父母养育之恩，因呕心沥血，抚养成人；念良师培养之恩，因为人师表，桃李满园；念贵人提携之恩，因千里才能，祈遇伯乐；念智者指点之恩，因免入歧途，终有所获；念危难救急之恩，因绝处逢生，恩善莫大；念绿叶烘托之恩，因独当一面，支持配合；念夫妻体贴之恩，因赡老哺幼，共苦同甘；念兄弟手足之恩，因互相扶持，共度风雨；念知己相知之恩，因互相倾吐，心心相印。

能报恩才算真正知恩。知恩是一种内在的意识，报恩则是言行上的具体体现。受人恩惠，不仅要在内心升起真实的感恩之心，还要尽意尽情地在行动上回报。庾信在《徵调曲》中写道："落其实者思其树，饮其流者怀其源。"中华民族自古以来养成知恩图报的美德，"结草衔环"就是关于报恩的经典传说。"结草"讲的是，春秋时期晋国大夫魏颗没有按照父亲临终时的吩咐将其父的爱妾杀死陪葬，而是按照父亲清醒时候的意愿让此妾改嫁他人。时逢秦国出兵伐晋，魏颗率军迎敌，与秦国大将杜回鏖战在一起。该妾的父亲为替女儿报恩，将野草结缠成绳套，绊倒了秦将杜回，帮助恩人魏颗取得战争胜利。"衔环"则是指一个小孩救了一只黄雀，黄雀为了报恩，衔来四枚白环，以此护佑恩人。这两个传说都讲述了受人恩惠，定当图报的道理。历史上，感恩报德的动人故事不胜枚举。侯嬴只是大梁的一个守门人，信陵君为求取贤才，屈尊降贵，亲自驱车去迎接他，宴会上亲自为其斟酒。对于侯嬴这样一个至微至陋的守门人，而信陵君却如此地毕恭毕敬，实为难得。侯嬴为了报答这份赏识和恩典，在信陵君准备率领众门客去救赵国时，主动出谋划策，并在信陵君到达赵国时自刎而死以保全秘密，用自己的智慧和生命去回报那一份尊重。可能很多人都和我一样，越是随着岁月的流逝和年龄的增长，越能真正体悟感恩的真谛，越能真正领略报恩的哲理。人世间没有无缘无故的恩泽，与人为善，则他人必有回应。有恩不报，忘恩负义，历来为人所不齿，转眼无恩者甚至被嗤为狼心狗肺。其实，无感恩之心，必缺幸福之感。懂得感恩的人，心地柔软，恬淡知足，别人丝缕滴水的施予，都会不遗余力地去回报，因此富有整个世界。

可以说，感恩报恩，是安身立命的良心良知，是为人处世的基本要求，是人类得以延续的强大动力，是社会和谐的不竭源泉。

生活在现代社会，我们应该感恩社会的哺养。如果说社会是一棵大树，我们就是这棵树上的叶子，没有大树的滋润，叶子早就随风飘散，不知所踪；如果说社会是一片海洋，我们就是海洋里的鱼儿，没有海洋的滋养，鱼儿早就窒息而亡，无法生存。社会是一个动态的概念，几十、几百、几千年前也有社会，但没有哪个时代的社会像今天这样缤纷多彩，像今天这样关爱每个社会成员，我们应当为自己庆幸，能生长在这样一个美好的时代；我们应当对社会感恩，它为我们提供了如此丰富多样的生活。社会是一个相互影响、相互作用的有机体，我们对社会施加一个什么影响，社会必然也会给我们一个相应的回应，种瓜得瓜，种豆得豆。我们若是为了一己之私，而做出有损社会的行为，那么社会必然会让我们自食恶果；我们若是遵循社会规律，则社会必将回报我们善果。

人的一生经历的事情很多，但能够让你记忆犹新，让你历历在目的，必然是那些曾让你深受感染和感动的。记得2012年云南遭遇特大旱灾，我与消防官兵们一起赶往一个受灾最重的偏僻山村，为村民送水。那里的乡亲们平常挑水都要走十几里山路，这么多年一直没有解决这个困难，说实话，看到此景时，我心里充满了惭愧和歉疚。当地村民却紧握着我的手，嘴里不停说着"谢谢"。还是在云南，永仁县地震灾区，一个残疾老汉朗声对我说，"感谢党和政府给我盖了房子，我自己也要生产自救，总不能什么都靠政府。困难有一点，但可以克服。"多好的人民群众啊！历经苦难而不怨天尤人，滴水之恩直欲涌泉相报，其实我们真正应该感谢的是他们啊！

无论什么时候，我们都要感恩自然的滋养。大自然是人类赖以生存和发展的源泉。即使在科技水平高度发达，经济社会极度富裕的时代，人们依然摆脱不了对自然的依赖。而我们今天仍有一些人，罔顾自然规律，破坏生态环境，对大自然进行过度开发，总有一天，大自然会以更加严厉的方式惩罚我们。恩格斯曾说过："我们不要过分陶醉于我们人类对自然界的胜利。对于每一次这样的胜利，自然界都要对我们进行报复。"如今不断袭来的雾霾、气候变暖等环境问题，无一例外地印证了这一规律。而反过来说，如果我们能时时刻刻铭记自然的恩惠，与自然和谐相处，则自然必定会以更加友好的方式回馈我们。我曾看过有关部门的统计，不少被誉为寿比南山的长寿老人都生活在生态环境保护完好的地方，而近年来开发出来的美丽乡村，也大多得益于对自然的保护。感恩自然，方能长久。感恩自然，既是人性的光辉，也是人类长久生存的必然选择。只有当我们内心深处生起了对自然的敬畏之心、感恩之情，我们才可能真正做到爱山爱水、惜草惜木，才可能真正做到爱护大自然，才可能真正做到按自然规律办事，才可能真正做到与自然和谐相处。

## 宽容厚道　从善之智

在我们东北老家，经常用"古道热肠"来形容热心人。在安徽等地，人们则常以"厚道"来称赞那些从善之人。老家那片深厚而又深情的黑土地上，生活着许许多多淳朴仁厚的父老乡亲，时时让人感念。小时候出门上学，走在村街上，时不时有位敦厚的长者亲切地抚摸一下我的头，平淡而又平常的一句：孩子，吃了吗？会让人心头荡起一层暖流。平时，谁家要是有了大事小情，乡亲们就主动上门热情相助。一家盖房子，全屯子人来帮工，干几天也不要一分工钱；相互交往中有个张长李短的，也相互包容，不予计较。两家的孩子如果发生矛盾，家长首先批评自家的孩子，而不是助长孩子的顽皮。他们身上展现的宽容厚道、善待他人的品质，让我们踏实、温暖和感动，深受滋养。老人正直的品行就是留给后人的最好馈赠，是培养儿孙美德的无声力量，是润育慈善心灵的阳光雨露。在当今这个多元又多样的世界、多元又多彩的时代、多元又多变的社会中，崇善就要求我们具备这样的心胸、气度和智慧。

中华文化强调"和"，懂得"和"的道理，也就能够宽容处事，厚道做人。宽容厚道，首先是对具体事件的宽容，即在他人有意无意冒犯自己时的宽容。这需要我们的理性态度，"人不知而不愠，不亦君子乎"。其次是对人的宽容，不苛求苛责他人。这是团队合作的需要，"江海所以能为百谷王者，以其善下之"。在同一个集体之内，大家求同存异，相互配合，才能做出成绩。相反，若是苛刻求同，强势压制不同声音，追求表面上的一致，实际上反而会加深矛盾。再次是精神层面的宽容，对思想和文化要有包容精神，"思想自由，兼容并包"，这更具有宏观性和长远意义。概括起来，在法律与道德的底线约束下，我们提倡要常存宽容之心，因为这可以让我们忽略小事，集中精力办好大事；可以让我们三人行而择师，见贤思齐；可以让我们有更好的待人处事之道，予人欢乐、予己幸福。

人皆有弱点，人生皆有缺憾，生活皆有不尽人意的地方，这才是真实的人、真实的人生、真实的生活。面对真实，我们一方面心中要有完美的理想追求，另一方面又要有不完美的接受能力。这种接受能力往往是对一个人人格、意志的考验。在待人处事上，要持宽容之心、秉宽恕之念、行宽厚之德，有对别人失误的宽容、有对事物缺憾的接受、有对不尽人意的妥协。如果宽厚到了极致，就会像大海大地一样，万水趋之、万物归之，因此地低成海、人低成师。常怀恕道之心、能够以德报怨、乐于成人之美的人，常常能收获他人的尊重与善意，人缘越来越好，道路越走越宽，事业自然也就越做越大。相反，待人刻薄、办事苛刻、处世尖刻，自以为处处胜人一筹，往往会朋友反目，家庭失和，众叛亲离，输去人心。

当然，厚道者也不吝于指正他人的过错，不过大多以温和型、建设性的方式提出。美好的心意需要善言善语来表达，同一个善意，和颜悦色、温声细语去传达，与神情不耐、恶声恶语去告知，效果肯定截然不同。鼓励和赞美是滋养他人的灵丹妙药，忠言逆耳、理直气壮固然需要，但在不同的环境，不同的时候，对不同的人，也应该提倡忠言顺耳、理直气和。厚道之人，往往忘记自己为别人做的好事，不斤斤计较，不希图回报；往往记得别人为自己做的好事，铭记世间的善意温暖，能够继续传递善良之火种。遗忘与记取之间，凝结着人生的大智慧。

崇善之人大多有宽容之心，既容人之短能谅解，又容人之长不嫉妒，还能够欣赏、学习、重用能人和强人。有一位与我一起在省里共事的老领导，对宽容厚道有一段非常精彩的切身感悟，让我很受启迪。他说一个有修养、有道德的人，最可贵的是助人为乐，最难得的是宽厚包容。宽厚包容是一种社会美德，是一种人生哲学，是一种制度文明。宽厚包容的真正内涵是厚德载物、海纳百川、和而不同、不同而和。宽容厚道表面上好像退让示弱，实际上是自信自强；既是大度能容，也是自我克制。多元多样是事物的常态，宽容厚道就要容忍异己，尊重不同，承认多样。所谓科学决策就是要求同存异、权衡利弊、兼顾各方，体现着决策者的宽容之心。

当我们对别人苛刻严厉的时候，还能指望别人对自己宽容迁就吗？当我们对别人没有厚道、缺乏宽容的时候，还能指望别人对自己尊重体谅吗？愿我们在为人处事中宽容厚道、容错纠错、善待他人，我们和我们爱的人也就可以得到友善相待，这就是从善的智慧。

## 平等尊重　致善之法

平等是人类的共同愿望，也是崇善的基本内涵。崇善不仅仅是帮助人，还必须是以平等的态度帮助人，也就是要尊重人。"廉者不受嗟来之食"，就是告诉我们，不尊重人的善，不是真善。尊重的根源是平等，因此，能否平等待人是衡量善行真假的重要标尺。

平等看似简单，却很难实现。在封建社会，统治者高人一等；在殖民帝国，统治民族高高在上；到了现代社会，性别歧视、种族歧视、行业歧视等仍或明或暗地广泛存在于世界各地，反对歧视、追求平等仍是进行时。现代西方思想体系所讲的平等，脱胎于基督教思想，强调人的权利平等、规则平等，更多意味着形式上的平等，而非事实上的平等。马克思主义强调"事实上平等"，与我国传统文化注重实质正义的观念非常契合，我国的民族政策就是一个突出的例证，集中体现了崇善的平等内涵。新中国成立后，我们建立了反对民族压迫的制度，提出了各民族在政治、经济、文化及社会生活各个方面都享有平等权利的原则，实现了形式上的平等。同时，鉴于有的少数民族还处在非常落后的社会发展阶段，生产力水平低下，经济、文化落后，只有形式上的平等还不足以保证他们事实上的平等。于是，大力帮助少数民族发展经济、提高文化教育和科学技术水平，逐步消除事实上的不平等，就成了党和政府解决民族问题的根本任务。

平等的关键在于一视同仁。2010 年青海玉树强烈地震发生后，藏传佛教的僧人们和广大军民一起冲向抢险救灾第一线，徒手抢救废墟中生还者的场面令人感动不已，奏响了大善大爱合力抗震救灾的交响曲。但由于特殊的民族宗教背景，有些人对于藏传佛教僧人参与救灾是否应该宣传，是否应该鼓励，还有这样那样的疑问。我们当时就认为，僧人也是公民，他们在危难之时站出来保卫家园，同样功不可没，值得赞扬。后来，在抗震救灾总结表彰大会上，我们同样将在抗震救灾中做出突出贡献的藏传佛教僧人一并纳入了党中央、国务院、中央军委的表彰名单。那次地震还有一件事让我印象深刻。震后我去了结古寺，这是一座藏传佛教大寺，在当地信教群众心目中有很高的地位。寺庙活佛问我，庙塌了，能不能参照民房标准给予修复？我认为，藏传佛教有着爱国爱教的传统，绝大多数僧众是拥护党的领导和社会主义制度，维护祖国统一和民族团结的。救灾体现的是国家和人民的大爱，就要对受灾的各族同胞包括寺庙僧尼一视同仁。民政、宗教等部门很快拿出了具体落实办法。这种一视同仁、平等待人的做法，让他们深为感动，极大地鼓舞了藏传佛教僧人们的善行。

2010年6月19日，回良玉第五次来到青海玉树地震灾区，在震源地结古镇受灾居民过渡安置点，夸赞8岁藏族小女孩普措卓玛的汉语说得很好。

　　平等不是"均等"，不是"大锅饭"，不是大小强弱、男女老少一个样。对于妇女、老人、儿童、残疾人、少数民族等群体，由于他们分享权利的能力包括行使民事权利的能力较差，在适用统一规则的社会竞争中往往处于弱势，其权益容易被忽视乃至被侵犯。因此，我们在提倡男女平等的时候，还要特别提倡"保护妇女的合法权益"，其他如残疾人福利政策、农民工优待政策、少数民族优惠政策等，也是如此。2008年奥运会和残奥会后，在研究对获奖运动员的表彰奖励事宜时，有人认为，残奥会奖牌的成绩含金量比奥运会的低，因此不应该与奥运会奖牌同等对待，奖金应当比奥运会低。这种说法遭到了一些人的质疑。是啊，残奥会也是奥运会，残疾人运动员在身体有缺憾的情况下，克服常人没有的困难，战胜常人没有的痛苦，拼搏进取，在赛场上为国争光，虽然绝对成绩不如身体健全的运动员，但其展示的爱国精神、体育精神毫不逊色，再说，奥运会和残奥会在同年同月同一个场地举行，获得金牌同样升国旗、同样唱国歌，残奥会奖牌奖金为什么不能与奥运会奖牌奖金同等数额发放呢？事实证明，奖金平等发放的做法，得到了包括残疾人在内的各界群众高度评价。实际上，这并不是赋予弱势群体以特殊权利，而是为了让他们能平等享有权利而给予的特殊保障。对待残疾人的态度如何，能够检验出我们是否有平等之心。经过这些年的努力，我国已经确立新时期残疾人事业发展战略，基本构建起与经济社会发展水平相适应的残疾人事业政策体系，初步搭建起保障残疾人生命健康权、生存权、发展权的制度框架，为促进残疾人平等参与现代化进程、共享改革发展成果奠定了坚实基础。古人讲，"惟齐非齐。"权利的天平向弱者倾斜，更会显得平等。一视同仁，包容差异，关爱弱小，才是崇善应有的平等内涵。

不欺下，不媚上，不自矜，方可平等。不欺下，就是要以平等之心对待下属，对待弱势群体，对待小国穷国，而不是以权压人、以富傲人、以强欺人。不媚上，就是要避免唯上唯权，以防出现以言代法、以情代法的乱象。不自矜，就是不要当了官就自夸自耀，自以为是，要拜师求教，虚心待人，扑下身子为民办事。"三不"也集中体现在我国的内外民族政策上。对内，我们党在中国历史上第一次提出各民族一律平等的主张，在民族识别时也更改了对少数民族的歧视性称呼。党和国家一直把五十六个民族平等的理念放在心上，付诸行动。对外，我们国家旗帜鲜明反对帝国主义和殖民主义，旗帜鲜明主张世界各民族无论大小、贫富、强弱一律平等，旗帜鲜明支持各国的民族解放运动，并始终平等相待亚非拉兄弟，从而赢得了广大发展中国家的欢迎和拥戴。1971年，中华人民共和国重返联合国，第三世界民族兄弟发挥了重要作用。互相尊重主权和领土完整、互不侵犯、互不干涉内政、平等互利、和平共处五项原则，就是中国这一立场的集中体现。和平共处五项原则的精髓，就是所有国家主权一律平等。现在，我们正在推进全球治理体系向着公正合理的方向发展，强调各国的事务应该由各国人民自己来管，所有国家都是国际社会平等成员，都有平等参与国际事务的权利。

周恩来总理当年曾说："所有的民族都是优秀的、勤劳的、有智慧的，只要给他们发展的机会；所有的民族都是勇敢的、有力量的，只要给他们锻炼的机会。"一个民族是这样，一个人、一个社会也是如此。平等尊重人，才能予人真善。对个人来讲，是对他人的尊重；对国家来讲，是实现善治的前提。

## 利他助人　行善之纲

崇善，就是要利他。世上的真正快乐，都是从利他而产生的；世上的许多痛苦，都是由自私而引发的。生活中常常是这样的，当我们赠与别人鲜花的时候，首先闻到花香的是我们自己；当我们扔给别人泥巴的时候，首先弄脏的是我们自己的手。以利他之心对待他人是健康人生的基础，懂得善待他人，才会懂得善待周围的一切。以利他之心，说好话，做善事，是幸福快乐的秘诀。

一贯坚持以利他之心行善助人，是最质朴平凡也最不容易达到的人生境界。曾用蹬三轮车所得资助贫困学生而"感动中国"的白芳礼老人，在生命的最后 19 年，用蹬三轮车积攒的近 35 万元钱，资助了近 300 名贫困学生，而他的私有财产账单上是一个零。一位年逾九旬的病弱老翁，一辆破烂不堪的三轮车，一个老人无私奉献的感人情怀，一个二十年助学的惊人义举，这个来自海河边的真实故事，带给我们无限的思考，带给我们心灵震撼，带给我们做个炎黄子孙的自豪。是的，从他们身上，我们看到了牺牲小我、成就大我的道德风范，看到了乐于付出、甘于奉献的崇高品格，看到了纯洁如玉的美好心灵。

"感动中国"的白芳礼，带给我们心灵震撼。

利他行善是一种敬畏，是一份责任。善良存在于每个人的内心，违背善良，就是抛弃自己。利他是对生命的爱护和敬畏。帮助他人，也是成就自己。当有人需要帮助，而我们也力所能及时，利他不能退缩，行善不可逃避。虽然也可能遇到意外和欺骗，但对生命的敬畏和对社会的责任，促使我们行善永不言弃。

利他行善是一种修养，是一份信念。善良是自我的修养，利他是人生的信念，别人的冷漠不是自己放弃利他行善的理由。歌德在《浮士德》中说："善良人在追求中纵然迷惘，却终将意识到有一条正途。"当我们在痛苦中难以解脱时，当我们在烦恼中纠缠不休时，当我们在人生的路口迷茫徘徊时，相信善良的力量，是引领我们走出迷雾的导航。也许，利他行善需要放弃某些物质或精神上的利益，需要学会包容、奉献，而这也正是我们精神修养不断升华的过程。无论遇到什么事情，只要我们以利他行善为信念，坚守善良的准则和底线，无论做出怎样的选择，都不会偏离人生的坐标，也不会给他人带来伤害，人生就不会有太多遗憾。

利他行善，给个人带来快乐，给社会带来温馨。人生的快乐，更多的是源自付出，一味地索求往往给自己带来烦恼。利他行善，不伤害他人，也愉悦了自己；利他行善，远离了怨恨、纷争、苦恼，也就得到了祥和；利他行善，懂得奉献，乐于助人，也就收获了心灵的充实和纯净。我们中国的很多汉字，确实是很有讲究和哲理的。"舒"字是舍得的"舍"和给予的"予"组成的，能够舍得和给予的人，才能舒心、舒坦，才会舒畅、舒爽。能舍能予就能有得，得到快乐和欣慰；不舍不予就会有失，失去心灵的安静与平和。诚然，社会上也有阴暗，但若因此而放弃利他助人，眼里只有自私自利，那么不仅这个世界会让人感觉寒冷，我们的内心也会成为一片荒漠，了无生机。

春有百花秋有月，夏有凉风冬有雪。外境美丑是相对的，关键在于用什么眼光去看。利他助人者，总能看到人性中的光辉、风雨后的彩虹、暗夜后的黎明，不管外界如何风云变幻，他们都能给社会带来温暖和希望。"镜里朱颜都变尽，只有丹心难灭。"无论是战火纷飞，还是山崩地裂，无论是远古传说，还是当代社会，利他助人都没有缺席。崇善行善的光芒犹如太阳，照破天际一切黑暗，让世间熠熠生辉。

## 为公取义　兴善之要

大道之行，天下为公。为公之心，取义情怀，是崇善的必然结果。从恻隐同情开始，到知恩报恩，宽容厚道，利他助人，不断滋长，扩充开来，最终必然使我们超越小我与私利，走向为公取义的道路，为整个国家、民族的利益而奋斗。这方面的例子很多，比如，边疆人民为捍卫国家主权和领土完整所付出的牺牲，就感人至深。可以说，在很多边境线上，一个村庄就是一座"军营"，一户人家就是一个"哨所"，一个边民就是一位"哨兵"。在抗日战争、解放战争和抗美援朝中，吉林延边州每 3 人就有 1 人支前参军，每 5 名战士就有 1 人牺牲，其中朝鲜族烈士占 97% 以上，诗人贺敬之为此写下了"山山金达莱,村村烈士碑"的诗句。上世纪 80 年代，西藏自治区隆子县玉麦乡，有一段时间全乡只有一个藏族之家，三口人，无论春夏秋冬，无论冰封雪飘，每天清早庄严地站在旗杆下，雄壮地升起国旗，长年固守国土。有一个边境地区县，生存条件十分恶劣，有人曾问当地一位边民为什么不搬到条件好的地方去，他回答说：我们走了外国人就来了，再想要回这块土地，就得动枪动炮了⋯⋯正是这些长期在边境一线生产生活的各族边民，以一颗为公取义之心坚守家园，默默无闻地守卫祖国的边疆，守护着全国各族人民的幸福和安宁。

培养为公情怀，就要明辨义利，义字当先。《大学》终篇反复强调"国不以利为利,以义为利。"孔子说"君子喻于义,小人喻于利"，将"义"属之于"君子"，要人们信守；而将"利"归之于"小人"，让人们戒防。孟子认为"义"是"人之正路"；为了"义"，他甚至表示愿意放弃生命："生，亦我所欲也；义，亦我所欲也；二者不可得兼，舍生而取义者也。"中国传统文化并不讳言利，无利不起早也并非只是贬义。但是，不择手段地追逐个人或集团的私利，为了满足个人的欲望而损人利己、损公肥私、践踏道德伦理的底线是与传统文化背道而驰、格格不入的。谋取利益的时候，要首先考虑道德的准则"义"，这是古人留给我们的基本价值取向。

当然，每个人都有追求正当利益的权利。但"君子爱财，取之有道"，这个道就是义。决不能把利益和金钱放在最先位置，甚至为了利益牺牲原则、为了富贵突破底线、为了享受不顾道德。当今时代，市场经济快速发展、社会财富不断积累。有人甚至片面地认为，消费主义成为畅行无阻的价值准则，物质利益更是衡量一切的价值尺度。在这样的现实语境中，更要拿出"苟利国家生死以"的勇气，具备"计利当计天下利，求名应求万世名"的胸襟，保持"国计已推肝胆许，家财不为子孙谋"的作风，才能不断补足精神的钙质、吸收思想的营养，进而涵养正确的义利观，抵御私利的诱惑。

培养为公情怀，就要坚持公平正义。"不患寡而患不均"，体现了人们对公平的追求。"公者无私之谓也，平者无偏之谓也。"所谓无私，就要抛弃利己心，特别是公权力的持有者，若是以权谋私，把公权当私权用，就会出大问题。所谓无偏，不仅要有不偏袒任何一方的态度，还要有洞明世事与人心的能力，才能公平地分配利益，处理纠纷。公平已是不易，而公正则更难。相对于强调衡量标准同一尺度、不偏袒任何一方的公平而言，社会公正还强调"正义"的价值取向，就是每个人都应得到其所应得到的，都应承担其所应承担的。实现社会公正，不仅要有公而忘私的品格，不偏不倚的智慧，还要有捍卫正道的勇气与决心。

我们党的性质和宗旨，决定了党从诞生之日起，就把实现社会公平正义作为一项政治主张和奋斗目标。党领导人民取得新民主主义革命的胜利，推翻"三座大山"，实现民族独立和人民解放，就是为了促进社会公平正义。在改革开放时期，邓小平同志提出社会主义要在解放生产力、发展生产力、消灭剥削、消除两极分化的基础上，最终实现共同富裕，从而把公平正义纳入社会主义本质要求之中。公平正义犹如太阳，闪烁着熠熠光辉。

培养为公情怀，就要权为民用、情为民系、利为民谋。俗话说，为官一任，造福一方。在源远流长的中国行政文化中，做一个百姓拥戴和喜爱的好官，不仅是那些清官孜孜不倦的追求，也是一个朴素的基本命题。"长太息以掩涕兮，哀民生之多艰"，"穷年忧黎元，叹息肠内热"，"身多疾病思田里，邑有流亡愧俸钱"，这些诗句都表达了古代好官造福百姓的真切愿望和追求。毛泽东同志的一句"为人民服务"，则体现了共产党人为官的方向和目标。今天，我们面临的形势更严峻，肩负的责任更重大，广大领导干部更应有"政如农功，日夜思之"的意识，以"直挂云帆济沧海"的激情和"俯首甘为孺子牛"的实干，来真正做到为官一任、造福一方。

为公取义的情怀，并不专属于执掌权力的人。入夜时分，窗外灯火点点。此刻正有千千万万的普通人，在家庭中、岗位上、社会里，尽己所能，干好自己份内的事，发出微小然而持续的光亮。就像《福乐智慧》里说的，学者、哲人用知识为世人指明道路，医生为人们医治病痛，农民给予人们饮食的乐趣，商人让我们看到成串的宝石珍珠，牧人供奉饮食、衣物、战马和骑乘，工匠能制出惊世之物。这就是最好的为公取义。只要人人都有为公取义的情怀，我们就有了兴善之要，国家的强盛、民族的复兴就是必然的结果。

## 扶弱救难　大善之举

古语有云："善为至宝，一生用之不尽；心作良田，百世耕之有余。""行善之人，如春园之草，不见其长，但日有所增；做恶之人，如磨刀之石，不见其损，但日有所亏。"几句善言，虽不能流芳百世，却能让人心生愉悦；一件善事，纵难以名垂青史，却能让人度过难关。善言善行，既是对别人的帮助，更是对自己的升华。

扶弱救难，并不一定需要舍生取义、散尽家财，在别人受到委屈时仗义执言，在别人遇到困难时伸以援手，便都是大善之举。明代袁了凡在他的《了凡四训》一书中指出："何谓救人危急？患难颠沛，人所时有。偶一遇之，当如疴瘵在身，速为解救。或以一言伸其屈抑；或以多方济其颠连。崔子曰：'惠不在大，赴人之急可也。'"

经济学里面有一个边际效用递减的原理，常常被人们当作扶贫和慈善事业的经济学基础。一百块钱对于一位亿万富翁来说根本微不足道，但对于饥肠辘辘、衣不遮体的乞丐而言却堪比久旱之甘霖。所以，亿万富翁把这一百块钱赠予乞丐，则亿万富翁因损失一百块钱而减少的效用，要远远小于乞丐因获得一百块钱而增加的效用，最终社会的总效用也是增加的。但实际上，除了这一点之外，扶贫和慈善还有很多正的外部效应，比如那位富翁虽然物质上的效用下降了，但他很可能会因为做了一件好事而心里更加快乐，社会上其他人也可能会因为他的善行而受到感动、鼓舞，乃至以实际行动去帮助更多的人，如此种种，难以尽数。所以说，扶弱救难，不论费力多少，皆是大善之举；扶弱救难，不论何时何地，都会收到意想不到的效果。拥抱慈善，扶弱救难，我们就会拥有一种美好的情感和心动，就会拥有一种亮丽的情怀和心境，平凡的生命便会显得鲜活和高贵，平凡的世界便会显得甜蜜和温馨。

在社会中，老人、穷人、病人、残疾人、灾民、难民等弱势群体往往比普通人经历了更多坎坷，饱尝种种辛酸，承受种种磨难，体会种种痛苦，最需要人们去关爱帮助。我们每个人都应该怀着一颗扶弱救难的慈悲之心来关照他们。实际上，每个人都可能在漫长岁月的某个节点遭遇病痛、衰老、孤独、困苦而成为弱势群体，也正因为"强势"和"弱势"随时可能在不同的时空条件下发生变化，所以我们对弱势群体的关心，哪怕是对完全陌生人群的关心，实际上也是在关爱和帮助自己以及身边的亲人朋友。从这个意义上说，扶弱救难不仅是在造福社会，也是在为自身的修为和生命意义的提升创造机会和空间，同时还是在为未来储备资粮。我国是人口大国，弱势群体数量巨大，每年有数千万的灾民需要救济，有数千万城乡低收入人口需要补助，还有数千万农村绝对贫困人口、残疾人和老年人需要各种形式的救助。因此，扶弱救难事业任重而道远，需要不懈努力。

高举起扶弱救难的旗帜，呼唤世人的爱心良知，推动社会的文明进步。善乃幸福之源、文明之基，做善事、做好事，行善人收获了快乐，受益人缓解了危难，对社会文明进步大有裨益。弱势群体就生活在我们身边，是我们的兄弟姐妹，每个人理应伸出援手，帮他们一把。随着社会的进步，我们能深切感受到扶弱救难的社会风气日益浓厚，参与的人越来越多，影响越来越大。就拿残疾人来说，助残阳光行动广泛开展，志愿者达到 700 多万。残疾人慈善事业加快发展，残疾人社会组织不断壮大，在为残疾人服务中发挥着越来越重要的作用。城乡无障碍环境建设正在全面推行，为残疾人提供了更多的便利。在市场经济条件下，我们中华民族扶弱救难的传统美德应该很好地传承、发扬和光大，绝不能缺失、扭曲和错位，我们都应该有正义仁爱之心、同情怜悯之意、善良助人之举。能使自己方便和快乐是聪明，能使周围的人也方便和快乐是大聪明，能使弱者都方便和快乐则是睿智了。一个理解、尊重、善待弱者的社会，一个公平正义大行其道的社会，才是一个文明进步的社会。

我们的世界是一个充满善良、相互握手的世界，处处可见公益慈善组织的活跃身影。公益慈善组织扎根于中国民间，具有悠久的传统，深厚的土壤。早在宋朝，以寺庙、宗族为基础的民间慈善团体就已兴起，不仅有纯属慈善救济性质的悲田院、养病坊、居养院、慈幼局，有调节经济作用的平籴仓，还有桥梁、道路、堤防、渠堰、灯塔、旅亭馆舍等"地方建设"。改革开放以来，我国国内的公益慈善组织也不断发展壮大。不同的公益慈善组织的关注点可能各有侧重，但都是立足于对特定弱势群体的关怀和扶助。他们不但有扶弱救难的热情，专业能力也越来越强，在以大善促进社会和谐稳定方面发挥了非常重要的作用，使"幼有所养，病有所医，饥有所食，老有所归，死有所葬，行者得桥道而行，渴者得甘泉而饮"的传统发扬光大。

2008 年"5·12"四川汶川特大地震，2010 年"4·14"青海玉树强烈地震，我都是抗震救灾的一线亲历者。能够战胜这样巨大的天灾，尽快实现灾后恢复重建，除了党和政府的领导、灾区人民的奋斗之外，社会各界的善心捐助是功不可没的。汶川地震，社会各界捐助 700 多亿元；玉树地震，社会各界捐助 100 多亿元。地震，一方面给我们展示了什么是山崩地裂、山摇地动，另一方面也让我们领略了什么是人间大爱、善心无敌。"一方有难，八方支援"，成为全社会的

2008年5月22日，回良玉在四川汶川地震灾区考察灾民安置情况并慰问。

最强音。香港义工黄福荣参加过汶川地震的救援，玉树地震发生后又去玉树救出了3名孤儿和1名教师，自己却在余震中不幸罹难，成为玉树地震中首个遇难的志愿者。他的遗体运回香港后，我特意委托工作人员献上花圈表达对英雄的哀思和敬意。可以说，从大江南北到长城内外，从东海之滨到西部边塞，亿万双援助之手，高举着"大善大爱"的旗帜，共同为同胞祈福、为灾区加油，同心同德、共克时艰的澎湃热潮在中华大地上处处涌动。大难方显大爱，风雨见证真情。这种手牵手、肩并肩，心连心、情融情，同呼吸、共命运的崇善信念，积聚了温暖，汇聚了信心，凝聚了力量，使我们的国家和民族无难不克、无坚不摧、无往不胜！置身在前所未见的灾难与人们英勇无畏抗灾相互交融的现场，我看见了一双双无比深情的眼睛，我看见了一条条无比有力的臂膀，我看见了一行行无比坚实的脚印。此时此刻，我深深地理解了大善大爱的崇高与力量，中华民族的奋勇与伟大，人民群众的不屈与坚强。

记得有一年，我去浙江普陀山考察民族宗教工作，寺里的方丈在佛堂对我说："你们就是现世的活菩萨。"看我很纳闷，他接着说："您看，全国哪儿遭了大灾、有了大难，你们就出现在哪儿，组织抢险救灾，这不是活菩萨是什么？"我明白了——老百姓最有情义、最懂感恩！其实，我们不过是机缘巧合从事这项工作而已，但我们党员干部为群众做的每一件好事、实事、善事，群众都牢记在心，群众是在通过我们向党和政府表达感恩之情啊！如果说真有大救星、活菩萨，那就是我们党、我们的民族、我们的人民。

## 教化人心　至善之风

《大学》说要"止于至善"。何为至善？真是只可意会不可言传。至善，是真纯之美，像无暇的美玉，纯净洁白，没有一丝杂质。至善，是精神之光，可以驱走无明的黑暗，点亮智慧的心灯。至善更是传道，是教化，是把善的光明传播给更多的人，一代代传下去。所以，至善之心，可以让我们关注他人，帮助他人，践行真善美；可以让我们洞悉人生真谛，探寻人生意义，提升人生境界；可以让我们以一己之力、萤火之光，燃烧自己，照亮他人。至善之心，至善之行，可以高尚情操，开阔心胸，净化灵魂。

至善教化人心，人人参与行善。"众人拾柴火焰高"，要想让善的事业持久发展、永葆活力，关键在于让崇善意识深入人心，创造人人向善的风气、氛围和环境。在这方面，党和政府肩负着特殊重要的责任，必须积极行动，既要清廉务实为民，成为社会的道德标杆，引领社会道德风尚，同时应采取灵活多样的手段，把思想道德建设渗透到社会生活的各个领域，推动行善从个体的、局部的小气候变成整个社会的大气候。尤其对于各种形式的慈善行为，要予以表彰奖励和保护，鼓励大家学习效仿。自古以来，中国流行"做好事不留名"，人们对那些无名英雄格外崇敬。无名英雄是慈善的一种方式，我们应当向他们致以崇高的敬意，并对这种事迹进行宣传推广，以鼓励更多人成为无名英雄。但同时，我们也要认识到，近年来我国慈善事业快速发展，一方面需要鼓励更多的人参与慈善事业，另一方面也要增加慈善工作的公开透明度，以促进慈善事业健康持续发展。因此，社会各界还要积极鼓励、褒扬"有名英雄"的事迹，在全社会形成一种崇善、扬善的良好氛围。老子曾说："善人者，不善人之师；不善人者，善人之资。"即是说，应该通过弘扬善人的精神，以教育、引导不善之人向善；而不善之人反过来又是善人的反面教材。在信息化的今天，可以有效利用互联网和新媒体等多种渠道，大力推广崇善理念，唤醒人们行善的意识，打造人人参与的慈善氛围。

推崇乐善好施，以善教化人心，是中华优秀传统文化的宝贵遗产。不过，在法治和诚信不足的当代社会中，在他人遇到危难时，也确实出现了不少"多一事不如少一事"的看客。孟子早就说过："挟泰山以超北海，语人曰'我不能'，是诚不能也。为长者折枝，语人曰'我不能'，是不为也，非不能也。"这番话充分说明，善行为与不为实际上取决于每个人内心的那杆秤，而非外物，很值得人们深思。

自 2011 年以来，中国已有 20 多个省（区、市）以省级政府或民政部门等名义，开展了针对慈善事业的评选表彰活动，表彰奖励了一大批为慈善事业作出突出贡献的个人、企业、机构和项目，显著提升了慈善氛围，带动了更多公众投身慈善、友爱互助。我在国务院工作时，不管工作多忙，每年的中华慈善奖表彰大会都一定参加。一方面是为了给这些从事大善事业的个人和组织以鼓励，另一方面也是为了向他们学习，从他们大善的言行和事迹中，给自己汲取心系弱势群体、关爱弱势群体、为弱势群体服务的力量。

"创造新陆地的，不是那滚滚的波浪，却是它底下细小的泥沙。"形成至善之风需要企业家慷慨解囊，但更离不开普通人的踊跃参与。慈善在心，人人可为。近年来，社会上已经出现了很多普通人献爱心的感人故事。比如，甘肃老人陈尚义收养弃婴，天津老汉白芳礼蹬三轮车助学，新疆大叔阿里木烤羊肉串助贫，等等。他们以萤火之光、微薄之力传播爱心，温暖他人，在平凡中彰显了伟大。

"平民肯种德施惠，便是无位的卿相。"人的能力有大小，善款金额有多少，但其中蕴含的爱心却无轻重之分。越是普通人都能参与的微小公益，越具有教化人心的作用，对形成至善之风至关重要。比如，在互联网上引起热烈反响的"微尘行动""小红帽义工""萤火虫志愿者"等，其力量虽不大，但传递出的"正能量"可不小。俗话说，"秤砣虽小压千斤"。江不拒细流，海能纳百川，微小公益一旦滚起雪球，就会具备江海荡涤万物、重建至善风气的宏伟力量。

建设社会主义市场经济，离不开改革开放，离不开制度的创新与完善，更离不开崇善精神的弘扬。大力弘扬崇善精神，就能让善良的春风越吹越强劲，最终化成滋润社会的甘霖；大力弘扬崇善精神，就能让正义的高歌越唱越嘹亮，最终成为感化众生的天籁。如果我们的小区、学校、机关、企业都能形成人人向善、从善如流的良好氛围，人人效仿道德模范、户户争当慈善门第，全社会就变成善的海洋。

# 包容和谐之乐

（一）崇尚和谐　传承美德

（二）身心和悦　心平气和

（三）家邻和睦　生活和美

（四）处事和容　人和政通

（五）文化和鸣　交流互鉴

（六）民族和乐　和衷共济

（七）宗教和善　众缘和合

（八）自然和煦　天人合一

（九）世界和平　协和万邦

在中华传统文化的宝库中，包容和谐的思想理念总是让我们感到悠远笃厚、深入心髓。我曾到过徽州的一个古祠堂，那时正是阳春三月，桃红柳绿、山花烂漫，油菜丛中镶嵌着几处粉壁黛瓦马头墙，仿佛一幅山水画卷。然而比起美景，更让我怦然心动、印象最深的却是祠堂中的四幅木雕版画：第一幅是荷花与一对平谐相处的螃蟹画在一起意喻"和谐"，第二幅是荷花与一对甜美嬉戏的鸳鸯画在一起意喻"和美"，第三幅是荷花与一对须顺足展的龙虾画在一起意喻"和顺"，第四幅是荷花与一对仰天齐鸣的青蛙画在一起意喻"和鸣"。四幅版画惟妙惟肖、谐音巧借、意味深长，将包容和谐的理念阐释得既恰到好处，又刻画得淋漓尽致。包容和谐的思想就是这样绵延在普通百姓的市井生活与日常思维，传承着祖祖辈辈的智慧积淀与心灵密码，就是这样融铸于中华民族的历史与文化，融汇于人类文明的繁衍与进步。

　　和谐是中华文化的核心理念，是中国人的道德准则。现代社会，应该坚持弘扬包容和谐的精神，大力倡导"以和为贵"的处事哲学、"心平气和"的修身传统、"家邻和睦"的伦理道德、"政通人和"的价值取向、"和气生财"的从商准则、"和而不同"的文化理念、"和衷共济"的公德思想、"和乃天道"的自然意识、"协和万邦"的国家观念，追求动态中的平衡、差异中的一致、纷繁中的有序、多样中的统一，让社会沐浴"和"的阳光，荡漾"爱"的春风，分享"祥"的快乐，实现"各美其美、美人之美、美美与共、天下大同"的和谐佳境。

　　第一幅版画是荷花与一对螃蟹，意喻"和谐"；第二幅版画是荷花与一对鸳鸯，意喻"和美"；第三幅版画是荷花与一对龙虾，意喻"和顺"；第四幅版画是荷花与一对青蛙，意喻"和鸣"。

## | 崇尚和谐　传承美德 |

　　古人造字和造词考究至极，让我们这些后人十分敬仰和钦佩。和谐文化和理念，首先就充分体现在"和谐"二字本身，让人感到温暖并富有哲理。单看字形，"和"乃是"禾"加"口"，为"大地生禾，养天下之口"，表明和的基础是人人有饭吃，口中有粮自然和。"谐"则为"言"加"皆"，表明同声相应，同气相求，言路皆通自然谐。所以和谐一词，从一定程度上说，既讲经济基础，又说民主自由。联想到我们党和政府一直强调，经济上充分维护人民的物质利益，政治上切实保障人民的民主权利，确实是得"和谐"之真谛。

　　和谐是一种典型的中国情怀，一种深厚的文化底蕴。中华民族是一个崇尚和合的民族，追求社会和谐的思想源远流长。《尚书》就有"协和万邦""燮和天下"的记述，《周易》中也贯穿着"保合大和""天下和平"的理念。老子提出"万物负阴而抱阳，冲气以为和"，认为这是宇宙万物的主宰以及天地万物生存的基础。《论语·学而》："礼之用，和为贵。"把和作为处事、行礼的最高境界。墨子、管子、荀子等先秦诸子也多有关于"和谐"的论述。这种以"和"为本的宇宙观，以"和"为善的伦理观，以"和"为美的艺术观，经过数千年的文化积淀，早已深入人心，与中国百姓的思维方法相互融合，与中华民族的文化精神一脉相承。北京故宫是世界最大的、保存最好的宫殿，它的三大核心殿堂——太和殿、中和殿、保和殿，都有和字。太和殿，意蕴天地祥瑞，喻人与自然的和谐；中和殿，意蕴中庸平和，喻人与人的和谐；保和殿，意蕴平顺安康，喻人自己身心的和谐。有人说，将"和"应用于养生，则得和而盛、得和而寿；将"和"用于人际关系，则宽以待人、和信与人；将"和"用于

太和殿

中和殿

保和殿

经济，则产业融合、繁荣各业；将"和"用于政治，则社会进步、民生安乐；将"和"用于决策，则良言潮涌、上下通达；将"和"用于外交，则协和万邦、天下太平。可以说，和谐就是这样一种皆大欢喜的美好状态，这样一种浸润深刻的智慧之根，这样一种弥足珍贵的民族理念。

　　和谐是一种伟大的人文精神，一种永恒的价值取向。和

谐思想是植根于中华文化的理想价值，和谐之境是中华民族千百年来追求的理想境界。从古代的诸子百家，到近代的仁人志士，他们虽然在不同的历史时期面对不同的社会问题，探讨不同的社会领域，但是始终都有一个不变的主题，就是崇尚和谐的价值取向。无论是孔子的"和为贵"、墨子的"兼相爱"、管仲的"和合故能谐"，还是康有为的"大同书"、孙中山的"天下为公"，都主张在人与自然、人与人、人自身以及人与社会之间建立与保持和谐关系。"和谐"理念所具有的智慧闪光点和历史穿透力，在不同的时代，总能散发非比寻常的精神魅力。人们常说，一个国家的强盛，离不开精神的支撑；一个民族的进步，有赖于文明的成长。中华民族的伟大复兴，不仅要在经济发展上创造奇迹，也要在精神文化上书写辉煌。党的十八大提出，倡导富强、民主、文明、和谐，倡导自由、平等、公正、法治，倡导爱国、敬业、诚信、友善，积极培育和践行社会主义核心价值观。这是我们党凝聚全党全社会价值共识作出的重要论断，其中闪烁着中华优秀传统文化和人类文明优秀成果的光芒。和谐作为社会主义核心价值观的基本内容，更体现出深厚的现实根基和长期的发展需求。

在中华传统文化中，"和"是万物的根本属性，万物各得其和以生，各得其养以成。一切的政治、经济、文化从根本上说都是求"和"的一种方式。当今社会是一个以人类自身为圆心，以包容和谐为半径所勾画的圆圈，"和合"既是处世之道，也是为人原则。因此，我们始终倡导人心要和善，夫妻要和好，家庭要和睦，生活要和美，工作要和顺，社会要和谐，外交要和平，遇困要和衷共济，经商要和气生财，说话要和蔼可亲，有了矛盾要和缓，和缓不行要和谈。正所谓，吃饭要和羹，"和羹之美在于合异"，相关食材、调料科学搭配组合才味道鲜美；穿衣要和谐，各种颜色科学搭配才具美感；唱歌要和声，"八音克谐"，不同的音律协同才悦耳动听。就连我们的琴道也十分讲究中正平和，棋道也推崇平衡中和，茶道也追求真怡静和，医道也遵循气血调和。和谐作为一种观念、态度和理想，在一定意义上，关系着人们在政治、社会、伦理、审美等领域对于是非、善恶、美丑、正邪的基本判断，映现着人们治学处世的心性气质与对真善美的向往追求，体现着个人、家庭、国家乃至人类社会的终极目标，彰显着广泛的社会基础和恒久的历史传承。

## 身心和悦　心平气和

和谐源自人的内心。心平才能气和，内和才能外顺。因为工作关系，我曾亲历了"世界佛教论坛"的创建和发展，记得首届世界佛教论坛的主题就是"和谐世界，从心开始"，令人印象深刻。一个内心失调失衡的人，往往焦躁不安，容易失意和失败，快乐更无从谈起。只有打开心灵的窗户，以平和之心思考问题，以冷静之智处理事情，以至诚之意宽以待人，才能真正实现身心和悦。

生活之道，离不开快乐；身心和悦，关键在内心。大江大河中，水的清澈并非因为不含泥沙和杂质，而是在于乐于包容、善于沉淀、流淌不息；大千世界中，人的快乐并非因为没有委屈、痛苦和波折，而是在于内心知足、思想淡定、为人宽容、放弃抱怨。《论语》载："饭疏食饮水，曲肱而枕之，乐亦在其中矣。"孔子周游列国、颠沛流离，颜回箪食瓢饮、穷居陋巷。而孔颜非但不觉条件艰苦的外感之忧，反而自得安贫守志的内在之乐。这种快乐，乐在扬弃外在之物，实现内在完美。说到底，快乐就是一种心情感受，一种精神享受，不在于权势和金钱，不在于物质和名利，而在于用一颗平淡无华的心，去领悟生活中的风雨兼程与风和日丽。只有追求平和、理性的精神境界，从而实现心与身的和谐，才能摒弃不必要的烦恼，得到高质量的快乐。

做到身心和悦，需要坦然面对各种缺憾。月圆是画，月缺是诗，新月半弯，各有其美。人生若是没有百分之一的缺憾，也就少了百分之九十九的精彩。过分追求完美，本身就是一种不完美。在工作中，我接触和了解了许多残疾人，他们历经磨难而信念愈坚，饱尝艰辛而斗志更强，始终对生活充满挚爱，对未来满怀希望，他们坚定的人生信仰、浪漫的精神追求和真诚的生活态度让人感动和震撼。特别是残疾人在体育和艺术上的成就，更是向人们充分展示了缺憾美。缺憾不是无能，缺憾不是软弱，缺憾不是失意，而是另一种方向的展示和追求，另一种形态的憧憬和壮美。面对相同的事物，如果选择包容，人们的生活就被定格在快乐和安祥的状态；如果选择怨恨，人们的生活就被定格在愤懑和抑郁的状态。坦然接受各种不足与缺憾，生活的状态其实就是人们内心的状态。

做到身心和悦，需要淡然面对各种诱惑。"不想当将军的士兵不是好士兵"，人的欲望和追求，是社会持续发展的动力，但过度地追逐往往会使人迷失生活的方向，必须求之以道、循之以德。对此，中国的传统文化多有阐释。儒释道三家各说各的理，但不管是"出世"还是"入世"，都追求淡然洒脱的境界。生活本不苦,苦的是欲望过多;身心本无累,累的是背负太多。现状与期望往往存在差距，需要一种理性平和的心态来对待。面对诱惑，我们应该努力做到功名利禄不趋之若鹜，是非成败不趋炎附势。只有这样，才能悟到和悦身心的真正妙谛，找到美好生活的最佳平衡，把握人生追求的正确方向。

做到身心和悦，需要超然面对各种境地。有人说过，人生就是一场旅行，无须过于在乎目的地，在乎的应该是沿途的风景以及看风景的心情。有些坚持不必刻意，有些放弃无须不舍。鲁迅写过一个小短剧《过客》，其中那个困顿倔强、眼光阴沉、黑须乱发的过客就是鲁迅自己的写照。最痛苦彷徨的时候，他不知道自己从哪里来，也不知道要到什么地方去，只是坚持走自己的人生之路。世上只有想不通的人，没有走不通的路。对顺境、对安逸，不膨胀迷失；对逆境、对不公，不怨天尤人；对误解、对委屈，不自怨自叹。得意不可忘形，失意也不可忘志，让"事来而心始现，事去而心随空"，这才是身心和悦的智悟。

"物有本末，事有终始。知所先后，则近道矣。"在人们的生命历程中，修身是源头、是基础，修心是固本、是提升。如果能在学识智慧与道德修养上达到身心和谐，无疑是最可贵的生活准则与人生态度。人的一生中十分幸运和欣慰的一件事，就是有机会结识一些真正的身心和悦之人，并从他们身上感受到一种经世事练达后的淡定从容，一种经岁月风雨浸润后的真诚质朴，一种经山重水复后的心旷神怡，从而提升自己的境界。

## 家邻和睦　生活和美

家庭和睦，生活和美，这是人们孜孜以求的生活目标。梁漱溟先生曾经说过，现代化的中国是一棵新树，但他是从原来的老树根上生长出来的，仍和老树同根，不是另外一棵树。人其实也一样，无论离开多久，身在何处，心中都有一个根，这个根就是家。中国是世界上家庭数量最多的国家，无论是二人世界、三口之家的小家庭，还是多世同堂、人丁兴旺的大家族，无不将家作为生命的延续、情感的联结、心灵的皈依。从古至今，中华民族在家国间找寻意义、构建价值，留下了无数经典，绵远悠长至今，成为国人心中最深厚的积淀。中华民族家庭所特有的人伦传统，也形成强大的亲情凝聚力，成为社会安定的基础、国家富强的基石。

人们常说，家和万事兴。家和是家庭幸福的美妙旋律，幸福的家庭都充溢着和谐的幸福。和谐的幸福是一种相濡以沫的陪伴，"青丝结发，白首相伴"；和谐的幸福是一种温馨的氛围，相知相爱的一家人，一颗心连着一颗心；和谐的幸福是一顿简单的晚餐，无论餐桌长短方圆，无论饭菜冷热咸淡，只要家人团团围坐，就吃得香甜。一家人生活在同一个屋檐下，感情融洽，互相尊重，彼此爱护，时时事事都体现着"和为乐""和为贵"，家里才会永远洋溢着幸福与欢乐。记得小时候参加乡邻的婚礼，常常见到新房挂有民间"爱神"和合二仙的画轴。两个活泼可爱的孩童，一个手持荷花，一个手捧圆盒，盒中飞出五只蝙蝠，那荷花是"并蒂莲"，盒子象征"好合"，寓意"和（荷）谐合（盒）好"，而五只蝙蝠，则象征五福临门、大吉大利。这既是对新婚夫妇的美好祝愿，也是对和谐幸福的无限寄托。

　　责任，是家庭和谐必不可缺的基石。一个和谐的家庭，家人之间互敬互爱、相互支持，各尽各的责任、各守各的本分。"尊前慈母在，浪子不觉寒"，父母子女间的情感，永远充满着最深情的无私奉献，饱含着最真诚的体贴关爱。"慈母手中线，游子身上衣。临行密密缝，意恐迟迟归"，这是母爱的伟大与无私；"事亲以敬，美过三牲"，这是子女对父母应尽的孝道。家是生活的避风港，邻则是家的守望人。家和与邻睦往往并提，所谓"千金买屋，万金买邻""远亲不如近邻"。中国古代孟母三迁，择邻而居的故事可以说是最好的例证。我在榆树县工作期间，由于工作忙，妻子生孩子时我都没在

孟母三迁　择邻而居

家，正是邻里帮助找医生来家里接生，并悉心照料，孩子都得以健康成长。家邻和睦总是那样让人踏实、温暖和感动。

佛教界著名的星云大师曾经讲过四位老人进家庭的故事，让人深受教育并难以忘怀。在寒风刺骨的一天，一个妇人打开门，看到外面站着四个老人，在寒风中颤抖战栗。妇人赶忙邀请他们进来喝杯茶，暖暖身。四位老人说：家里还有什么人？妇人答道：丈夫带孩子出去了。由于家中只有妇道人家，四位老人没有进去。过了不久，丈夫领着一双儿女回到了家，一得知此事，赶紧让妇人去请老人们进屋，热情准备茶水，并要请他们留下吃饭。四位老人说：我们四个人分别代表和谐、平安、财富、成功，但只能请进去一位。到底请谁进，全家有了分歧：丈夫喜欢财富，妇人喜欢平安，儿子喜欢成功，女儿喜欢和谐。一番争论，最后还是听了女儿的意见，把和谐请进来。一打开门，结果四个老人全部进来了。为什么呢？因为请的是和谐，有和谐就会有财富，有和谐就会有平安，有和谐就会有成功，所以和谐一到，财富、平安、成功就自动全来了。

是啊，有和谐就会有财富。和谐思想渗透在商事往来中，由古至今逐渐形成了"和气生财""君子聚财取之有道""买卖不成仁义在"的宝贵理念，对中华民族的从商之道产生了深远影响。早在被誉为中国古代生意经的《商训》中，商圣范蠡用简单的语言阐述了一个道理："欲从商，先为人。"待人接物、规矩方圆、诚信为本、勇于决断，这些不仅仅是为人的品德，更是一个商人成功秘诀。徽州商人李大皓特别告诫继承者："财自道生，利缘义谲"，"视不义富贵若浮云"。以义取利，德兴财昌，舍义取利，丧失了"义"也得不到"利"。如果为人不诚不仁，做事无规无矩，只求蝇头小利，遇事畏首畏尾，不仅是经商大忌，为人也必生嫌隙。这样的"商人"离"人和"太远，最终只能"伤人伤己"。中华老字号同仁堂"同修仁德、济世养生"，全聚德"全而无缺、聚而不散、仁德至上"等治企理念，也都融入了浓厚的和谐文化元素。所以说，不为善而行善方为大善，不为孝而使孝方为大孝，不为利而经商方为大商。

我有幸在安徽工作5年多，让我对徽派文化、徽商精神了解更多，知之更深。徽商，起源于唐宋甚至更早，鼎盛于明清，并称雄明清商界300年，赢得"无徽不成镇、无徽不成商"之誉。徽商明显的特点是：讲究"贾而好儒"，恪守"利人者、人亦从而利之"的传统伦理，强调诚信为本、以义取利，这是徽商成功的内在精神；讲究政商和融，注重赢得政府支持，明朝成化年以后又拿到盐业经营许可并快速雄起，这是徽商成功的政治条件；讲究回报乡梓，凡是徽商活动的地方都建有会馆、公所、旅享堂、思恭堂等场所，经常兴办义学、提携商号、帮衬百姓，这是徽商成功的独特优势。正因为如此，源自深山僻壤的徽商才能"流寓四方"，才能在市场大潮的搏击中百年不败。

千秋家国梦，和谐是根基。"和"有和衷共济之意，"谐"

有协调顺畅之说，"和谐"的基础是个体与其所处系统之间的良性互动。和谐是家庭幸福的保证，是社会繁荣的前提。用和谐文化滋养家庭，则家和万事兴；用和谐理念经商致富，则财源滚滚来。有了家庭的和睦，才有生活的和美、社会的和谐。这是中华文化的宝贵财富，也是中华民族生生不息的活水源泉。

## 处事和容　人和政通

孟子曰，天时不如地利，地利不如人和。言简意赅，一语中的，道出了中华民族历经千年沧桑傲视世界的生存智慧。人是社会关系的总和，一撇一捺组成的"人"字，写法简单，寓意深刻，人与人只有相互扶持支撑，才能站得稳、立得牢。孟子云："敬人者，人恒敬之；爱人者，人恒爱之。"人与人之间，只有坦诚地交换信任，把相互关系建立在爱的基础之上，才能和谐共存。中华文化为政处人都十分重视人与人和睦相容，待人诚恳、互相关心，与人为善、推己及人，以达到人际关系的和谐，各方共进的合力。我们的社会应当既承认个人的可贵精神，充分激发每个人的活力，又尊重他人的差异，充分发挥每个人的特长和优势。每个人都怀揣和善之心、生发和睦之情、维持和谐交往、促进和美之态，人与人之间的关系就能融洽，人与社会之间的关系就能协调。

古今中外的无数史实证明，人和才有政通，人和才能事业和顺。懂和谐、会包容、善团结是难得的人生智慧和境界，也是我们事业顺利发展、取得胜利的重要保证。正所谓五味要和，才有美味醇香；五音要调，才能步调一致。东汉史学家荀悦在《申鉴》中提出："君子食和羹以平其气，听和声以平其志，纳和言以平其政，履和行以平其德。"一个国家、民族的兴旺，一个单位和一个企业的发展，不仅需要决策者殚精竭虑地谋划和决断，还需要众多集体成员的热情参与和积极响应。"同心山成玉，协力土变金"，这是哲人有感于对现实生活的切身感受得出的理性升华，也是东方民族在社会生活中群体智慧的高度结晶。

著名指挥家卡拉扬曾经说过这样一句话："我只强调三个音，来使我的乐队变成团队。首先强调'起音'，起音不齐，乐曲就乱。第二个是'专业音'，不管是吹喇叭的还是打鼓的，都要表现出自己专业上认为是最好的、最高段的音。第三个是'团队音'，当你打出自己的专业音之后，还要考虑到整体，是不是会成为干扰别人的音。"在一个单位、一个部门，我们都是交响乐团中的成员，定位在准确的位置，既不跟着高音攀升，也不被低音压抑，才能奏出最和谐的乐章。办成一件事情，成就一项事业，仅仅靠个人的力量是微不足道的，难以成功的。老百姓讲："你浑身是铁能打几颗钉？"大家都可能参与过拔河比赛，这是一种充分体现和谐精神的运动，每个人都必须付出百分之百的努力，心往一处想、劲往一处使，紧密配合、互相支撑，才能形成一种强大的力量。

和谐是凝聚力、战斗力和号召力的基础构成元素。如果身边有一批志同道合、精诚团结的同事朋友，群策群力同心协力，风雨同舟和衷共济，同甘共苦众志成城，就没有过不去的火焰山。人和的力量，不是加法的效应，而是乘数甚至是指数递增的效应。个人只能依靠集体的力量，才能超越个体的局限，发挥合力的效果，产生势不可挡的威力。我在江苏省工作时，一位很睿智勤奋并很有文学风采的老同志讲过，一个好的领导者就好像一个好乐师、画师和厨师。乐师的本事是能用不同的音律编排出优美动听的乐曲，画师的本事是能用不同的颜色描绘出绚丽多彩的图画，厨师的本事是能用不同的味道烹调出美味可口的佳肴。领导者不妨也学学这"三师"的本领，描绘多彩的图画，烹制美味的佳肴，演奏优美的乐曲。

我曾在国家和省市县乡五个层级以及中央机关工作过，回顾几十年的经历，其中最大的一个感受和体会就是，一个和谐的集体，一个团结的领导班子，对于工作开展、自身成长和事业发展都甚为重要。在一次江苏省干部会议上，我曾讲过："一个领导集体相互补台、好戏连台，相互拆台、都得倒台。团结出生产力，出战斗力、出凝聚力。团结的地方也出人才、出干部。团结利党利国利民，也有益于个人的心情舒畅和身体健康。善于团结、乐于合作、易于交往，是领

2005年9月27日，回良玉在新疆自治区考察时与巴州沙依东园艺场的职工们一道跳起民族舞。

导者重要的基本功。"作为一个领导者，不全是靠自己干事情，很重要的是团结大家一起干事情，是推动别人干事情，是将自己的想法通过他人去实现。搞好团结是一件很不容易的事情，它需要顾大局、讲原则，有修养、有气量，能服众、能宽容，有时还要委曲求全。而搞不团结则是再容易不过的事了，精心营造的团结氛围、多年积累的和谐局面，也许一句话、一件事就把它毁掉了。汉高祖平定天下以后说过，运筹帷幄，决胜千里之外，朕不如张良。治国、爱民和用兵，朕不及萧何。统帅百万大军，百战百胜，朕不及韩信。但是，朕懂得与这三位天下人杰合作，所以朕能得到天下。反观项羽，连唯一的贤臣范增都团结不了，这才是他失败的原因。所以团结和谐，就是要相互尊重、承载你我，相互合作、包容你我，有利于和谐的话多说、不利于和谐的话不说，有利于和谐的事多做、不利于和谐的事不做。

还是星云大师，讲过"五指争大"的故事，很有说服力。有一天，五个指头吵架，彼此争相比大。大拇指竖起来首先说：我是正统，我最大，你们得听我的。食指举高了道：民以食为天，我指向哪里，你们就到哪里，我最有用，所以得听我的。中指不服气，伸开手掌喊：我在正中，最高、最长，你们得接受我领导。无名指得意洋洋地说：这还用说吗，节庆喜事，什么钻戒宝物，都要戴在我身上，我最闪亮，我最名贵啊。小拇指深沉诡秘地说：当人们面对大众、父母、法师、尊长、四方菩萨，心存恭敬，合掌施礼时，是我离他们最近，是我和他们最亲，得听我的。其实，五个指头各有长短，无需争论短长，只有屈指抱拳，才能集聚力量，只有相互依靠，才能皆大欢喜。这些年，谈领导水平、领导艺术的文章很多，持有的观点也繁多，各有所见，看似复杂实则简单，在我看来，无外乎"和谐"二字。古往今来都演绎和印证着大千世界的一个基本事实，那就是岁月哪里是日日的鲜花和酒宴，人生哪里是天天的欢笑和掌声。人是有感情的，理解、信任、尊重是同志间友好相处的前提，应该以诚相待、推心置腹。一个受人尊敬的领导者，应当善于沟通创造和谐，懂得宽容营造和谐，率先垂范激发和谐。

沟通是建立和谐的桥梁。要知道，管理者 50% 的时间用在沟通上，而管理中 50% 的问题是由于沟通障碍引起的。能力再强的人也离不开与他人的沟通和交流。正确的沟通必须平等相见，换位思考。在沟通中需要有必要的让步、妥协、变通，"退一步，天地宽"。在领导班子中，意见和分歧总是会有的，要想方设法淡化分歧而不是强化分歧，搁置争议而不要过多争论。从沟通寻找共识，并努力放大这种共识，而这其中，常常需要迂回，需要耐心和等待。

宽容是维系和谐的纽带。如同一个人对着空旷的大山大声呼喊，你若对它友好，它则友好回应。在一个集体当中，只有尊重和信任别人，别人才敢跟你讲真话、倾诉肺腑之言，你才能听到直言和真言。只有懂得尊重和欣赏别人观点和个性，谅解包容别人的缺点和不足，做到容人、容言、容事，才能成为事业上志同道合的同仁，想法上肝胆相照的知己，工作上密切配合的同事，生活上相互关心的挚友。

垂范是激发和谐的力量。一个单位、一个部门、一个地方的发展，关键在领导班子，关键在一把手。对于领导班子成员来说，有一个好的一把手，是最重要的政治生态和工作环境，也是人生的一大幸事。要想营造和谐的氛围，一把手要有所谓"能容天下难容之事"的大肚量，经得起批评，受得了委屈，好话坏话都得听；要有所谓"睁只眼、闭只眼"的大本领，大事不糊涂、小事不计较，紧要问题把得住，无关紧要的问题放得开；要有所谓"己欲立而立人、己欲达而达人"的大境界，要知道，帮助别人就是帮助自己，周围人都成功才是领导者最大的成功。

这又让我想起了日本当代著名作家渡边淳一的一本书——《钝感力》，书里列举了生活和工作中的很多事例，印证并赞赏一个颇有哲理的观点，即人们具有敏感力是一种才华，而具有钝感力也是一种才能。我们对待原则大事应当保持敏锐，要有敏感力；对一般的事情却应具备必要的迟钝，要有钝感力。夫妻乃至家庭成员间的相处，朋友乃至同志间的相交，必须心胸宽广有容人之量，不需要过于细腻和敏锐。把什么事情都看得太清、听得太明不一定是好事，把什么问题都打破砂锅问到底得到的不一定是满意的答案，却往往会使人焦虑、劳累和郁闷，也往往伤害感情甚至使关系破裂。为此要适当拥有与人为善、处事和容的钝感力，这样生活才会顺畅、舒心和快乐。

## 文化和鸣　交流互鉴

先秦诸子，汉唐气象，宋明风韵，五千年文脉涵养出泱泱大中华。世界四大文明古国中，唯有中国五千年文化一直传承、从未中断，像血脉一样始终延续流动。中华民族之所以历经磨难仍屹立于世界民族之林，最根本的是植根于民族基因的文化精神在支撑。回望历史，中华文化不仅对中国发展产生了深远影响，而且对人类文明进步作出了杰出贡献。文化因交流而多姿多彩，因互鉴而渗透融合。在全球化深入发展的今天，我们既要大力弘扬优秀的中华传统文化，又应尊重文化的多元性和多样性，推动不同思想文化相互学习、取长补短，推动各种思想相互借鉴、相得益彰，实现百花齐放、文化和鸣。

文化多样性是人类社会发展的基本特征。文化是人类在社会历史发展过程中所创造的物质财富和精神财富，它总是处于变迁和发展的过程之中，具有鲜明的民族性、地域性与时代性。任何一个国家、一个民族都有自己的思想文化，都有各自文化的本色、特点和长处，这些不同文化共同组成了丰富多彩的世界文明。世界就是在不同文化的相互依存、对话、交流中发展的。联合国教科文组织曾发布《世界文化多样性宣言》，为保护与促进世界文化多样发展提供了法理依据。

季羡林先生曾说："中华文化源远流长，而中国文化的精髓是和谐。这是中华民族送给世界的伟大礼物"。中华传统文化崇尚天人合一、和谐包容，认为万事万物可共存并处、融会协调，有人甚至把中国传统文化称之为中华和合文化。由于中华传统文化将和谐作为核心因子，注重借鉴和汲取其他国家和民族思想文化的精华，铸就了"和而不同、兼容并蓄"的博大胸怀，并在文化交流互鉴中不断走向繁荣兴盛。延续千年之久的丝绸之路，是中华文明与其它文明交流互鉴的最好例证。丝绸之路的开辟，极大促进了中西方的经济和文化交流，打开了中国了解西方、西方了解中国的窗口。经由丝绸之路，中国输出了丝绸、瓷器、茶叶、火药、指南针等大量商品，同时也接纳了大量的异域文化和商品，中国民族乐器琵琶、二胡等起初源自中亚。中华文明与伊斯兰文明、古印度文明、阿拉伯文明等文明的交流也源远流长，不断从中汲取有益成分滋养自身。

西方传统文化中也蕴含着丰富的和谐思想。从"数的和谐"观点、"对立和谐观"相继提出，到西方先哲把和谐理念引入政治和社会领域，再到对和谐的理解转入以人的独立性、自主性为前提的崭新阶段，无不体现了西方对和谐思想的深入探讨。马克思、恩格斯在批判地继承这些思想成果的基础上，创立了科学社会主义理论，描绘了未来和谐社会的美好愿景和实现途径。总体上看，中华文化更倾向于整体性、辩证性、和谐性，认为"万物并育而不相害，道并行而不相悖"，而西方思维方式倾向于分析性、思辨性、冲突性，强调社会不同利益之间的斗争与博弈。尽管中西方文化在思维方式上有所不同，但发展和谐文化，离不开对各国有益文化成果的学习与借鉴，离不开与世界文化的交流与对话。中国共产党人坚持马克思主义学说，注重将马克思主义基本原理同中国具体实际紧密结合，注意汲取中西方文化的积极养分，用一切优秀思想文化成果武装自己，这正是践行文化交流互鉴的生动体现。

和谐文化积淀着中华民族最深沉的精神追求，是中华民族生命力、凝聚力、创造力的重要源泉。它带给人类的不是贪婪索取，而是"民胞物与"的仁爱；呈现给世界的不是征服和战争，而是和平和友谊。只有以更加开放的心态、更加开阔的视野，充分吸收一切有利于增强和谐精神的文化成果，在多元中立主导，在多样中谋共识，使民族文化与外来文化、传统文化与现代文化、高雅文化与通俗文化在交流比较中互动融合、相互促进，才能使和谐文化不仅深深植根于中华文化的沃土，而且适应世界发展进步的潮流，具有更加强大的吸引力和感召力，引导不同文化走向和谐共处的大同世界。

## 民族和乐　和衷共济

中国是由 56 个民族组成的统一的多民族国家，自古讲究和衷共济，重视民族团结。几千年来，各民族共同创造和发展了祖国的悠久历史和灿烂文化，造就了分布上交错杂居、文化上兼收并蓄、经济上相互依存、情感上相互亲近、团结上牢不可破的民族融合体，形成了你中有我、我中有你、谁也离不开谁的多元一体格局。在我所从事和分管过的工作中，没有哪一项工作像民族工作这样，深刻地体现了中华文化的和谐理念，空前地需要和谐思想来予以指导和推动。和谐是我们处理民族关系的重大原则，我们每一个人都必须像爱护自己的眼睛一样，爱护民族团结，促进民族和乐。

56 个民族的文化和乐共融。古语云："声一无听，色一无文，味一无果，物一无讲。"极具特色的我国民族多样性，把中华民族装扮得丰富多彩，把华夏文化打造得亮点纷呈，也使人民的生活更加有滋有味。我们的民族多样性，是中华民族永葆坚强、优秀、勤劳和智慧等优势的重要基础条件。各民族文化精髓的积聚与沉淀，本土文明与异质文明的浸润与滋养，使神奇的中华大地变得愈发厚重。北魏孝文帝改革使鲜卑人接受汉族文化，改汉姓并为汉族注入了新鲜血液，为结束"五胡乱华"、开创隋唐盛世打下了坚实基础。阴阳五行、八卦节气等起源于汉族的思维理念传入藏、蒙古等地，为这些地区发展自己的哲学、历法、医学做出了重要贡献。不同民族文化的生成、辐射与激荡，形成了一个内敛而不自闭，外延而不异化的具有强大自持能力的社会系统，使各民族能够在保持自身独立的人格理念与价值取向的同时，又能够以海纳百川的胸襟来吸纳外部事物，使和谐的气息能够长久地充盈于各族儿女的心田。

56 个民族的血脉和乐共通。各民族和衷共济、自强不息的奋斗，造就了中华民族的辉煌。祖国的疆域由各民族共同开拓，汉族的祖先最先开发了黄河流域和中原地区，彝、白等民族最先开发了西南地区，满、锡伯等民族的祖先最先开发了东北地区，藏、羌族最先开发了青藏高原……祖国的经济由各民族共同发展，稻和麦是百越族和西部少数民族首先栽培的，高粱、玉米、芝麻、苜蓿、黄瓜、胡萝卜等果蔬经古代西域传入中原。祖国的和平由各民族共同捍卫，17世纪发生在黑龙江的雅克萨之战，鄂伦春猎人全民上阵奋勇抗击沙俄侵略者。1840年，傣族大土司刀盈廷带领汉族、景颇族、傈僳族群众率先反抗英国入侵者。19世纪中叶，壮汉两族共同成立黑旗军抗法援越，威名远扬。在抵御外来侵略和长期革命斗争中，各民族的血流在一起，情融在一起，同呼吸、共命运、心连心，谁也离不开谁，形成了生死相依、荣辱与共的血肉联系。

56个民族的发展和乐共进。新中国成立之前，少数民族的社会形态复杂而多样。许多少数民族和汉族相同或大体相同，都进入了封建社会。部分少数民族则有的处在封建农奴社会，有的处在奴隶社会，有的甚至还保留有浓厚的原始社会形态。"雄鸡一唱天下白。"新中国的成立标志着我国各族人民永远结束了民族压迫和民族纷争的痛苦历史，携手迎来了民族平等、团结友爱、互助合作、繁荣发展的新纪元。我国有1亿多少数民族人口，国土面积有64%、陆地边界有86%在民族地区。民族地区大多是资源富集区、水系源头区、生态屏障区、文化特色区、国境前沿区，不少是山区、牧区、高寒区、干旱区，相当多的地方贫困面广、贫困程度深。我们坚持走中国特色处理民族问题的正确道路，坚持和完善民族区域自治制度，制定出台一系列政策措施支持民族地区加快发展。兴边富民行动、扶持人口较少民族、加快牧区发展、特困民族地区扶贫开发等规划和政策从无到有，从小到大，民族地区开始进入跨越式发展、科学发展、和谐发展的轨道。

上天之载，无声无臭。民族团结犹如空气和阳光一样宝贵，得之而不觉，失之则难存，任何时候都不能小视。我曾专程前往普洱哈尼族彝族自治县，瞻仰"新中国民族团结第一碑"——普洱县"民族团结誓词碑"。回想当年，新政权刚成立不久，边疆民族地区交织着各种政治力量，跟不跟共产党走？这是盘亘在各族头人和老百姓心中的一个大大的问号。在党的民族平等团结政策强大感召下，普洱地区26个少数民族歃血为盟，决心跟着共产党走。这一走，就走出了一条民族团结、经济繁荣、社会进步的康庄大道。来到普洱县，亲眼看着56年前在石碑上用汉、傣、拉祜等文字刻下的那些名字，重温当年各族群众立下的铮铮誓词，想象着当时数千名群众在这里歃血为盟的壮烈场景，不由得荡气回肠，感慨万千。我还有幸见到了当年亲身参与民族团结盟誓并在碑上留名的3位古稀老人，握住他们的手，我满怀敬意地说："半个多世纪前，你们把民族团结的精神刻在了碑上；今天，我们各族人民群众都要把民族团结刻在心上！"老人的手温暖有力，我们紧紧地握了许久……

树立在云南省普洱市的民族团结誓词碑。

我至今无法忘记 2009 年 7 月，在赶往西宁参加全国扶持人口较少民族发展工作经验交流会的路上，接到了新疆乌鲁木齐市发生打砸抢烧严重暴力犯罪事件的消息！联想到一年前发生的拉萨 "3·14" 事件，内心无比沉痛，一夜无眠。第二天在会上，我痛心疾首地对与会同志说："团结稳定是福，分裂动乱是祸；繁荣发展是喜，停滞衰退是悲；和谐安康是美好，暴力恐怖是罪恶。"这是我的肺腑之言和真切体会！

60多年来，我们党对民族工作始终高看一眼、厚爱几分，对少数民族始终讲感情、动真情，满腔热情地对待，设身处地地理解，诚心诚意地帮助，才有了"近者悦、远者来"的局面。

只有平等互助的春风才能驱散乌云，只有团结友爱的阳光才能消融冰雪。我们不应该因为某个地方出现严重的暴力犯罪事件而不加区分地将这个地方与之捆绑，不可以因为一个民族中极少数人闹事而不加区分地给这个民族贴上标签，更不要因为民事纠纷和刑事案件涉及少数民族人员而不加区分地同民族问题予以挂钩，决不能因为发生在民族地区的个别极端问题而对我们的实践已经证明并长期行之有效的民族政策产生动摇。我们必须高举民族大团结的旗帜，紧紧围绕各民族共同团结奋斗、共同繁荣发展的主题，切实遵循平等、团结、互助、和谐的原则处理民族关系，促进各民族的大交往大融合，让56个民族的大家庭成为向心力更强、包容性更广的命运共同体。

## 宗教和善　众缘和合

在悠久的人类文明史中，宗教作为一种精神文化，是不可或缺的重要组成部分。宗教文化也和其他文化一样，是人类智慧的结晶。赵朴初曾津津乐道一段轶事：延安时期的毛泽东一日路过寺庙欲入，同行者说，那是迷信，有何看头？

毛泽东说，不对，那是文化！费孝通先生也有一个处理不同文化关系的十六字箴言：“各美其美，美人之美，美美与共，天下大同。”和与善在不同的宗教文化当中，都是突出的主题。“慈爱和同、和以处众、和而常通”是善，“敬老恤孤、怜贫悯疾、慈俭济人”是善，“求同存异、和而不同、众缘和合”是善。从某种意义上说，宗教文化就是和善文化。

中国传统文化主张“和合”为贵，注重求同存异、兼容并蓄，提倡吸纳世界上各种思想和文化。外国宗教文化进入中国后也逐渐与中华文化有机融合、和谐统一。回顾历史过往，中国在信教与不信教者之间，在信仰不同宗教者之间，很少因为宗教信仰而发生大规模的纠纷或争斗，更没有发生过所谓的宗教战争，而是更多地体现对各宗教的理解与宽容。佛教传入我国后，本着兼容并蓄思想，吸收了儒家和道家的理念，融入到我国文化环境中。伊斯兰教的“顺从、服从”理念与中国传统文化相结合，形成了独具特色的中国伊斯兰文化。我见过很多中国特色的宗教景象：名山大川中，不同宗教“各拜各的神，各上各的香”；“寸土寸金”的北京王府井大街，既有实业家投资的东方广场和新东安市场，也有由北京市政府修复的天主教堂。

香港佛教联合会会长觉光法师曾讲过这样一个故事，“佛陀住世时，曾以一朵花的花香，来比喻众缘和合。佛陀说：一朵花，是什么香？是花瓣香？是花的颜色香？是花粉香？是花的什么香？不，花香不是哪一个部分香，而是花的众缘和合的香。众缘和合，正是花香的秘密，正是花香的源头，也正是花香的真谛。"现在，中国主要有佛教、道教、基督教、天主教、伊斯兰教等五大宗教，还有一些民间信仰，信教的人数至少超过一亿。五大宗教都有和善意旨，比如，佛教主张"诸恶莫作，众善奉行"，"无缘大慈，同体大悲"；道教崇尚"忠主孝亲，敬兄信友"；天主教教诲"如同我爱你们，你们也该照样彼此相爱"；基督教提倡"凡事谦虚、温柔、忍耐，用爱心互相宽容"；伊斯兰教奉行"只有一种道德规范，就是源于忘我、行善的博爱法则"。因此，在尊重和维护宗教文化多样性的基础上，应促进不同宗教或同一宗教不同宗派之间拓开心量、平等对待、和睦相处、求同存异，努力实现五教同光、共致和谐。

我国各宗教都崇尚和谐、追求和谐，宗教经典、教义教规、道德戒律中都蕴含着丰富的和谐思想资源。我在职时经历了三届世界佛教论坛，2006 年在浙江举办的第一届世界佛教论坛的主题是"和谐世界，从心开始"，2009 年在江苏无锡和台湾台北举办的第二届世界佛教论坛的主题是"和谐世界，众缘和合"，2012 年在香港举办的第三届世界佛教论坛的主题是"和谐世界，同愿同行"，三届论坛的主题都离不开一个"和"字。所以，有人说，和尚就是"以和为尚""中和最上"。佛教庄严国土、利乐有情，素有戒和同修、见和同解、利和同均、身和同住、口和无诤、意和同悦的"六和敬"倡导；道教和光同尘、济世利人，以"道法自然"为和谐的总原则；

伊斯兰教认为真主创造万物并要其和谐共存、创造人类并要其和睦相处,追求和谐的"乐园";天主教、基督教认为天主(上帝)创造的"伊甸园"是和谐乐园,信仰借着耶稣基督的救赎恢复人与神、人自身、人与人、人与自然关系的和谐。

正因如此,我国五大宗教曾共同发表《倡导宗教和谐共同宣言》,提出发掘各宗教的和谐思想资源、弘扬宽容中道的宗教思想、培育和谐向善的宗教文化,体现了宗教界实现和谐、繁荣的努力方向,也体现了人类个体追求安宁、幸福的理想目标。在当今促进和谐人人有责、和谐社会人人共享的时代,宗教界为增进和谐发挥积极作用,也就是在为这个深刻变动的世界,增一分理解与感动,添一分平安与和谐。

## | 自然和煦　天人合一 |

我曾到过一些名山大川、看过一些秀丽美景,在感慨大自然鬼斧神工的同时,也不禁慨叹"天人合一"的博大精深。人类与自然和谐相处,成为合而一致的统一体,是人与自然最稳定的相处模式。中华古老的"天人合一"思想,蕴含着丰富而深刻的内涵,它把人和自然界作为统一的整体来思考,描绘了一幅人与自然相亲共荣、和乐融融的美好图景。在中医学中,认为人体本身便隐喻了自然界的组成元素,骨骼象征山脉、血液象征河流、穴位象征星斗、毛发象征草木等等。可以说,人与山川日月、花草树木都是自然的组成部分，彼此之间相互联系、相互促进，甚至能够相互感通、相互作用、相互转化、相互融合。这种天人相通的自然观贯穿在中华文化的各个领域当中，天与物与人，你中有我、我中有你、融合为一。

人类对自然的认识，是经过千万年感受形成的；人类与自然的感情，是经过千万年的相处建立的。从起初被自然支配，与自然抗争，渐渐地到了解自然，亲近自然，热爱自然，保护自然，再到今天人与自然和谐相处。人类的生存发展离不开大自然的庇护，大自然是人类永远的家园。

在中华文明里，"天人合一"的画面温馨唯美。人与自然和谐相处的美好情谊，在很多诗词中都有所体现。"花间一壶酒，独酌无相亲。举杯邀明月，对影成三人。""众鸟高飞尽，孤云独去闲。相看两不厌，只有敬亭山。"字里行间，无不流露出诗人李白对山川明月的情真意切，情谊绵绵，无论世事如何变幻，无论世态是否炎凉，山川明月都是他忠实的朋友，无声陪伴，不离不弃，如此的温情怎能不让人感动。"我见青山多妩媚，料青山见我应如是"，形象地展现了人与自然的相互依存、相互信任、相互爱慕、相互景仰。现代社会节奏的加快，导致人类正在失去对自然的美感，我们应该学习古人对大自然的仰慕敬畏以及情感的形象表达，秉承丰富的生态伦理思想，切实把自然作为人类生存发展的情感基石和实践基础。

在中华文明里，"天人合一"的典故代代相传。中国自古以来就有大量人与自然和谐相处的理念，流传着"好生之德"的思想和"网开三面"的故事。《尚书》说："与其杀不辜，宁失不经，好生之德，洽于民心。"爱惜生灵、不事杀戮的品德，对于赢得民心十分重要。商汤有一次狩猎，见部下们张网四面并祷告说，上下四方的禽兽尽入网中。汤命令去其三面，只留一面，并祷告说，禽兽们，愿逃者逃之，不愿逃者入我网中。商汤"网开三面"的消息传到诸侯耳中，都称赞汤的仁德可以施与禽兽，必能施与诸侯，因此纷纷加盟。事实上，商汤正是靠广施仁政，最终拥有了天下。所以《诗经》称赞他"敷政优优，百禄是遒"，意思是广施政令很宽和，百姓福气聚成团。

在中华文明里，"天人合一"的哲理深植生活。中华民族很早就认识到了生产不能破坏自然的道理。砍伐树木，捕捉鱼虾，一定要取之有度，取之有时；播种百谷，一定要与四时之序相协调。"不违农时，谷不可胜食也；数罟不入洿池，鱼鳖不可胜食也；斧斤以时入山林，林木不可胜用也。"这是孟子对梁惠王所进行的理论教育。《国语》记载，鲁宣公要在春天的池塘里捕鱼，大臣里革劝告说，春夏是鸟兽鱼怀孕繁殖的季节，不应该在这个时候捕杀它们，一边说一边把鱼网撕断弃置于地。人生在天地之间，人们的生产活动不能上逆天道、下绝地理，否则，"天不予时，地不生财"。前些年，了解到大兴安岭等林区因转型，致使林区群众生活困难，乱采乱伐问题严重，我心情很沉重，要求有关部门调查研究，最后制定了相关政策，既有力保护了那里的生态环境，又使林区群众的生活得到了改善。

所谓"有天地，然后有万物。有万物，然后有男女。有男女，然后有夫妇。有夫妇，然后有父子。"人与自然的关系是一种亲缘关系，这是中华民族祖先独特的智慧。从孔子的"仁者乐山，智者乐水"，到老子的"人法地，地法天，天法道，道法自然"，都有体现。然而正如甘地所说，大自然完全能够满足我们的需要，却无法满足我们的贪婪。进入工业化社会以来，大气污染、环境恶化、自然灾害、极端天气，大自然正在给予人类一连串的警告与惩罚，无语的自然不可欺。

达尔文曾经说过，只有服从大自然，才能征服大自然。面对资源约束趋紧、环境污染严重、生态系统退化的严峻形势，必须树立尊重自然、顺应自然、保护自然的生态文明理念。这既是人类与自然相处的历史经验教训的科学总结，也是中国古代文明"万物一体""天人合一""道法自然"的时代阐释。在经济发展过程中，必须讲求和谐理念，追求科学发展、协调发展、均衡发展。那种单纯追求经济增长和物质生活提高，甚至不惜付出环境污染、生态失衡等代价的做法，是与和谐发展背道而驰的。人类投入自然怀抱之中，自然被放在人心之上，人类呵护自然，自然回报人类，相近相亲，相融相合，这才是美妙的和谐境界。

## 世界和平 协和万邦

我们生活的地球，是个多彩斑斓、奥妙神奇的地球；我们生存的世界，是个多民族共存、多宗教共生的世界。当今世界有 70 多亿人口，200 多个国家，3000 多个民族，6000 多种语言，11000 多个独立的宗教。不同的肤色，不同的历史经历，不同的发展水平，不同的生存环境，孕育了不同的思想理念，不同的风俗习惯，不同的文化基因，不同的利益诉求。但无论穷国富国，都倡导平等、诚实、慈善、包容，都追求发展、美好、和谐、和平。

和谐深深浸润在中华文明历史洪流中，不仅贯穿于人的

2009年2月13日，回良玉在厄瓜多尔首都基多与当地学生在一起。

身心、人与自然、人与社会之间的关系处理，也适用于国与国之间的关系处理。《尚书》和《周易》里很早就提出"协和万邦""世界和平"的观念。正是因为和谐是中华文化的核心理念，中华文化从来不是带有强烈进攻性和称霸意识的文化，"中华民族的血液中没有侵略他人、称霸世界的基因。""和平共处"一直是我国在处理国与国关系中奉行的基本准则。

中国历史上的郑和下西洋，实际上是一次"和平之旅"。600多年前，郑和受命出使西洋，足迹遍及30多个国家和地区。当时正值明朝初期，中国综合国力位居世界前列，但与地理大发现时期欧洲国家的殖民政策不同，中国始终坚持和平政策。郑和船队始终奉行着"共享太平之福"的宗旨，尊重当地习俗，平等开展贸易，把中国陶瓷、建筑、绘画、雕刻、服饰等领域的精湛技艺和茶叶、皮毛等农产品带到亚非国家，促进了中外文化的双向交流和共同进步。

历史不会忘记1955年的春天，周恩来总理在万隆会议上以"中国代表团是来求同而不是来立异的"为开场白，阐述了中国求同存异的主导思想，亮出了"和平共处五项原则"这一处理国家关系的基本原则，为新的国际秩序主张的提出奠定了基本方向。从罗曼·罗兰的"我要向您高歌，神圣的和平"到马丁·路德金的"我有一个梦"，从奥林匹克运动的诞生到联合国、世界红十字会等众多国际和平组织的成立，长期以来，人类一直用不同的方式、不同的行动祈盼和谐、祈祷和平。

可以说，和平是一个安宁的环境，而和谐是一份辽远的心境；和平是没有外界的战争，而和谐是没有内心的困扰。和平与和谐是人类长久的呼唤与祈盼，也是人类永恒的向往与追求。

改革开放以来，我国的经济快速发展，综合实力日益提高，国际影响日趋扩大，但我们的外交政策始终围绕和谐、追求和平而展开。中国选择的和平发展道路，构建的和谐世界，是对不同文明的兼容并蓄，更是对不同的社会制度和发展道路的彼此尊重。"中国抗日战争暨世界反法西斯战争胜利70周年"纪念大会及阅兵式在北京天安门广场举行时，我坐在观礼台上不禁心潮澎湃、思绪万千。阅兵，阅的是"国之重器"，更是一种国家力量，是中国维护正义的决心和实力。作为世界上最大的发展中国家，作为深受和谐文化润泽和滋养的礼仪之邦，中国的发展将为世界带来更多的机遇，中国是维护世界和平、促进共同发展的坚定力量。

纵览世界风云，昔称"紫气东来"，今有"和气东来"；人叹"文明冲突"，我有"和风西送"。正如那首传唱在大街小巷的《和谐中国》，生动描绘出了人们对和谐的热爱和向往：和风细雨的好时节，和颜悦色的好感觉，和而不同的好山岳，和如琴瑟的好江河，和气致祥的好人家，和如一家的大神州，和衷共济的共和国，和平共处的好邻邦……一唱天下和，创建和谐社会、 和谐中国具有强大的吸引力和感召力，维护世界和平、共建和谐世界也正在成为当今全球的主旋律。

# 大道至简之乐

（一）崇简尚简，大道之法

（二）化繁为简，简从繁来

（三）政策贵简，明白易行

（四）管理行简，便民利众

（五）撰文力简，妙笔生花

（六）讲话精简，言简意赅

（七）办事求简，顺达通畅

（八）交往从简，风清气正

（九）风俗倡简，曲调高雅

大千世界，纷繁复杂，芸芸众生，千姿百态。然而，生活和工作在社会的不同岗位和行业的人们，似乎会有一个共同的体会，就是睿智练达的处事方式往往是简单的，愉悦舒适的生活方式往往是简朴的，高深久远的哲理往往是简明的，难忘易懂的名言警句往往是简短的。这正是大道至简在社会生活中的一般反映和奇妙之处。

简者，《说文解字》中解释为"牒"，即竹简之意。古代人最早写作和记录以龟甲壳或金铜器等为载体，篆刻起来很费劲，后来有人发现把字刻在竹子上更简单、更清晰、更高效，遂有"简单之至"的说法。于是，人们把复杂的事情变得单纯和省力称之为"简"。这个"简"字的起源过程，体现了古人的聪明智慧，显现了崇简尚简的深刻哲理。

大道至简的简，实际上是复杂后的简单运作，是简单前的成熟思考，是简单和复杂交替中的睿智高明。办事、处事、行事，家事、国事、天下事，都应力求精练简要，去除冗杂多余，保留极其必要。要在复杂多变的社会现象中，精心选择，择其要领；要从繁杂纷呈的社会事务中，精简骁锐，简而有条。不以纷繁复杂为喜，而以风清简雅为乐。此乃为人、谋事、兴业、治国之大道。

2015年2月28日，回良玉在广西民族博物馆参观巨型铜鼓。古时候，人们通过击鼓来传达号令、传递信息，不失为"大道至简"的生动体现。

## 崇简尚简　大道之法

道，源自事物的本源本质，寓意万事万物的法则，在中国传统哲学中居于重要地位。大道至简，从字面上讲，是指大道理是很简单的，最有价值的道理往往是很朴素的，很重要的道理往往是很平常的。一些内涵丰富、哲理深邃的基本原理、方法和规律，简单到一段短语乃至一两句话就能概括。大道的表达是简单的，但这并不意味着对复杂和深奥的排斥，关键是去伪存真，直指要害。大道至简的概念、理念和认知，以其深刻的哲理蕴涵、有力的价值引导，逐渐融进社会生活、修身养心、齐家治国的方方面面。历经孕育、发展和实证检验，大道至简已然成为中华哲学体系的精髓。崇简尚简的世界观和方法论，早已根植人们内心，融入人们行动。

纵观人类认识史和科学发展史，凡是具有普遍意义、丰富内涵的认识和理论，在概括和表述上往往都有简明简约的特点。《大学》《中庸》《论语》《孟子》《道德经》等传世名著告诉人们的深刻哲理，其表象都是极为简单明了的。老子用一个"道"字来概括宇宙万物发展变化的根本法则。孔子用"仁义礼智信"概括博大精深的儒学思想。马克思主义哲学用"对立统一"概括世间万物的根本规律。毛泽东同志用"为人民服务"5个字阐明我们党的宗旨。自然科学也是如此。

牛顿定律的表述也十分简明，爱因斯坦用一个公式定义著名的质能关系。化学反应何其复杂，但反映多变、生成万物的元素周期表却明了简单。

可以说，真理之相、真理之用虽然是复杂的，但真理之体却是简单的。像绘画，无论多么美轮美奂，也不过是七种颜色构成；音乐，无论旋律多么跌宕起伏，也不过是七个音符组合。天地万物很复杂，但以古人看来也不过是金木水火土五行相生相克。真理名言，文字不多，简洁了当，不拖沓枝蔓，都是笔力扛鼎，振聋发聩，极富开窍启蒙作用。而繁杂冗长，就难免拖泥带水，矫揉造作，中心不突出，指向不明确，如隔靴搔痒。所以，看似简单的理论、论断或观点，往往蕴含着丰富的内涵、深刻的哲理。

自古至今，凡是圣贤明哲的名言警句、论断阐述，往往都事后留光，言简意明，文简意远，绝非言繁难懂，言不及意。他们往往用简洁的言辞，就能点出人生哲理和生命大道。他们的每则语录都很简单，很少有长篇大论的文字，却鞭辟入里，表达了很多深邃而又久远的道理，往往成为我们安身立命、为人处世的法则，成为修身齐家、治国理政的准则。

在社会生活中，人们都有共同的体会，最中肯、最管用、最精彩的话往往最好记，既简洁如神韵，又朴素如常识；既富有哲理，直指事物的本质，又干脆动人，充满激情，激动人心。往往越简单的指向和结论，越能贴近真理，而越接近真理的东西，又越简单概括。有的话语和记忆很容易淡化遗失，有的话语和记忆却永远清晰可溯并回味无穷。一些圣贤明哲的至理名言，一些伟人的良言警句，在我们的脑海中是永久驻存的。

简单往往有效，简洁才能明快。万物都有本末轻重、先后始终。有时候，过于细腻很难因地制宜，过多束缚很难推陈出新。有时候，本来道理很简单明了，但越是过多的解读和延伸，就越容易使人匪夷所思和无所适从；越是求全求细、面面俱到，就越难以突出重点，越难以有针对性。因此，言之有物、言之在理往往都言之简明。直白、清晰而又诙谐的语言，方显大气动人；简单又充满个性化的表达方式，更能给人以难忘的印象。

简单是成熟的美丽，往往平凡孕育伟大，简单蕴藏高雅。在很多的情况下，简单了并没有降低生活的质量，奢华了却没有提升生活的品质。简朴的家舍，窗明几净，虽没有满堂艳丽奢华的陈设，却有自然的风雅。一个女子，发梳整齐，穿戴得体，虽然没有炫丽昂贵的妆饰，却能表现出纯真的天性。人有时不妆饰更可爱漂亮，屋里没有过多的装饰更安逸舒适，一些风景区的原生态景观则更醇美珍贵。

大道至简，是深思熟虑的睿智，是站在高处的从容，是胸怀全局的优雅。简是大智慧，简中有通天地的法则。《淮南子》有云："非易不可以治大，非简不可以合众，大乐必易，大礼必简。易故能天，简故能地。"所以，我们应该努力用最朴素的语言概括最深刻的道理，用最简单的话语包涵最深邃的思想，用最简洁的表述说明最复杂的问题，用最精炼的文字表达最广阔的内涵。把生活过得复杂往往是一种惯性，而过得简单反而是一种修炼；把事情办的复杂往往是一种惯例，而办的简单反而是一种睿智。切忌把一般的事务搞成不一般，把具体的事情搞成抽象，把应短期办好的事搞成长期办成的事，把少人少单位能办的事搞成多人多单位去办的事。崇简尚简，才能更好地拨开云雾见青天，才能更敞亮地透过现象看本质，才能更精到地抓住事情的要领。

## 化繁为简　简从繁来

大道至简，不仅要求我们正确认识简单，也要求我们正确对待复杂。记得昙鸾大师晚年就自称为"玄简大士"，玄有高深莫测之意，简又是简单平常之意，两个相反的字合在一起，听起来特别有内涵，寓意"至玄则简，至简则玄"。简单是终极的复杂。抓工作、干事业、办事情，关键是要把握根本，抓住主要矛盾，实现化繁为简。越是任务繁重、事务繁多，越是要驾驭全局、把握重点，越是要举重若轻、抓大放小，越是要删繁就简、化难为易。处理工作的策略，越简单扼要越容易操作；解决问题的办法，越简明清晰越乐于被受众理解接受；推进工作的流程，越简洁明了越容易高效顺畅。

简从繁来。繁为现实，简是高明。现实矛盾是纷繁复杂的，处理方式则必须是简明简洁的。这就要求在纷繁复杂的外在表象中发现规律，找到解决问题的有效办法。社会生活中，人们往往腻烦制度和政策的晦涩复杂，而喜欢制度和政策的清明简洁。越清明简洁的制度和政策，越能把宏观和微观结合起来，越能把个别和一般统一起来，越能把上级和下级一致起来，越能把领导和群众联系起来。总结历朝历代执政经验，治国理政的制度和政策的效能，并不在于繁文缛节甚至叠床架屋。相反，制度和政策的威力，蕴含于清明简洁之中。清明简洁，是制度和政策的感召力、执行力和生命力。

学会简单，就是不简单。复杂的社会矛盾用简明的政策去解决，艰巨的发展任务用简明的政策去引领，繁重的改革工作用简明的政策去推动，往往可以事半功倍。运用简明思维处理纷繁复杂的事务，往往牵一发而动全身，迎刃而解。制定简明的政策，既有利于为实施者留下创造的空间，又有利于执行者具体化，为地方发挥积极性留有余地。运用简明行政思维，能够摆脱条条框框，不拘泥小节，不局限表象，洞察内在，拨冗化简，去芜存菁。简明行政思维具有无可比拟的优势。

把简单的问题能给以详尽深刻而复杂的阐述说明，那是有水平的专家和学者；把复杂的问题能用简单的语言挑明说清并贯彻执行，那是富有高见的领导和决策者；把极其复杂的问题能够用最简明的政策和最简单的办法给予解决，那是具有战略思维的领袖和伟人。要学习简明立策，学会简单行政，努力使政策举措与广大人民群众的心理需求和接受程度相适应。有的地方有时候把简单的问题搞复杂了，甚至把小事情搞成大事情，把当前的事情搞成长远的事情，把局部的事情搞成全局的事情，客观效果并不好。实际上，把简单的问题搞复杂了往往很容易，而把复杂的问题搞简单了却很不容易。把复杂的事情用简单的办法去认识和解决，把外国的一些话用中国的语言来说明，把一些深刻的道理用群众理解的语言来表述，往往能取得好的效果。话说得越面面俱到，就越容易失去针对性和可操作性。简明的政策语言，便于理解和把握，往往表述清晰，内容凝练，浅显直白，易于落实执行。简明的政策程序便于操作，往往突出重点，明晰环节，节约成本，便于推广，易于督查。

简明是一种理念、一种智慧，更是一种境界。简明是人们淡化欲望、崇尚简朴和追求内心宁静的生活境界，是化繁为简、提高效率的工作境界，是站位高远、胸怀大局、运筹帷幄的领导境界。简与繁之间蕴涵着深厚的哲理，凝聚着无穷的智慧，承载着大量的复杂和抽象的劳动。如果说简单是结果和结论，那么复杂便是动因和过程，大量的工作往往做在结论之前。比如制定政策，政策的简明性来源于调研与制定政策的复杂性。制定政策的过程是反复研究和分析论证的过程，只有经过反复研究和分析论证，才能制定出简明的政策。如果把制定政策的过程简单化，对情况若明若暗，对问题一知半解，出台的政策则可能繁烦复杂。因此，科学而又高明的简单是对浮华的有力舍弃，是精华的高度浓缩、瞬间的精彩呈现，是心血与汗水的交融、智慧与创造的成果。最伟大的真理"最简单"，而"最简单"的人最伟大。最高妙的功夫是归于简朴。不为世俗所累，不为名利所困，卸去心灵的一切枷锁，崇尚简单并身体力行，此乃人生的大境界！

## 政策贵简　明白易行

政策和策略是党的生命。政策在一个国家和社会中居于极为重要的地位。正是有了这些经济政策、科技政策、社会政策和法律法规等各领域的政策，构成了我们治国理政的基本依据，塑造了社会生活的基本规范。一个政策制定和执行得好，就会为社会和人民带来积极正向的能量和功用。好政策的评判和标准有千条万条，但在老百姓心中，好政策有一个共性的特点，就是主旨简明、内容简练、风格简洁、方法简便，宜于操作和执行。

制定和执行简明的"三农"政策，是我们党领导农村工作的光荣传统，符合中国国情和农情。我国农业区域广阔，各地农业基础条件和发展水平千差万别，国家的农村政策务必要因地制宜，分类指导，原则要求应明确清晰，具体操作宜粗不宜细；我国农业市场巨大，各地消费习惯和需求品种不同，农产品供求及价格与市场需求和季节性变化关联度较大，调控政策应因时制宜、简洁明了；我国农业正处在传统农业与现代农业并存阶段，农业经营者整体素养有待提高，各地文化差异较大，农民习惯和喜欢简单明了的政策措施；我国农村社情复杂，各种利益矛盾交织，简明地处理好国家、集体和农民的利益关系仍是农村政策和农村稳定的焦点。面对特殊的国情和农情，我们党始终坚持从实际出发，制定清明简洁的"三农"政策，把政策开诚布公、明明白白地告诉农民，让农村百姓一看就懂、一听就明、一学就会。

我曾长期从事"三农"工作，深切体悟到政策简明给农业农村带来的极大好处。纵览我们党领导农业农村发展的奋斗历程，农业农村之所以迎来一个又一个发展的黄金期，得益于中国特色的强农惠农富农政策体系，归根结底在于我们党的"三农"政策代表了广大农民的根本利益。"三农"政策简明、目标明确、指向集中，因而富有较强的传播力、执行力和生命力。回顾起来，我们党成立以来的"三农"政策可以简明到用10个字来概括，即分、查，合、统，包、放，减、给、保、同。

早在新民主主义革命时期，我们党深刻分析农村社情和各阶层矛盾，准确把握农业生产特点和农民根本利益诉求，先后开展了"打土豪、分田地"和"查田运动"，这个时期的农村政策可以概括为"分"和"查"。一是"分"。土地革命时期，我们党领导广大农民打土豪、分田地，竖起了分田分地的革命旗帜。通过"分"字，实现了农民"耕者有其田"的梦想，使广大农民政治上翻了身，经济上分到土地，生活上有了保障。二是"查"。国内革命时期，我们党在革命根据地领导农民群众进行了清查土地、清查阶级的"查田运动"。通过"查"字，划分阶级成分，采取不同的策略办法，判定不同政策，使得我们党进一步争取群众，赢得民心，站稳脚跟。

在社会主义革命和建设时期，党的"三农"政策突出表现在"互助合作"和"统购统销"两个方面，即"合"和"统"字，体现了当时发展农业的方向和措施。一是"合"。随着农业生产的恢复和初步发展，土改后的农村出现了一些新情况新问题。农民手中的生产资料和生活资料相当分散，每家每户的生产资料多少不均、生产技能高低不同，农业生产方式仍然是分散落后的小农经济，农业生产力水平仍然低下。通过"合"字，实行土地入股、共同劳动、记工取酬、按劳分红，从办互助组到初级农业合作社，避免了两极分化，推动农业合作化运动，促进生产发展。二是"统"。从第一个"五年计划"开始，为缓解大规模经济建设带来的粮食产需矛盾问题，国家实施粮食生产"统购统销"政策。通过"统"字，实行粮食定产、定购、定销的"三定"政策，对商品粮进行统一调拨、分配和管理。互助合作和统购统销互相联系，作为对小农经济社会主义改造的两大战略措施，使农民走上合作化的道路，在当时对保障全国人民基本生活和社会安定，对支持国家工业发展和经济建设起到了重要作用。

改革开放和社会主义现代化建设时期，我们党率先和大胆探索农业农村改革，农村经济社会焕发出新的生机活力。这一时期的"三农"方针和政策聚焦到"包"、"放"这两个字上。一是"包"。1978年，农村率先探索包产到户、包干到户，实行"大包干"，拉开了农村改革序幕。按照家庭人口和劳动力，把集体组织的土地和生产资料平分到户，农户承担国家和集体的生产任务，也就是"交足国家的，留够集体的，剩下都是自己的。"大包干，直来直去不拐弯，通过"包"字，建立了以家庭承包经营为基础、统分结合的双层经营体制，农民生产热情高涨，收入水平大幅提高，农民生活明显改善。二是"放"。随着农村经济朝着市场化方向推进，从农产品流通体制改革放开发端，把农业生产自主权和经营收益权进一步放权于市、还权于民。从率先放开水产品、水果、蔬菜和土特产品流通管控，允许农民的多余农产品就近自产自销自主出售，逐步发展到长途贩运、批量经营，进而放开粮棉油糖，最终全面放开农产品流通市场。改变统得过多、独家经营、渠道单一的做法，实现多种经济成分、多种经营形式、多种流通渠道，特别是乡镇企业的异军突起，推进了农业产业化经营。通过"放"字，放开市场、放开经营、放开价格，一放就活，一放就灵，农户和企业真正成为市场自主经营主体，极大地调动了农民生产积极性。

进入新世纪以来，连续出台了 14 个指导"三农"工作的中央一号文件，堪称我国"三农"政策的集成和宝典。为了化繁为简，突出解决主要问题，14 个一号文件正确处理重点和一般的关系，每个文件都基本聚焦一个主题，清明简洁，提纲挈领，目标明确，重点突出，措施具体。这个时期农业发展最快，农民得到实惠最多，农村面貌变化最大。纵观 14 个中央一号文件，其简明特色更加鲜明，可以用

## 2004年以来，中共中央、国务院连续出台十四个指导"三农"工作的中央一号文件

◎2004年2月8日◎

《中共中央 国务院关于促进农民增加收入若干政策的意见》

◎2005年1月30日◎

《中共中央 国务院关于进一步加强农村工作提高农业综合生产能力若干政策的意见》

◎2006年2月21日◎

《中共中央 国务院关于推进社会主义新农村建设的若干意见》

◎2007年1月29日◎

《中共中央 国务院关于积极发展现代农业扎实推进社会主义新农村建设的若干意见》

◎2008年1月30日◎

《中共中央 国务院关于切实加强农业基础建设 进一步促进农业发展农民增收的若干意见》

◎2009年2月1日◎

《中共中央 国务院关于2009年促进农业稳定发展农民持续增收的若干意见》

◎2010年1月31日◎

《中共中央 国务院关于加大统筹城乡发展力度 进一步夯实农业农村发展基础的若干意见》

◎2011年1月29日◎

《中共中央 国务院关于加快水利改革发展的决定》

◎2012年2月1日◎

《中共中央 国务院关于加快推进农业科技创新持续增强农产品供给保障能力的若干意见》

◎2013年1月31日◎

《中共中央 国务院关于加快发展现代农业进一步增强农村发展活力的若干意见》

◎2014年1月19日◎

《中共中央 国务院关于全面深化农村改革加快推进农业现代化的若干意见》

◎2015年2月1日◎

《中共中央 国务院关于加大改革创新力度加快农业现代化建设的若干意见》

◎2016年1月27日◎

《中共中央 国务院关于落实发展新理念加快农业现代化实现全面小康目标的若干意见》

◎2017年2月5日◎

《中共中央 国务院关于深入推进农业供给侧结构性改革加快培育农业农村发展新动能的若干意见》

"减""给""保""同"四个字扼要概括。一是"减"。正税清费、降税减费，减轻农民负担，全面启动农村税费改革。从实行"三个取消、两个调整、一个逐步取消和一项改革"试点，逐步扩大到全部免除农业税、牧业税、农业特产税、屠宰税，这"四取消"标志着在中华大地上，最终结束了延续2600多年的农业征税历史，国家对农民实现了由取向予的根本转折。二是"给"。坚持对农业"多予、少取、放活"方针，加大农业投入，建立了农业直接补贴制度，强化农业基础，补助薄弱环节。实施农业"四补贴"和粮油大县奖励政策，开辟了补贴到人、到地、到户、到机、到农资、到良种的强农惠农富农政策，并进一步拓展到"一事一议"财政奖补、农村水电路气房建设投资等政策，改变了长期以来农村的事农民自己办的格局。三是"保"。从农村义务教育"两免一补"开始，到全面建立新型农村合作医疗、新型农村社会养老保险、农村最低生活保障三项社会保障制度，消除农民后顾之忧，大力推进扶贫开发，发展农业保险，实现农民"老有所养""病有所医""困有所济"的愿望。四是"同"。提出了统筹城乡和工业反哺农业、城市支持农村的方针，破除城乡二元体制机制障碍，促进城乡发展机会平等、投入平等、公共服务平等，加快城乡经济社会发展一体化。提出"在工业化、城镇化深入发展中同步推进农业现代化"的战略，从"三化同步"到"四化同步"。公共资源更多向农业农村配置，中小城市户籍逐步放开，城乡实现按相同比例选举人大代表。

随着经济社会发展和城乡一体化加快推进，以"减""给""保""同"四个字为核心的政策构成不断完善、政策力度不断加大，但政策的简明性始终保持不变。在我们党新时期"三农"方针政策的指引下，我国农村改革和发展取得巨大成就，为应对国际金融危机和重大自然灾害，为确保国家粮食安全和农民收入持续增长，为促进国民经济平稳较快发展和社会和谐稳定，为加快全面小康建设作出了历史性的重大贡献。

## 管理行简　便民利众

管理是社会发展之要。一个国家的有效治理，一个社会的有序运行，一个家庭的和睦相处，时刻离不开管理。可以说，只要涉及到人与人之间的协调，涉及到资源要素的配置，就要有管理的出现。不同的国家、不同的阶段、不同经济和文化背景，孕育了不同的管理价值、理念和追求。有的管理追求和谐，有的管理讲求效率，有的管理推崇秩序。每个单位在具体的管理中都有各自独特的特点，每个家庭在具体的管理中也都"家家有本难念的经"。正是因为这些管理理念、习惯和方法的差异，形成了风格迥异的风土人情、社会习俗和治国特色。但是说到底，管理的至高境界和一条基本原则，就是管理从简，化繁就简，方便老百姓办事。

管理行简，实质是把握事物的发展和运动规律。管理的内涵有广狭之分，管理的境界有高低之别，管理的手段有参差之异。老子曰："治大国若烹小鲜"，揭示了管理的真谛，遵循规律，尚简行简。在我国悠久的治国理政行政文化中，管理向来是作为一种智慧，一种高超的科学化治国艺术。治理一个国家，不能过多地、随意地人为干预，而是要有所为、有所不为，达到"一国之政犹一身之治"的至高境界。古人的管理智慧，穿透寰宇，颇有可鉴之处。时至今日，无论是管理国家、管理社会，还是管理一个企业、一个家庭，都要想清楚管什么、理清楚怎么管。从事一项管理活动，要遵循管理的原则，把握管理的规律，找到管理的捷径，讲求管理的战略战术。在纷繁复杂的问题中，准确把握住问题的实质，针对管理中出现的症结、瓶颈、病灶，直接对症下药，用最简单的规则、方法和措施，消耗最小的成本解决问题。惟有领悟管理行简的价值和真谛，从顶端俯瞰，才有"不畏浮云遮望眼，只缘身在最高层"的至高境界。

管理行简，减少经济社会运行的"无谓损失"。老子曾有"道法自然"的经典哲思，广为流传，影响颇深。其核心要义，是让事物尽可能按照自身的规律去发展，减少不必要的人为干扰和障碍，这样反而能够促进事物的发展。管理如果过于陷入繁文缛节，就会成为社会顺畅运行的羁绊，不仅对于办事群众形成无形障碍，而且增加社会管理成本。自古以来，大凡优秀的管理者，皆深谙管理行简的价值和精妙。他们尚简而行，消除无谓的障碍，减少无谓的损失，化解无谓的烦恼。我们有一些地方，创新管理理念，简化管理举措，在一个场所办公，一个窗口受理，一个路径解决，极大地缩短了管理环节，化解了管理烦恼，提高了管理效率，焕发创业激情，鼓舞发展士气，培植培育乐业信心，得到人民的拥护和赞扬。

管理行简，展现敢于决断、勇于担当的气魄和勇气。管理行简并不意味着无为，而是实实在在、简捷有效的行动。管理从简者，往往思路明确，抓手得当，善管善理，运行高效；管理冗繁者，往往优柔寡断，措施繁复，事倍功半，贻误机遇。我曾经看过一个非常有意思的小故事，讲的是一个热气球上有三位世界顶尖的科学家，热气球发生了事故，行将坠毁，唯一挽救的办法就是抛下去上面的科学家减轻载重。那么要把谁抛下去？很多人陷入三名科学家科学研究的重要性上，吵得不可开交。突然，一个声音让大家都静了下来，"要扔下那个最重的科学家"。故事虽是虚构的，但是很能说明问题，三位科学家的重要性都不言而喻，但是核心问题并非讨论谁的成果更加重要，关键问题是怎样使热气球尽量减轻载重，获得安全。在管理决策和行动中，往往要抓住问题的本质和核心，再提出有效的解决方案，这就是删繁就简，直击要害的最优抉择。一个家庭、一个企业、一个社区、一个国家甚至国家间的关系治理，每一件事情都是千头万绪，面对管理问题，要分清主次，善于抓住要害，敢于决断和担当，这样才能有清晰的管理思路和高效的管理成果。

管理行简，核心在于管理活动各主体之间的理解、尊重和有效沟通。《论语·雍也》有曰："居敬而行简"。"居敬"，就是从事公共管理事务的人首先要在内心敬畏人民；"行简"，就是不要用太繁多的东西来扰民。我们每一个社会成员，既是社会的被管理者，也是社会管理的参与者。当每一个人处在不同的时间、不同的地点和不同的环境时，对管理的认同和要求是不同的。处在被管理者的时候，心里期盼的多是方便和宽松；处在管理参与者的时候，心里想的多是运行高效、规范严格。因此，我们每一个社会成员，都应换位思考。参与管理顶层设计的人员，应更多地考虑管理精简，措施从简，方便民众；执行管理的人员，更应忠于职守，方法得当，秉公便民；被管理者，应遵守法纪，克己奉公，不能以牺牲他人的利益而追求自己的方便。这样才能形成管理从简、简洁高效、便民乐道的社会氛围。

管理行简，是中华民族治国理政的智慧结晶。邓小平同志提出的"一国两制"堪称管理行简的楷模和典范，同时也是治国理政的智慧光芒。便民为乐，是社会贤达崇高的政治追求。管理之"简"，往往更能激发社会之"繁"的生机。管理冗繁者，千丝万缕，陷入泥潭；管理行简者，运筹帷幄，决胜千里。亲民爱民者，始终求索管理便民之策，精进管理为民之道。纵览古今，凡盛世往往都居敬行简、轻徭薄赋。中国历史上的若干次重大改革，其主线都是"删繁就简"。政府施政之要义，在于以敬民之心行简政之道。一个国家无论是社会管理，还是各领域、各行业的管理，无论是上层的管理，还是基层的管理，无论是综合性的管理，还是单项事物的管理，都应该体现从简便民，以最小的成本，最佳的路径，最简的程序，抵达管理追求的理想彼岸。

## 撰文力简　妙笔生花

为文贵简。撰文是我们一种生活方式，也是工作中不可或缺的重要组成部分。我们生活的方方面面，都涉及到文字的写作运用。无论是文学创作、记录史实还是哲学沉思，亦或是法律出台、政策制定乃至社会活动，都需要运用文字撰写来完成。无论从事何种文体的写作，条理清晰，用词精当，表达精准，要言不烦，乃写作之大成。

我们赞美一位思想大家，往往常说"板凳须坐十年冷，文章不写半句空"。老百姓喜欢看的政策，也多是汇集了政策"干货"的"明白纸"。这些都无不在向我们昭示，简单明白的写作风格更能反映一个人的思想深度、行事风格和精神境界。越是简明凝练的文字，越是浓缩着思想的深刻内涵，体现着对问题的深刻把握，蕴藏着对事物发展规律的深刻认识，展示着解决方案的深思熟虑。

中华民族自古即有喜爱文字、钟情撰写的优良传统。古人先贤寄情山水、管窥社会、明辨哲思、感悟情理，创造了灿烂的文化，留下了优美的诗章。一些文字优美、意蕴丰富的诗篇、哲思、散文流传至今，世代流芳，时隔千百年仍有旺盛的生命力、强大的感召力和广泛的影响力。这些古人的经典文字之所以流传至今，愈发光鲜靓丽，源于他们深谙"撰文力简"的精髓和要义。孔子曰："辞达而已矣。"文章长了、棱角没了，真知灼见被淹没在密不透风的文字之中，大而无当、不知所云。而短小精悍、个性鲜明的文字和作品，一下子就能扣人心弦、引人入胜，给人以思想上的启迪和心灵上的共鸣。清代"桐城派"代表刘大櫆极力主张"文贵简"，"凡文笔老则简，意真则简，辞切则简，理当则简，味淡则简，气蕴则简，品贵则简，神远而含藏不尽则简，故简为文章尽境。"

撰文力简，简在深厚底蕴。简短却有力的文字，往往可以更好地展示一个人的思想境界和精神追求。那些精短简雅的文字，往往蕴含丰富的内容，积蓄着巨大的能量，是一种对世事生活的深刻感知，是一种对文字稔熟于心的驾驭和从容，是一个人文化底蕴了然于胸的外在表达。那些字词优美、脍炙人口的名人诗句，无不精短有力，意蕴深远。一部《道德经》，只有短短五千言，但辞约义富、言简意赅，蕴含丰富的哲思情理,是上可治国、下可修身的智慧宝藏。一部《周易》,变幻无穷,但变来变去,无非阴阳二卦,"易有太极,太极生两仪,两仪生四象,四象生八卦,八卦定吉凶,吉凶生大业。"

撰文力简,简在精准表达。"打土豪,分田地"简短,但是有强大的号召力,成千上万农民兄弟洗脚上田,投身翻身解放的滚滚洪流;"抗美援朝,保家卫国"简短,但是有强大的凝聚力,一批批优秀中华儿女雄赳赳、气昂昂跨过鸭绿江,血染三千里河山……文字简短并非单纯追求句少文短,而是在千锤百炼基础上实现的精湛表达。繁杂冗长,并不是高深的代表。本来一两句话能说清楚的事情,却一定要东绕西绕,王顾左右而言他,成了索然无味的长篇大论,言之无物的无病呻吟,华丽辞藻的恣意堆放,最后把要表达的核心要意淹没于细枝末节,徒增烦恼,得不偿失。而撰文力简,点到为止,恰到好处,妙不可言。唐代诗人贾岛,诗成之后还对"鸟宿池边树,僧敲月下门"一句反复琢磨思考,传为佳话。至今"推敲"已成为深思熟虑,精准把握的代名词。行文做事,都要经得住推敲,力求简洁精准。正所谓"吟安一个字,捻断数茎须"。郑板桥曾有"删繁就简三秋树,领异标新二月花"的体悟,主张以最简练的笔墨表现最丰富的内容,以少许胜多许。如画兰竹易流于枝蔓,应删繁就简,使如三秋之树,瘦劲秀挺,没有细枝密叶。鲁迅也曾讲过:"文章要写成精锐的一击,能以寸铁杀人的匕首和投枪。"他的文章就是有这个特点，把可有可无的字、句、段删除，简而有力，更能动人心魄。

撰文力简，简在朴实作风。见字如识人，文风映作风。简单精炼的文风，背后是实事求是和求真务实的工作作风，是更加亲民和更接地气的朴素表现。写短文、讲短话，可以体现一个人思路清晰、作风干练、务实高效的风格。如果领导干部保持追求简洁、追求清新、追求深刻的文风，就不愁文章减不下来，会议短不下来。

扬州八怪纪念馆中的郑板桥书法作品

写文章、出政策力求精简干练，就是想明白了、思路清楚了、抓手明晰了。只有不停地思考思索，才能用词精准，简短达意。我们切不可小看文章撰写精炼的重要，它背后其实反映的是一种价值理念、思想水平、表达能力和政策取向，也是一种工作态度和能力水平。因此，撰文要讲究提法、分寸，措词用语要准确地反映客观实际，论理要合乎逻辑，做到文如其事，恰如其分。文章的观点要明确，概念要准确，切忌模棱两可，含糊其词，产生歧义，耽误工作。

撰文力简，简在便于理解。文字是人与人之间交流的重要载体。简洁有力、观点鲜明的文字，直抒胸臆，直入主题，直指要害，让人读起来轻松愉悦、引人入胜。而那些过分地追求文字的冗繁、辞藻的华丽反而会成为人与人之间顺畅交流的障碍。言简意赅的表达、精简干练的文字，更加有利于读者去接受作者的观点。无论是文学创作，还是政策表述，"言简意赅，通俗易懂"都是不变的追求。我们由衷赞美和执着追求精短却富有哲理的文章，厌烦冗长而拖沓、重复累赘的写作，犹如"老太太的裹脚布"让人望而生畏。为此，我们应该用最为精炼的语言，简洁明快地将文章的主要意思表述出来，让人们迅速抓住文章想要表达的主旨思想，意尽而文止。

写短文，传深义，历来为世人所推崇。中华文化博大精深，经典著作瀚如烟海，能够流传至今、影响深远的，无不是那些语句简练、形象生动、思想精妙、底蕴深厚的经典力作。徜徉在文字的海洋里，重读经典文章，重温经典诗篇，品读和思索那些凝练简洁、优美简雅的文字，总是切中要害、引人入胜、耐人寻味，读起来让人手不释卷。所以，撰文力简，妙笔生花，充分体现了中国式的而极富现代感的语言风格，并以其深厚修养和博大境界，彰显中国文化的气势和气派。

## 讲话精简　言简意赅

讲话是一门大学问。讲话是思想和意识的直接表达，是信息沟通最为及时和便捷的主渠道。人的一生，无论生活、学习还是工作，无论沟通情况、表达观点还是抒发感想，时时刻刻离不开讲话。不同的生活背景，不同的知识结构，不同的修养水平，不同的人生阶段，形成了风格迥异的讲话风格和语言体系。有的人喜欢平铺直叙，直入主题；有的人酷爱抑扬顿挫，气势磅礴；有的人钟情谈古论今，旁征博引；有的人擅长循序渐进，娓娓道来。然而，无论哪种讲话风格，那些长篇大论、喋喋不休的讲话总是让人生厌、望而生畏，而言语简洁、清晰明了的讲话让人听起来如沐春风，叩人心扉。

讲话精简，以思路清楚为根基。讲话反映的是一个人的思维能力。一个人讲不清楚，往往是因为想不清楚。《易经》有"言简刚中"的说法。讲话和发言，就要抓住事物的关键和本质，用简单有力的语言一语中的。孔子评价弟子闵子骞道："夫人不言，言必有中。"不说则罢，一说就把握住了重点，如同射箭打靶，一箭出去就命中靶心。有时看一个人对问题认识的程度，只要看他是否能用最简洁的语言去表达。一场高水平的演讲，并不是完全在于演讲者善于讲话，懂得讲话的技巧，而是因为其工作思路清晰，对工作有着非常深入的思考。有的领导，能够胸有成竹、条分缕析地把工作中的问题、解决的思路说得清清楚楚，这绝对不光是他有多么高的说话艺术，而是他真正地将心思放在了事业上，弄清楚了工作中的各种来龙去脉。而认识不清者、思路不明者，往往需要一大堆话去描述和论说，始终游走在问题边缘，搞不清大势，抓不住本质，泛泛而谈，不得要领。正所谓"知其要者，一言而终。不知其要者，流散无穷"。

讲话精简，以求真务实为准则。讲话戒虚求实，才有生命力。东汉思想家王符在《潜夫论》中说："大人不华，君子务实。"明代著名思想家王守仁也曾说："名与实对，务实之心重一分，则务名之心轻一分。"讲话发言，虚则浮长，实则精简。有的话本来简单几句就可以讲清楚，却偏偏要长篇累牍地说；本来一两句已经讲清楚了，却偏偏要翻来覆去地说；一个问题没有讲明白，又迂回盘绕另外一个问题，让人摸不着头脑。贪大求全、穿靴戴帽的讲话，难免落入空话连篇、脱离实际的窠臼。长话短说，往往才能剔除"假大空"的冗余，才能用有限的言语集中精力、据实唯实，说实情、出实招、办实事。讲短话，讲的不离题、不走板，讲的短而管用，短而有效。

讲话精简，以形简蕴深为境界。长话讲短，并非易事。用简单的话语描述复杂的信息，阐述深刻的道理，做到"行简而意不减"是高超的本领，更是高雅的境界和追求。高尔基曾说："简约的语言中有着最伟大的哲理。"文辞的蕴涵深度不在于长短。讲话既要达意，又求文雅；既要短而有力，又求意蕴悠长。做到"达"，要清晰和完整的阐述，准确地表达意思；实现"雅"，要用简练的语言阐明丰富深刻的道理，追求更高层次的美。这里体现的是一种极高的归纳、概括和总结能力，是一种"言短意长、话少意深"的境界。

讲话精简，以通俗易懂为追求。用词晦涩艰深，说话咬文嚼字，绝非水平"高深"。动辄阐述空道理、打官腔，恰恰拉开了人与人之间的距离，人为筑起了巨大的沟通障碍。简单的话讲复杂，让说者为难，让听者反感。讲通俗易懂的短话，人们才能听得懂、记得住、传得开、用得上；讲言简意明的短话，人们才想听、乐听、爱听、中听，听起来入耳入脑、入心入神。一些通俗易懂的大白话，恰恰是老百姓喜闻乐见、口口相传的话语，能够把抽象的说得生动，把复杂的说得简明，把冗长的说得简短。说老百姓的话，往往更能够说到人们心坎上去，打动人、温暖人，同时又启迪人、鼓舞人，让人产生认知同和、情感共鸣。那些看似朴实无华的简言短语，绝非庸俗无趣，而是句句凝聚着人生智慧；绝非平淡无奇，而是蕴含着深刻的人生哲理。

大道至简，大义微言。讲话精简，把复杂的事简单地说，把深刻的哲理鲜活地讲。在讲话中体悟简的道理和快乐，是一种艺术和境界。简练的语言最易表达，简练的语言最易理解，简练的语言最易传承。精简的讲话和发言，最接地气、最具原生态，它通俗而不庸俗、凝炼而不肤浅，常常带着泥土的芬芳、含着清新的露珠、冒着滚烫的热气、溢着浓郁的生活气息，这样的语言更有群众味、更富群众情、更暖群众心。

## 办事求简　顺达通畅

国事家事天下事，事事关己；大事小事公私事，件件忧心。我们每个人无时无刻不在面对各种事物、思考各种事由、办理各种事情。人生之事业，民族之发展，国家之兴盛，须臾离不开人们从一件件小事办起，须臾离不开人们的身体力行。办事，犹能成事；办事，才能走向成功。我们每个人都企盼把事办得漂亮，达到目的，富有成效。诚然，事有大小远近、轻重缓急。办事亦要讲求方法，懂得策略。无论办什么事，人们往往厌烦办事拖拖拉拉，喜爱办事干净利落；腻烦办事繁琐复杂，追求办事简洁高效。

办事要善于高处着眼，理念尚简。理念是行为的先导，是习惯和方法的集成。简明的行事理念孕育简明的行事风格。无论治国、齐家、修身，人们往往崇尚简明的办事理念与行事风格。古人云："民心所望，施政所向。"政府施政要义，在于以敬民之心行简政之道。"简"并非"无为"，而是廉俭为政，高效行事的"有为"。"简"的办事理念，历朝历代执政者熟于心、用于行，成为治国理政之圭臬。奉行"简"的执政理念制定和执行政策，简政放权，放权于民，给人们更充分的空间和自由。"简"

中蕴藏着丰富的哲理和智慧，"放"中积蓄着巨大的能量与伟力。奉行"简"的行事风格谋事办事，洞悉明察，有的放矢，在"为"与"不为"以及如何"为之"之中寻求和谐平衡。

我在江苏工作时，深深体悟到"简"的好处。江苏经济的持续快速发展，与简政放权密不可分。在新世纪初召开的全省私营个体经济工作会议上，我们鲜明提出"六放"，即放心、放胆、放手、放开、放宽、放活。不管放什么、怎么放，说到底，就是放开束缚、剪除约束，把江苏老百姓这种谋事创业的热情激情释放出来，让它在改革发展的大潮中进一步绽放。此后江苏民营经济进入了一个新的发展快车道，私营企业和个体工商户户数均居全国前列，当时民营经济就创造了全省一半以上的经济总量和税收收入、七成的全社会投资和八成的新增就业岗位。

办事要善于抓大放小，策略从简。世上事情千千万万，不可一人一时穷尽之。庄子曾曰："吾生也有涯，而知也无涯，以有涯随无涯，殆已。"办事亦犹如此。人生是有限的，用有限的时间和精力，追求办好办妥无限的事情，也是不现实的。古希腊哲学家苏格拉底也曾说："做少许事情而做得很好，胜于做许多事情而做得很糟。"纵览古今圣杰，成功的秘诀之一就是：专注和简单。简单比复杂更难，我们必须努力让想法变得清晰明了，才能变得简单。办事要有所取舍，讲求策略方法。在纷繁复杂的事务中找到简便易行的办事策略，想清楚什么样的事能办，什么样的事先办，什么样的事细办。办事求简，就要抓大放小，小事让大事，私事让公事，慢事让急事。简而有道，简而有成，简中有精。首要的是登高望远，分清主次，取舍得当，不为枝蔓所遮眼。"取"之得当，才会有所进取；"舍"之毅然，才会有所精进。

办事要善于化简删繁，方法至简。人们办事都喜爱程序简洁、方法简便，厌烦冗长繁琐，不得要领。办事走马观花，胡子眉毛一把抓，终究徒劳无益，一事无成。那些用最小的成本、最节约的人力、最经济的方法、最简短的时间，把事办得高效圆满，才是办事的至高水准。那些花小钱办大事，集中精力办要事，件件抓得有成效，事事办得有规矩，才是谋事行政的真正追求。办事简与不简，最直观表现是业务流程和方式方法的简与不简。办事求简是一种服务文化，是一种简明行政的理念追求。时至今日，大数据、互联网、云计算等信息技术已经广泛进入日常管理和社会生活，缩小了人与人之间的距离，简便了办事的程序和方法，崇简尚简的办事理念早已蔚然成风。办事快捷和简明，已成为人们生活方式和工作作风的时尚追求。随着办公信息化条件的快速改善，人们和社会正在分享办事求简带来的不可估量的福利和好处。一个窗口受理，一站式服务，一个环节解决，去除不必要的繁文缛节，减掉一些不合理的收费，让群众办事能够办得畅快、办得顺心，彰显着为民行政的崭新理念和风格。

办事要善于恪守规则，想法归简。人生在世，时时刻刻都在思事、办事、谋事、平事。然而，办事总要讲求一些规则，恪守一些规矩。那些不为俗务缠身、办事轻松得当的人，往往深谙"办事求简"的道理。这样的人，不仅会想事，还能办成事；不仅会谋事，还能平定事。办单位的事一心奉公，办群众的事一心为民，办朋友的事一心向善，办自己的事一心洒脱。无论办什么事，给谁办事，都要讲求原则，泾渭分明，办事的想法不能跑偏，私事不能往公事上办，不能谋私利、搭便车。恪守清规戒律，不是繁杂琐碎的束缚，实则是简明的向导和规范的保障。唯有弄清楚办与不办的界限，才能办得清醒、办得明白。

办事是一门科学，也是一门艺术。把事办复杂很容易，而把事办简单却很难，简单的事做到极致就是不简单。复杂的事情简单做，你就是行家；简单的事情重复做，你就是专家；重复的事情用心做，你就是赢家。成功之道，就是要把最简单的顺守的道理，当做行事的最高法则。每天忙忙碌碌，难以简简单单；每天奉命行事，难以自由自在；每天沉浸琐务之中，甚至忘记了办事的初衷。行路不要忘记轻车前行，生活不要忘记简朴轻松，工作不要忘记简亮明快，办事不要忘记简洁清明。办事思路简明、程序简单、成本简约、时间简短，乃是人们内心的追求和期盼，亦乃是办事之精要、人生之智慧。

## 交往从简　风清气正

我们身处社会，生下来就是社会中的成员，自然就要有交往。正如马克思所言，交往是人类的必然伴侣。在我们刚出生时，即便不明事理，也与父母结下了血浓于水的亲情。在我们上学读书时，认识同学和老师，便会结下历久弥新的同学情和师生情。在我们参加工作时，认识同事，便会结下互助团结的同事情。在我们生命的长河里，不同时期不同地域，都会与人相识。交往伴随着我们的一生，是人与人之间发生社会关系的一种中介。

如果一个人一辈子都没有与别人真正交往过，不是孤高自傲太过超脱，就是品性卑琐不被人所容。人的交往本来就不简单，而网络时代的到来，让人们的交往从现实生活延伸到虚拟空间，就变得更为复杂。如何交往，成为摆在我们每个人面前一道不得不去解的题目。若要我来解，那就是无论如何，交往从简，风清气正。人与人打交道，就是要简单，切不可繁缛，要清明公正，切不可口蜜腹剑、口是心非。有时候活得很简单，才感觉很自由和自主；活得很复杂，反而感觉很忧烦和劳累。

至真至简的交往方能终身，风清气正的交往必然长久。交往信义为先。"君子之交淡如水，小人之交甘若醴。"这句古语形象阐释了两种不同的人生交往。交往的基础是真诚，是彼此欣赏，是理解尊重，是精神上的交流，心灵上的共鸣，因此才能不受利益驱动，方能终身维系。历史上俞伯牙与钟子期高山流水，贵为知音。钟子期死后，俞伯牙黯然地把琴摔了。也许，在他看来，世界再美的乐声，如果无知音来赏，不如任天籁的香魂归去，让它成为绝唱。高山流水是一段高洁的友谊，它贵在君子之交淡如水，相知相识到相惜。最好的交往，不是双方有意识的吸附与粘合，而是彼此间无意识的渗透与融入。吸附与粘合常常怀有目的性和功利性，往往欲大且无情无理；而渗透与融入，无欲无求，则是心灵最真挚的握手，是情感最纯净的亲濡。

伯牙与子期高山流水，贵为知音。

　　交往宜有度，过度交往不可取。交往要有选择。这有点像吃饭，无论多么顺口的美味佳肴，是不能总吃的。不然，会把胃撑坏的。时日久了，好吃的味道也不觉得顺口了。与人交往要有度，过度频繁往往衍生问题。比如，在特殊时期，不能打扰朋友，尤其是朋友敏感有疑时，最好是选择驻足等待，一旦他需要时立即帮其纾难解困。平素间推杯换盏、称兄道弟、鞍前马后、阿谀逢迎的人，并不一定是朋友，可能只是利益的结合体，而这种人之间的交往也往往是利益交换。超出常情的亲密无间，也并不一定是正常的交友和交往，也可能是在勾结，在利用。这样的结合体，聚得快，散得也快，刚才还好得一塌糊涂，转眼间就可以翻脸甚至分崩离析。"竹林七贤"之一的山涛，投靠司马氏之后，平步青云。有一次，他想推荐同为"竹林七贤"的好朋友嵇康做官。嵇康觉得自己高洁的情操与志向受到了凌辱，于是写信愤然辞别，这就是历史上有名的《与山巨源绝交书》。梁朝的何远也是一个交往从简，风清气正的人。梁朝建国初期，何远被封为武昌太守。当时，士大夫的风气日趋颓败。而何远与官员交往时，坚守清白公正，不给别人送礼，对别人的馈送也秋毫不受。何远是北方人，喝不惯南方的温水，常常拿钱去买民间井水饮用。当时江南还不曾有卖水的风俗，市民多不收钱，何远也就不去取水。这就是作为父母官的何远与辖区百姓、商人的交往，喝你的水就给你付钱，你不收钱我就不喝水，不占便宜。何远在任为官清正，削除苛政，爱民恤贫，发展生产，政绩卓著。

当今社会，人们更要交往从简，风清气正。古往今来，一个人违反纪律往往不是突发形成的，总有一个日积月累、逐步蜕变的过程，而与自己的交往是否简单、清正廉明密不可分。有人爱贪小便宜，唯利是图，恰好与阿谀奉承的人相交，自然会慢慢地陷入私欲膨胀的泥潭不能自拔，在狼狈为奸的利益交换中贪赃枉法，最终沦为阶下囚、人民的罪人。有人爱吃吃喝喝，"酒杯一端、纪律放宽"，交友不慎，交往过密，忘记交往要简单清正，于是迷失方向，丧失了原则立场，对纪律的限制、约束、惩戒无所畏惧，自觉不自觉地把一些违法违纪行为当成礼尚往来、合法合理的来看待、当成新生事物来接受，难免会步入"盲人骑瞎马、夜半临深池"的境地。因此，"处事要公，公生明；律己要廉，廉生威；待人要诚，诚生信；工作要勤，勤生效"。人生不要光做加法，也要会做减法，在人际交往上，亦是如此。

## 风俗倡简　曲调高雅

在职期间，我常出差到祖国的大江南北，总能深深地感到，我们国家九百六十万平方公里，地域差异大，不光表现在气候地理地貌，风俗习惯也是各有不同。我们又是五十六个民族团结的大家庭，民族差异更是让风俗习惯大相径庭。

2016年3月，回良玉在云南西双版纳考察时与当地同志一起品茶。

风俗是在特定历史和自然条件下形成的，对社会成员有一种非常强烈的行为导向和制约作用。在社会生活中，人们既自主选择和传承着多彩的风土人情，又与时俱进地延续和丰富着风俗习惯。当然，风俗并非是一成不变的。作为一种社会传统，某些当时流行的时尚、习俗，也会变迁；原有风俗中的不适宜部分，也会随着历史条件的变化而改变。因此，风俗虽然是个人或集体的传统风尚、礼节、习性，是特定社会文化区域内历代人们共同遵守的行为模式或规范，但是也应该倡导简约，追求高雅，切不可铺张浪费、滑向低俗。

风俗倡简，就是要树立和弘扬节俭廉洁的理念，渗透和传递优秀传统文化，体现和崇尚情致高雅的精神追求。就拿大家熟悉的婚礼来说，婚礼作为一种风俗，是传递感恩敬孝文化、体现家庭责任意识的心灵洗礼，更是反映社会风尚的一面镜子、一个缩影，是一种传承优秀传统文化的重要礼仪。婚礼之"礼"，也绝非只是一种仪式，成"礼"一天，"礼"敬终身。办一场难忘的婚礼，在生命历程中留下美好的回忆，则是很多青年朋友共有的愿望。如何步入婚姻殿堂？不同的人，理解不同，但寄寓幸福美满的愿望并无分别。有人崇尚奢华，希望婚礼有排场、有气派、有人气，但却给自己的家庭带来压力、给亲朋好友造成了经济负担，无意中还滋生了奢侈浪费、低级庸俗之风。有人回归传统、崇尚俭朴，让自己的婚礼低调、简约、文明，事实上同样能显示出婚姻的幸福美满，也为亲朋好友省却了许多麻烦，同时推动社会文明风尚。

时下一些地方，"炫富"婚礼、"拼爹"婚宴愈演愈烈。有的地方，农村男青年要把新娘娶到家，得花上十几万甚至二十几万彩礼钱，背负着一辈子还不完的债，把婚姻变成了苦难，把爱情变成了金钱，很多新人都感叹"婚不起"。事实上，一场别开生面的传统中式简约化婚礼，可以就是一对新人拜天地，拜高堂，结发为盟，为父母、长辈敬茶。因此，倡导和推广婚庆礼仪回归传统和简约化，既减轻了新人的负担，同时有助于传统文化和本土民俗的传承。在婚礼的问题上，应该尊重其体现的传统文化内涵，还原其本来面目，简单而不失浪漫，传统而不缺创意，方是最佳的选择。

中国的传统节日形式多样，内容丰富。每个传统节日的形成过程，是一个民族或国家的历史文化长期积淀凝聚的过程。节日的起源和发展是一个逐渐形成，潜移默化地完善，慢慢渗入到社会生活的过程。每逢中秋佳节，我们就要赏月吃月饼。这是我们中国人世代沿袭的传统民俗。人们也赋予月饼吉祥、团圆的象征意义，自然月饼就成为中秋节一种不可或缺的食品。然而，现实生活中竟然出现"天价月饼"。中秋赏月吃月饼，本是全家团聚话家常的美好景致，但与月饼捆绑在一起的金银钻戒、海参鲍鱼改变了月饼这种产品的原本意义，"走样"的月饼与传统的月饼概念相违背。我们不反对财务自由者追求价格更高的产品，但这种对高价产品的需求不应扭曲为炫富的一种工具。普通的月饼寄托的是合家团圆的美好祝愿，"走样变味"的高价月饼背离了中秋佳节"赏月品月话团圆"的传统理念和实质要求，背离了健康的生活情趣和生活方式。

民族风俗、节日习俗，是约定俗成，但不能俗不可耐，不能低俗流气，不能粗俗猥琐。古语云："禀自然之正气，体高雅之弘量。"风俗要有自然正气，要不断追求高雅。风俗尚简，其实还是不忘初心，在礼仪中敬畏天地，在祭祀中怀念亲人，在品尝美食中享受团圆之乐，把日子过得舒心简单，从容愉快。这似乎也是大道至简融入生活的应有之意吧。

# 大智中庸之乐

对每个不同的人生和人生的每个不同阶段，快乐和幸福往往都是共同的追求和期盼。不同的国家、制度和不同的人的价值取向，对快乐和幸福又有着不同的理解、认同和感评。有些人在事业和生活中处于顺境时，能够愉悦恬淡，谨慎不苟；有些人在人生步入低谷时，依然心中充满欢乐，自由自在；有些人在生活遇到困难时，照样活得幸福美满，无忧无虑。可是，也有些人常常求荣却得辱，求快却得慢，求乐却得苦，求而不得、得而不知足却成为不少人的人生常态。是啊，人们总在持续地追问，乐从何来？我在不同的场合曾多次说过，在人的一生当中，能使自己快乐是聪明，能使周围的人也快乐是智慧，能使更多的人包括社会上的弱势群体都快乐则是睿智，是真聪明，是大智慧。快乐和幸福需要智慧，追寻快乐和幸福离不开方法论的指引。

正像许多不同阶层的人士所共同认知的那样，中庸就是这样的一种博大智慧和思维方式，是影响价值取向的思想立场，是衡量世人品行的精神标尺，是支撑文化传承的人文纽带。作为中华传统文化的精髓，中庸早已镌刻在世人道德人格的灵魂深处，成为人生处世理事的至高追求；伴随历史车轮铿锵前行，中庸也已渗透到人文领域的方方面面，影响到社会生活的点点滴滴。按照中庸的准则来处事，往往是一个人成熟的重要标志，是一个人人格的重要象征，是一个人智慧的重要体现，往往带给我们发乎内心的本真快乐。

2008年9月11日，回良玉到湖南省浏阳市淳口镇高产油茶新品种示范基地考察，看到油茶树上果实累累，喜不自禁。

157

## 中庸之源　天下大本

从工作岗位上退下来后，细细研读《中庸》，颇多感触。为此，我总想梳理对中庸之道的些许感悟，在梳理中深化修养，在修养中升华认知。梳理工作一般总是从探源开始。

中庸思想起源颇早。据《尚书·虞书》记载，尧舜禹三帝人格正直、中正平和，安民惠民、柔近怀远，是善循"中庸之道"的智者。西周初年，周武王诚邀殷商遗臣箕子辅理国事，箕子向其提出的九章大法中即有中道思想："无偏无党，王道荡荡。"春秋时期，大思想家孔子继承发展了"中""和"思想，首提"中庸"概念："中庸之为德也,其至矣乎。"《论语》中"中庸"仅现一次，但中庸之道却贯穿于字里行间。子思在《中庸》中记录孔子所言："君子中庸，小人反中庸。君子之中庸也，君子而时中。小人之中庸也，小人而无忌惮也。"孔子对中庸思想推崇备至，将中庸之道视作长治之道、君子之道、宇宙之道，称其为道德修养的最高境界，实乃中庸思想集大成者。到了宋代，随着程朱理学的出现，中庸思想发展迎来了又一个"高峰期"。北宋大理学家程颐注解中庸为："不偏谓之中，不易谓之庸。中者，天下之正道。庸者，天下之定理。"朱熹也说："中者，无过无不及之名也。庸，平常也。"程朱理学基于维护封建王权和伦理纲常所阐释的中庸理论，对中庸文化产生了深远影响，同时也为后世争论埋下了伏笔。

《中庸》首章之语"天命之谓性，率性之谓道，修道之谓教"，阐明了中庸之道产生的理论基础——天人合一。中国传统文化源于农耕文化，尊重和顺应四季更迭、阴阳轮回的天时变化，追求和倡导相互依存、中和共生的天人关系。由此发展而来的中庸思想，提倡合乎自然与人性的情理与道德，推崇以至诚至善达到天人合一，"唯天下至诚，为能尽其性；能尽其性，则能尽人之性；能尽人之性，则能尽物之性；能尽物之性，则可以赞天地之化育；可以赞天地之化育，则可以与天地参矣"。通过对自然界万物生长与四时变化规律的领悟和顺应，"可以与天地参"，这就是圣人追求的最高境界。我在安徽工作期间，深为徽文化之精粹而倾倒。我认为，徽文化的核心与灵魂可凝练为"和合"二字，其本质上与"中和"思想一脉相承，也是体现了天、地、人之大道。对于这一点，不少学者和同事都很认可。

中庸理论广博而精深，究其内涵为执两用中、和而不同及权变时中。"执两用中"是由"执中"发展而来，"执其两端，用其中于民，其斯以为舜乎"。古代先贤认为想问题、做事情要把握住"过"与"不及"两种倾向，掌握分寸而不走向极端。"和而不同"出自《论语·子路》："君子和而不同，小人同而不和。"在圣人看来，"君子"协调各种矛盾因素使之达到和谐统一状态，"小人"把各种矛盾简单并列却未达到和谐统一的状态。"权变时中"意即解决矛盾、处理问题既把握"中"的程度，又顺应"时"，顺势而为，知权达变，合时变通，正如圣人所言"君子之中庸也，君子而时中。"《中庸》所提倡的"博学之，审问之，慎思之，明辨之，笃行之"，也为把握中庸思想内涵指明了内在尺度与外在要求、内在修为与外在践行相统一的道路。中庸思想的内涵就如同禅宗所欣赏的"花未开时月未圆"的境界，是追求一种适度的唯美、绝佳的意境。

大道至简，悟在天成。中庸之道注重总结事物发展规律，阐释为人处世方法，解说修身养性途径，是值得发扬传承的优秀文化。人们通常认为，中庸知难行亦难，甚至知难行更难。然而"大道至简，衍化至繁。"对中庸之道的感悟践行，完全可以化难为易、删芜就简。若乘坐率真执着之舟，以慎独为舵、忠恕为帆、至诚为桨，行所当行，止所当止，完全可以日益抵近中庸修养的光明彼岸。中庸倡导"君子慎其独也"，一个人独处之时，更应该谨慎检点，恪守中庸之道；倡导"忠恕违道不远"，待人处事能够推己及人，能用自己的真诚忠恕去感召别人，离中庸之道不远矣；倡导"唯天下至诚"，只有坚持至诚，发挥善良天性，才能达到至仁至善的中庸境界。

"中也者，天下之大本也；和也者，天下之达道也。"历史上，中庸之道等传统文化的优秀成分是中华民族生生不息、发展壮大的重要滋养，对中华文明形成和延续，对促进民族团结和统一，对维护社会和谐与稳定，都发挥了重要作用，至今依然散发着独特的魅力光辉。我曾到过一些经济发展快、社会秩序好的地方、企业和农村，在同干部、群众交流时，我非常认真地听取他们的经验介绍。我发现，这些地方、企业或农村的一个共同点就是自觉或不自觉地传承甚至光大了优秀传统文化。当今，我们正处在一个崭新有为的时代，传统文明与现代文明相互融合，形成了社会主义核心价值观与良好的社会风尚，创业创新、奋发有为、报效国家成为人们普遍追求的价值取向。然而，勿庸讳言的是，在社会格局发生深刻变革、利益格局发生深刻变动、人们的价值观念发生深刻变化的当下，一些人不能正确把握个人利益的"中"和"度"，欲求不满、私心膨胀、诚信消减，个别人甚至走上了违法犯罪的道路。显然，我们仍需运用历史上积累和储存的智慧和力量来解决现实问题，理性看待和正确运用中庸之道是无可回避的文化自觉和历史责任。

## 思辨正名　坚守达道

内涵深邃的中庸之道，是极具哲学智慧的方法论。它总是追求中和、反对极端，总是轻声细语、与人为善。运用好了，可以"冤家路宽"，可以"水火相融"。然而世人对它的认知众说纷纭、莫衷一是，对它的评说大相径庭、决然对立。"中庸"，既被奉为道德至高标准，也被当作平凡无能代言，一度蒙受知性与实践的双重误解。也许人文思想的延续发展就需要历经坎坷、百般锤炼，勇于把苛责当作良药。直面曲解，积极思辨，意义良多。

有人认为，所谓"中庸"，就是简单的中立与调和，明哲保身、袖手旁观，圆滑处世、八面玲珑，会"和稀泥"、当"老好人"；搞折中主义、模棱两可、一团和气，与个性发展相对立；思前忧后、顾虑重重，无原则、无立场，同解决矛盾问题、推动事物发展背道而驰；甘于平庸、隔岸相观，不出头、不冒尖，满足于随大流、跟着走；反对社会革新，鼓吹守旧倒退，是封建社会遗毒……上述观点，好似切中中庸之弊，实则背离中庸本义，一定程度上误导了世人对中庸的认识和评价。事实上，中庸并不是刻板固化的教条和模式，而是具有客观性、全面性和辩证性的世界观、方法论，是"中和而不平庸"的智慧结晶。

中庸反对折中主义、排斥麻木之道，赞成改革创新、接受文化内省。一些人出于对"中""庸"二字的望文生义，把中庸之道理解为折中主义。在哲学上，折中主义是没有独立观点的，是各种元素机械地拼凑，而中庸之道强调"允执厥中"，更多指向对立双方达成和谐统一的平衡。也有观点指出，中庸麻木不仁，造就了大批不分是非、伪善欺世的"乡愿"。实际上，中庸所崇尚的"凡事有度，过犹不及"，是要求谨慎行事，但反对隔岸观火；要求量力而行，但反对无所作为。还有人把"误国误民、遗毒遗害"的标签贴到了"中庸"身上，把它视作近代中国落后挨打的文化根源。这是对中庸莫大的误解。中庸历来赞成"通权达变、否极泰来"，它不反对登高冲顶，只是希望能够选择合理的路线攀上巅峰；它不限制迎接挑战，只是希望能够达到理想的状态接受考验；它不阻碍吐故纳新，只是希望能够采取适宜的方式冲破束缚。对封建社会大行其道且异化歪曲的"中庸思想"，确实要旗帜鲜明反对。朴素中庸思想就是希望世人洞察世界本源而达到知行一致，修养崇高品德而感化周围大众，磨练杰出才能而造福国家社会。

是非曲直，自有公断。当我们回望历史，中华文明一路踉跄走来，每到艰难险阻关口，却总有中庸之道的明启与搀扶；每遇复杂多变时事，总有中庸之道的舒缓与化解。诚然，中庸之道不是包罗万象、无所不能，亦非臻于化境、没有瑕疵，在事物发展运行上也会力有不逮、力不从心，但这并不妨碍对中庸之道的延续传承与发扬光大。随着社会发展和时代前进，中庸思想也与时迁移、应物变化。我们要用发展的眼光看待中庸之道，开展理性思辨，促成文化自省，使这一经典思想理论不断发展完善、推陈出新，始终焕发新的生机与活力。

　　品悟中庸之道，相信很多人和我的感觉一样，既为之欣喜，又为之纠结。"中庸之为德也，其至矣乎。"中庸作为一种道德，其境界是至高至深的，有时难免让人感到缥缈玄奥、晦涩难懂。朱自清先生指出：以往曾作为启蒙教材的《四书》，到了今天却成为很难读懂的"天书"，"一般人往往望而生畏，结果是敬而远之"。现在看来，集中体现中庸思想的传统文化典籍篇幅不长，但正所谓"形器易写，壮辞可得喻其真"，"神道难摹，精言不能追其极"。人们往往能抓住中庸的形态，却很难触及中庸的灵魂。所以"天下国家可均也，爵禄可辞也，白刃可蹈也，中庸不可能也。"

　　中庸之难，在于难以长久秉持和坚守。唐代大儒孔颖达提出："叹中庸之美，人寡能久行。"择中庸而不能守，是许多人尤其"聪明人"的通病。"聪明人"往往能够很好地领悟中庸之道，起初也可能将其作为人生的精神支柱来信奉。而人都有趋利避害的本能，当遇到现实困难或面临利益抉择时，所谓的"聪明人"总想用最小的代价获得最大的回报，大多会选择利己而非利他，从而忘掉了自己的本心，失掉了对中庸之道的坚守。孔子盛赞其弟子颜回执着坚守中庸之道，"得一善，则拳拳服膺，而弗失之矣"，"一箪食，一瓢饮，在陋巷，人不堪其忧，回也不改其乐。贤哉回也"。颜回清心寡欲、安贫乐道，不事张扬、厚积薄发，是深谙中庸智慧的贤者、坚守中庸大道的典范。

一箪食一瓢饮在陋巷人不堪其忧回也不改其乐

颜回箪食瓢饮，是深谙中庸智慧的贤者，坚守中庸大道的典范。

践行中庸之道，贵在持之以恒。道不远人，至高无上的中庸之境虽然很难达到，但并不妨碍世人对中庸境界的执着追求。若永远保持一颗百折不回、执着坚守之心，让一言一行散发出智慧的灵光，让一举一动透露出修养的气度，就能真正做到将中庸之道"内化于心，外化于行"。常言道："行百里者半九十。"践行中庸之道，要像王国维所提出的"治学三境界"，有"望尽天涯路"的志向，有"衣带渐宽终不悔"的毅力，有"众里寻她千百度"的执着，然后才能接近"那人却在灯火阑珊处"的美丽意境。

# 过犹不及　把握尺度

我国古代有一种独特的器皿——欹器，其未注入水时略向前倾，加入少量水后则逐渐竖立，一旦灌满水就会倾覆倒尽，如此循环往复，可作记时之用。一日孔子赴鲁桓公之庙，见欹器，观后曰："虚则欹，中则正，满则覆。"过犹不及的道理尽在其中。中庸思想的本质，就是对一切事物不偏不倚地对待，在"过"与"不及"中寻找平衡点，力求做到恰如其分、恰到好处。这是最难也是最佳的把握，是最值得追求的境界，深刻体现在为人、处事、交友和施政上。

欹器

人生有尺，做人有度。万事讲分寸，凡事皆有度，把握好分寸，掌握好度，就是得体、正好，也叫适度、恰当。在民间，百姓中也有一个很形象、很恰当的说法，就是"茶七饭八酒十分"。其实，这里也是在说度。在工作和生活之中，把握好分寸、掌握好尺度，就是水平、本事和才华。古今中外，有许许多多好的决策者和管理者，他们具有德才兼备的优良素养，而且在实践中展现出统筹兼顾、因地制宜、协调平衡、掌握分寸的不凡素质。仁人君子往往秉持中庸之道，将"过犹不及"融入到人格血液中，安然平和，弘扬美德，努力做到"我为人人、人人为我"。做人有度，就要分美丑、辨善恶，往往美德前进或后退一步就会归于恶习。因此，为人处世，既要坚守，又需妥协；既要有进取之心，又要存平常之心；既要有平等之心，又要存差异之心；既要鼓励利他，又可以理解他人利己；既要诸恶莫作，又能引导人众善奉行。安身立命，既要有情有义，又要遵德循矩；既要孝悌友爱，又须情理相融；既要刚柔相济，又该动静相辅；既要讲真理法治，又要讲慈善德治。在欲望面前，把握好度更是至关重要。有人云，饮食无度，便会伤身；荒淫无度，必致误国；贪婪无度，可能召来杀身之祸；玩笑无度，会伤感情，有时甚至在无意中与人结怨。人之欲可谓是生理本能，积极正当的欲望是社会前进的动力，但过度的欲望则是社会前行的阻力。从茶道观人生也是如此，度的把握、品行的坚守、心态的平和都不可或缺。

采茶时间要适宜，杀青、烘焙的火候要适当，温度过高了茶叶就会烤焦，低了就会氧化、发红。同时，只有保持淡定的心境和超然的态度，才能达到"有滋有味"的品茗意境。在"过"与"不及"之间寻找平衡，往往能够泯息个性的偏颇，激发智慧的圆通，摆脱物欲的蒙蔽，提升生命的本质。

凡事要张弛有度，适可而止。世人常说"利不可赚尽，福不可享尽，话不可说尽，势不可使尽。"体现在欲望追求和为人处事过程中，就是坚持"适度"为美，既不懈追寻又取之有度，既严肃紧张又活泼松弛，既切中关键又适可而止，既无过之又无不及，在复杂多元的利益中保持一种淡泊，在纷繁芜杂的矛盾中寻求一种包容大智慧的平衡。张弛有度就如同对美到好处的认知，"增一分则太长，减一分则太短，著粉则太白，施朱则太赤"。适可而止就如同对烹饪火候的拿捏，火候不到，菜生难嚼；火候过度，糜烂焦糊；火候适中，珍馐可成。古人把"惠而不费、劳而不怨、欲而不贪、泰而不骄、威而不猛"视作君子"五美"，也是强调做事情不能过度。"当知器满则倾，须知物极必反。"如果处事有失偏颇，言行偏激狭隘，逞一时之勇，图一时之快，则违背中庸之道，很有可能使事物发展脱离正常轨道。美好的东西也要有度，聪明过了就是狡诈，勇敢过了就是鲁莽，谦虚过了就是虚伪，谨慎过了就是胆怯，包容过了就是纵容，仁爱过了就是溺爱，自尊过了就是傲慢，礼貌过了就是谄媚，雅致过了就是花哨，节俭过了就是吝啬，认真过了就是僵化，干脆过了就是轻率，欢笑过了就是吵闹，情感过了就容易缺乏理智，执着过了就容易滋生霸道，威严过了就容易成为"寡人"。正如同弹奏古筝，弦既要粗细适宜，又要松紧适度，如果琴弦太粗太松，就很难发力，演奏不出优美旋律；如果琴弦太细太紧，就声音尖噪，而且极易崩断。

"君子之交淡若水，小人之交甘若醴。"人生在世，还须交友有度。君子和小人都交友，但友情维系的基础不同、达到的境界不同。交友不是交"位"、交"权"、交"钱"，而是交情、交义、交心。从小，长辈们就教导，要远离"酒肉朋友"，这个"酒肉"二字是贬义的，意指很广，但主要意思是这种朋友不可靠。而结交知心朋友，不仅能欢悦情感，还能合力成事，更能见贤思齐。中庸之道关于交友的核心观点就是，把握亲疏尺度，分清益损远近。在良莠混杂、美丑并存、复杂多变、色彩斑斓的社会环境里，既要学会担当和接受，又要学会拒绝和反对，体现在交友上就是应交纯洁之士、须绝不良之友。即便与善者结交，也要做到亲疏有度、淡而不断，走得过近会厌倦，离得太远会陌生。无论古今，中庸交友之道，实为一种明智选择。

知屋漏者在宇下，知政失者在草野。想问题、作决策、抓政务、办事情要"审大小而图之，酌缓急而布之，连上下而通之，衡内外而施之"。这与中庸之道所阐述的"过犹不及""执两用中"不谋而合。为了确保决策科学、施政合理，必须深入实际、实事求是，到基层听取意见，到民间寻找智慧，进而形成科学合理、适宜可行的工作方案。比如在过往的"三农"工作中，我们尊重农民和地方的首创精神，加强改革的顶层设计，注重实施中的因地制宜、分类指导和循序渐进。我们坚持稳定而不折腾，明确提出现有土地承包关系保持稳定并长久不变，保障农民土地承包权益；坚持完善而不跑偏，健全土地流转机制，大力发展农民专业合作组织和社会化服务；坚持创新而不停滞，全面推进集体林权制度改革，将土地家庭承包经营制度拓展到林地和草原。在残疾人工作上，努力让残疾人越来越多地与其他社会成员一起平等享受各项权利，包括残疾人考驾照、残疾人运动员获奖待遇等问题的解决，都体现了中庸过犹不及、不偏不倚的思想。

## | 与时俱进　顺势而为 |

每次登黄山总有不同的思绪和感悟，但最令我难忘的始终是优美雅致、苍劲挺拔的黄山松。我钟爱于黄山松，曾与身边的同志们一起提炼出富有时代特色的"黄山松精神"。黄山松之所以能在岩石夹缝中生存发展，并且千姿百态、美丽绝伦，正是因为顺应地理环境和气候条件，根据山势、阳光、云雾、风霜而成长。与时俱进、顺势而为是黄山松的精神特质，也是黄山松昭示的大道。

与时俱进凝聚了中华文化的中庸智慧。时，既意为时间时节，又涵盖时机时宜，更反映时局时势，意蕴事物不断发展变化的过程。古人云，"日中则昃，月盈则食，天地盈虚，与时消息"，"终日乾乾，与时偕行"，还有诸子百家提出的"与时推移""因时制宜""因时变法""与时俱化""应时达变"等思想，都阐明了时的重要。中庸之道推崇"适其时，取其中，得其宜，合其道"，其中就蕴含着与时俱进、因时制宜的思想。中庸强调要有合时之举、权宜之计，对规律、原则、道理等不能一味固守、生搬硬套，要与时偕行、随机应变，变通而不固守、变化而不单一。儒家学说之所以传承千年、长盛不衰，一个重要原因就是它遵循了与时俱进的原则，不断汲取营养、丰富自身。当下，我们倡导与坚持的与时俱进，注重紧跟潮流、昂扬奋进、包容开放、顾全大局、锐意创新，是对传统思想文化的继承与总结、改造与升华。

古人云："君子谋时而动，顺势而为。"势，是一种趋势、一种方向、一种潮流，是事物变化发展的大方向，往往顺势而为则如水推舟、事半功倍，逆势为之则逆水行舟、功败垂成。所谓"时势造英雄"，英雄顺应了时势，时势也成就了英雄。纵观北洋军阀的风云演变，为什么一个个拥兵自重、甚至一度占据半壁江山的大军阀，最后都众叛亲离、惨遭失败了呢？除了他们本人和他们统率的军队没有理想，还有一个重要原因恐怕就是与潮流逆向而行。正如孙中山先生所说："世界潮流，浩浩荡荡，顺之则昌，逆之则亡。"《孙子兵法·势篇》指出："故善战者，求之于势，不责于人，故能择人而任势。""势"作为战略战术的运用，不仅体现在战争对抗之中，也体现在事态应对之中，强调牢牢把握大局、全局的情势，随机应变、顺势而为，掌握主动、占得先机。星云法师曾言，"凡事皆有利弊，只要懂得权衡之道，往大处着眼，枯石朽木也能入药"。在世界多元发展的今天，面对各种挑战和机遇，我们更要认清大局与大势，保持战略定力，增强发展信心，真正做到因势而动、顺势而为、乘势而上。

与时俱进为俊杰，顺势而为是英豪。为人处世，要坚持原则性与灵活性相统一，既崇尚"守道不失"，又提倡"执经达权"；既要求"择善固执"，又赞许"从善如流"。世人皆知晚清重臣曾国藩"忍"功了得、善识时务，其实他并非天资聪颖，但很有自知之明。纵观曾国藩一生，有起有落、有荣有辱，百折不挫、与时俱进，求阙惜福、功成身退，展现出把握时局、自我调整的大智慧，留下了体悟人生的绚烂与精彩。我结识的江苏省华西村的老书记吴仁宝可称为与时俱进、顺势而为的典范。回望吴仁宝同志的一生，艰苦奋斗、不畏艰难、开拓创新的精神是极为鲜明的，拓荒坡为平畴，买磨盘建磨坊，建小厂盖大厂，合小村建大村，这些事现在看来似很平常，但在当年却需要不一般的胆识。更难能可贵的是，他始终跟着时代潮流走，顺着发展大势办，摸着党的政策脉搏为群众服务，确实是见识过人、眼界不凡。

"穷则变，变则通，通则久。"时代要发展，国家要富强，必须解放思想，实事求是，与时俱进，开拓创新。改革开放以来，我们在"三农"工作中与时俱进推进理论创新，顺势而为推进政策创新，坚持不懈推进制度创新，扎实有力推进工作创新。全面取消"农业税"，结束了2600多年农民按地亩缴纳"皇粮国税"的历史；实行"农业四补贴"，开创了政府直接补贴农民的先河；彻底放开粮食购销，迈出了农业市场化改革的关键一步；出台粮食最低收购价、重要农产品

2011年9月1日，回良玉考察黑龙江农垦八五零农场大豆高产攻关示范田。

临时收储、农业保险保费补贴等措施，构建了农业风险防范化解机制；大力调整优化农业结构，加大农业科技推广和普及力度，推动了农业现代化建设步伐稳步向前；大力推进农村土地制度和集体产权制度改革，在继续坚持土地所有权不变的基础上，进一步明确土地承包权，放开土地经营权，促进了农村综合性改革不断深化……这些政策的制定和制度的确立，归根结底是顺应了经济社会发展大势，符合了农民的期盼，满足了农民的愿望。可以预见，顺应世界大势，坚持走自己的路，当代中国改革创新的潮流将滚滚向前、生生不息。

## 和而不同　合作共赢

"和"是当下"最熟悉的陌生字"之一，它看起来浅显通俗、易学易懂，实际上蕴含着深邃思想和丰富内涵。中和中庸是儒家思想的核心观点，以和为贵是中华文化的价值取向，雅正和平是备受推崇的艺术境界。中庸之道也极力讲"和"，倡导"和而不同"，要求在坚守原则底线与基本价值判断的前提下，承认现实矛盾和具体分歧，尊重不同诉求和意见建议，不求同一、不求齐一，在相互协调与沟通过程中使多方利益与追求趋于一致并实现共赢。在这一点上，我们的"和平共处五项原则"堪称典范。

"和实生物，同则不继。"世间万物各有其生命意义和存在价值，多姿多彩，和谐则共生，并不断丰富与发展。如果万物万事都同一了，相同的事物无论如何叠加，也很难产生新的事物，其发展进步也就停止了。儒家用"和而不同"与"同而不和"两种处世态度来认定君子与小人，认为"君子尚义，故有不同。小人尚利，安得而和？"南怀瑾先生说："和而不同，就是自己要有中心的思想，能够调和左右矛盾的意见，而自己的中心思想还是独立而不移。"蔡元培任北大校长时以"和而不同"治校，对各种学术流派兼容并包、各扬所长，形成北大"百家争鸣"的学术氛围。

和而不同是做人原则，也是处事之道。小到邻里相处、感情维系，大到治国理政、兴国安邦，都离不开和而不同。中国人讲究和合理念，有矛盾要和缓，和缓不行要和谈，搁置不同而求和谐统一。中庸之道推崇"仁""恕""礼"等思想，提倡"己所不欲，勿施于人""己欲立而立人，己欲达而达人""惠而不费，劳而不怨，欲而不贪，泰而不骄，威而不猛"等，本质上也是为了达到"和"的境界。在社会治理方面，唯有和而不同才能"达天下之情""事功无不立"，从而使国家长治久安。

求同存异是和而不同思想的发展。"求同"是为了筑牢"和"的基础，"存异"是允许"不同"。周恩来总理在万隆会议上首提求同存异的方针，受到各方一致赞同。求同存异也是周总理处理复杂关系、解决复杂矛盾一以贯之的思想方法和行为模式。他说："钢铁和水泥是性质不同的物质，把它们结合起来，就变成钢筋水泥那样强有力的东西。"大国之间、邻国之间，合则两利，斗则俱伤，应该理解对方利益关切，做到求同存异。现在我们构建新型大国关系、睦邻友好关系，提倡不冲突不对抗，相互尊重，合作共赢，这正是国与国相处的智慧之道。

合作共赢离不开沟通协调。沟通不仅是一门艺术、一种技巧，而且是一种智慧、一种能力。如果一个人不能较好地融入社会，不善于跟周围的人沟通协作，就很难得到理解、支持与扶助，仅凭个人力量也很难在成功的路上走得很远。沟通协调是人与人之间传递信息、沟通思想和交流情感的过程，也是正确处理内外各种关系，促成共识凝聚、问题解决和目标实现的过程。沟通协调不仅是一种方式和手段，更是一种智慧和能力。往往善于沟通协调，就能换位思考而集思广益，就能融合异己而达成一致，就能彼此携手而凝聚合力。纵观古今，凡是有合力的地方就是有活力的地方，凡是有合力的事业就是有生机的事业，凡是有合力的民族就是有希望的民族。

求同存异，合作共赢。树草共生、花叶共荣是大自然的生存规律。我们常见兰花栽植于空幽之地、雅洁之处，但很难想象它可以附生在大树之上。现在兰花树的现象屡见不鲜，兰花靠吸取空中的水分附生在树上，不仅不会对树干造成伤害，而且能够吸收树皮裂隙中的腐质，还会给大树带来水分的滋养，组成一幅合作共生的生态美景。"物之不齐，物之情也。"共赢往往需要建立在尊重不同、尊重个性的基础之上，本着相互理解、相互支持的态度，选择各方利益趋于合理化、趋于最大化的最佳方案，由此形成彼此信任和相互依存的伙伴关系。在世界多元发展的今天，我们要维护各国各民族文明多样性，坚持求同存异、取长补短，推进交流交融、互学互鉴，让世界文明之园百花争艳、生机盎然。

## 以水为镜　刚柔相济

在中华文化中，以水喻人、以水为鉴的传统久矣。水既是柔弱的，又是强大的。水至柔，却柔而有骨。"天下莫柔弱于水，而攻坚强者莫之能胜。"水的"柔弱"是有生命力和战斗力的，水在"柔弱"中积蓄和迸发克刚的宏伟力量。所以，崔颢在《澄水如鉴》中赞曰："圣贤将立喻，上善贮情深。洁白依全德，澄清有片心。""对泉能自诚，如镜静相临。"水性仁爱，滋润万物，生生不息；水性坚韧，滴水穿石，百折不回；水性柔和，顺势而为，随物赋形；水性豁达，虚怀若谷，包容一切。水的辩证法正合中庸之道，刚柔相济正是其中精髓。

在我看来，水有思想，水有人格。上善若水就是对水的思想和人格的真实反映。《道德经》中指出："水善利万物而不争，处众人之所恶，故几于道。"大致意思是说，水善于滋润万物却不与万物相争，"水往低处流"，总是处于众人所不愿待的地方，所以它最接近于"道"。"天下之至柔，驰骋天下之至坚。"因而有水滴石穿之说，只有柔性的东西才有这么强的渗透性；因而有"抽刀断水水更流"之道，以刀斩水，水好像断了，抽刀回来，水又合起来了，水因其团结一心、凝聚力强而大显威力。当水发怒的时候，水也可以覆舟，所谓"洪水猛兽"，横扫摧毁一切，改变地貌地形。有时候，貌似平静的水面下亦有激流涌动，力量十分惊人。所以治理江河湖泊，不能强堵，不可放任，只能疏导，既疏其畅流润泽大地，又防其泛滥危害苍生；既导其流淌生生不息，又防其污涸引发灾难。

唐太宗曾有"三镜"之说：以铜为镜可以正衣冠，以史为镜可以知兴替，以人为镜可以明得失。我看在人的修为上，还可以以水为镜。人生以水为镜，一切皆可映可鉴。若水之明，则光明磊落；若水之善，则淡泊名利；若水之静，则心态平和；若水之洁，则玉宇澄清。水柔中带韧，柔中藏锋，柔中有刚，无坚不摧，用一种温婉的方式展现生命的气度、力度和硬度。水的流动总是顺着地势，哪儿低往哪儿流，哪里洼往哪里聚，体现着低姿态、高境界，甚至愈深邃愈安静。但是，当水真的遇到障碍时，它又激起百倍努力，激发全部潜能，信念执着追求不懈，咬定目标克坚不拔。它始终不忘归海的使命，总是不断流动寻找方向和路径，以排山倒海之势、雷霆万钧之力冲破一切关隘险阻，义无返顾地前进。由水及人，就是一种锐意进取、开拓创新、百折不挠的精神特质。像水之人，往往刚柔相济、恩威并施、顺势而为、有理有节，既有闯劲又有韧劲，既有原则性又有灵活性，很多事办得就比较妥当。

《中庸》提出："宽裕温柔，足以有容也；发强刚毅，足以有执也。"宽裕温柔足以容纳天下的事物，发奋图强刚正坚毅足够执掌政局，刚柔相济的思想不言自明。孔子曾问道于老子，老子意味深长地告诫孔子："坚强者死之徒，柔弱者生之徒。"舌头虽然柔软，却能伴随人的一生；牙齿固然坚硬，却容易崩裂脱落。就像柳条枝，是很难被风吹断的，但是树干，往往容易被风折断或吹倒。"刚、毅、木、讷，近仁。"刚毅表示坚强、果决的一面，木讷表现质朴、谨言的一面，这是古人称颂的四种品质。刚强和温柔都是人的美德，"宽柔以教，不报无道"，以宽容柔和的心态教化他人，对于冒犯的人不用不符合道义的方式回报。所以曾国藩体悟："天地之道，刚柔互用，不可偏废。太柔则靡，太刚则折。刚非暴虐之谓也，强矫而已；柔非卑弱之谓也，谦退而已。趋事赴公，则当强矫。争名逐利，则当谦退。"所以他虽执掌重权、身居高位，却可以安然而归、全身而终。

有人总结，古代一些权臣将相所以失名丧身倾家害国，原因各不一样，但总结其教训，不外有四条：急论议一也，争名势二也，重朋党三也，务欲速四也。急论议则伤人，争名势则败友，重朋党则蔽主，务欲速则失德，此四者不除，未有能善终者。可见，刚与柔非特指一个人的个性，而是应端正思想路线，不急议、不争势、不重党、不欲速，以柔守之，以刚正之，刚柔相济，无往而不胜。在治国理政中，也需坚持刚柔并济、柔中带刚。体现在执政用权上，既有对待群众工作、民生工作的真诚坦然、柔情似水，又有对待改革工作、组织工作的作风硬朗、刚正不阿；体现在反腐倡廉上，既要实行廉洁浸润、柔性劝诫，又要做到重典治吏、重拳治贪；体现在国际交往上，既需奉行和平共处、睦邻友好，又需告诫不触及核心利益、不主动挑起争端。

## 遵循规律　进退有据

《中庸》首章开宗明义，"致中和，天地位焉，万物育焉"。天地自然之道是宇宙大道，自然而成，规律运行。唯有遵循规律、实事求是，才能让天地万物各尽其性；只要符合中和标准、达到和谐境界，天地万物便能生长繁衍。《荀子》有云："天行有常，不为尧存，不为桀亡。"《道德经》指出："天之道，不争而善胜，不言而善应。"中庸思想认为，每个人都需顺应自然、感恩天地，遵循事物的内在规律，顺乎事物的自然秉性，使"天地与我并生，而万物与我为一"。

人类若想主宰自己的命运，洞察世间的真相，必须不断认识和把握自然和社会规律。作为个人谋划自己的人生，也必须顺乎自然、合乎本性，实事求是、因势利导。我曾在安徽省黄山市的一个小山村墙上看到一段话，其中一句"操之在我"，给我留下深刻印象。人生有很多事情都无法改变，但可以结合实际、顺乎规律而积极作为。我们个人无法决定自己是否长得漂亮，但是可以选择活得漂亮；我们个人无法改变自己的容貌，但是可以展现自己的笑容；我们个人无法完全决定自己生命的长短，但是可以努力拓展自己生活的宽度；我们个人无法管控别人的言行，但是可以掌握自己的品行；我们个人无法左右天气的晴阴，但是可以掌握自己心情的好坏；我们个人不能准确预测明天，但是可以好好把握今天；我们个人不能事事要求结果，但是可以认真掌握过程；我们个人不能样样顺利，但是可以事事尽力。遵循客观规律办事，怀揣至诚之心办事，能够最大限度地发挥主观能动性，往往取得意想不到的效果。

天道渺然，自有规矩；一饮一啄，因果相循。如果刻意违背规律、打破平衡，是要付出代价的。有人看到幼蝶破茧时的痛苦挣扎，于心不忍，帮其脱困。幼蝶虽破茧而出，但身体臃肿、翅膀干瘪，根本无法飞舞，不久便会死去。只有让幼蝶感知痛苦、历经磨难，才会完成华丽的蝶变。助蝶破茧与拔苗助长一样都因违背了天道之矩，而付出了代价。天道无言，但不可欺。中庸之道崇尚以天地化育之道来实现人与人、人与自然的和谐一致，而反对人类凌驾于自然之上，对自然加以征服盘剥；倡导以至诚至性对待万事万物，忠诚做人、诚信做事，与他人、与社会、与天地同呼吸、共命运，而反对被外物所累及、被欲望所左右。若是过分贪婪、索取无度，终会受到大自然的警告与惩罚，终会付出代价，陷入痛苦。人们在拥有的时候往往不知道珍惜，一旦失去才知道多么可怕！痛苦和代价使人们更加聪明和成熟，如今尊重自然、注重生态、敬畏天道、绿色发展渐成主流，这是发展理念的重大转变与跃升。

进退之间彰显人生智慧。古人云："知进退存亡而不失其正者，其惟圣人乎。"我们在生活中固然需要积极进取、不断进步，但不能只进不退、谈退色变。有时候需要有进攻状态，在艰难困苦中创业发展，在时代舞台上叱咤风云，在万马齐喑时呐喊奋斗，都值得赞扬；有时候也需要退守状态，在淡泊中坚持清贫，在沸扬时坚守沉默，在名利场上守住寂寞，也同样值得赞扬。事实上，作出适势进与退的选择是一种睿智，明确适当进与退的方法是一种手段，把握适时进与退的时机是一种分寸。我们憧憬高歌猛进、赞赏知难而进、提倡循序渐进，而在前进的道路上不能违背规律，超越现实，否则欲速不达，甚至半途而废。这里的退并不是胆怯逃避、懦弱退让，急流勇退、退思补过也是值得肯定的。有时候，我们要审时度势选择退的路径，实事求是作出退的抉择，心悦诚服接受退的安排。处于矛盾和困难集中的风口浪尖，并不一定都要"进"，彼时"进"可能使矛盾激化而问题难解，相反适当的"退"可能会让矛盾缓和而问题化解。在一定条件下，退可以等待时机、再次出发，化劣势为优势、变被动为主动。

"进退无恒，不可绳也。"人生的态度，宜在进取和超脱之间寻找一种平衡，掌握一种适势、适度、适当。如果把握不好进与退的度，甚至在进退抉择中顾此失彼、惊慌失措，进入进退维谷、冰炭在怀的处境，则必然痛苦不堪。然而进退维谷并非绝望无助，若处变不惊、沉着应对，或许能走出一片艳阳天。如果说"进退维谷"还有挽回事态的余地，那么"进退失据"往往意味着一败涂地。进退得失之间，体现的是对大道和规律的遵循。可是，人生三难，即淡泊名利是最难有的修炼、自知之明是最难得的认知、实事求是是最难做的事情，而难中之难是知易行难。所以，"君子之道，辟如行远必自迩，辟如登高必自卑。"人生在世，既要从大处着眼，也要从小处着手；既要从远处立愿，也要从近处起步。做到遵循规律，就要脚踏实地、拾级而上、持之以恒、锲而不舍；做到进退有据，就要坚持原则、遵守道义、展现风格、顺其自然。践行中庸之道，读懂人生、悟得真谛理当如此。

## 情发于中　以理度情

"情之一字，所以维持世界；才之一字，所以粉饰乾坤。"情是生命的灵魂。我们的情感随生命而来，我们的世界因情感而精彩。古人云"道始于情"，"通情"方可"达理"，"薄情"必然"寡义"。没有情，就没有人生的出发点和归属感，就没有生活的韵调和意义，也不会有社会的温馨和动力。中庸之道既理性探讨人生和道德的至高境界，又重视表达人的自然与道德情感，将"理性"与"情感"通过内在张力有机统一起来，有一种"情发于中，言无所择"的意味。践行中庸之道，需要把握情与理的关系，做到以情悟理、以理度情。

对于"喜怒哀乐之未发谓之中"，朱熹注释说："喜怒哀乐，情也；其未发，则性也"。中庸思想认为，喜怒哀乐是人的自然属性，每个人都会有不同的情感体验，但是要对情感加以约束和限制，过度的喜不叫喜，过度的乐也不叫乐。古代先贤对"情"的认知纷纷纭纭、莫衷一是，虽然所说不一，但趋向略同，指的都是人由心所生发的诸种反应。这种反应来自人的思维和感受，来自人的认识和判断，来自人的素养和修炼，并通过言谈话语、肢体动作、文字声像、行为方式等表达出来。中医所说"七情伤身"：喜伤心、怒伤肝、忧悲伤肺、思伤脾、恐伤肾、惊伤心胆，说的就是情的影响力。情，让人猜不透、想不清、看不明，有时剪不断、理还乱。然而不论如何想方设法回答情为何物，它最终体现的应是道德、精神、品格，着力追求的应是真实、善良、美好，渴望得到的应是幸福、信任、仁义。

中华民族历来讲情重情，中庸之道亦是近情论情。"智者乐水，仁者乐山"是一种自然情感，"发乎情，止乎礼"是一种伦理情感，"仁者，人也，亲亲为大"是一种孝悌情感，"有朋自远方来，不亦乐乎"是一种交友情感，"己所不欲，勿施于人"是一种仁爱情感，"忠告而善道之"是一种和善情感……"感人心者，莫先乎情。"情是无言的影响、无声的教诲、无形的力量。《中庸》认为"君臣也、父子也、夫妇也、昆弟也、朋友之交也，五者，天下之达道也"。天下通行的五种关系要达到"父子有亲、君臣有义、夫妇有别、长幼有序、朋友有信"的要求，包含着处理人际关系的伦常原则和真挚情感。"有君臣，然后有上下""君臣相得，浮沉得度"，说的是上级要宽容仁爱，下级要真诚忠心，这是一种道义情感；"父母德高，子女良教""为人父母天下至善，为人子女天下大孝"，说的是父母要言传身教，儿女要恪守孝道，这是一种血脉情感；"执子之手，与子偕老""夫妻好合，如鼓琴瑟"，说的是夫妻之间要鹣鲽情深、相敬如宾，这是一种濡沫情感；"兄弟既翕，和乐且湛""人之恩亲，无如兄弟之最厚"，说的是兄弟之间要兄友弟恭、兄良弟亲，这是一种手足情感；"同门曰朋，同志曰友""少年乐相知，衰暮思故友"，朋友之间要志同道合、互相帮助，这是一种相知情感。亲情、爱情、友情从来不是单向而是双向的、互动的，既要有情有义，又要亲疏有度。

人生在世，皆有情有欲，积极合理正当的情和欲是进取之基、事业之梯、动力之源、生活之味，也是家庭之幸、自身之福；而非分的情与欲，是事业之敌、健康之害、人生之祸、生活之灾，也是家庭之弊、自身之痛。因此情还必须与理和礼相伴相生，三者彼此区别又互为依存。在现实世界中，理是躯干，情是血肉；理需要情的润泽，情需要理的支撑；有理无情则冰冷干涩，有情无理则疯狂泛滥，惟情理相融则人生完美。在社会生活中，礼是情的规则、边界和指引，是情的节制、约束和示范。没有情的礼是镣铐和锁链，束缚心灵，摧残人性；没有礼的情是野火和洪水，毁灭自己，贻害他人；有情有礼才是和谐的人生、智慧的人生。

## 超然心境　难得糊涂

有人说，孔子发现了糊涂，取名中庸；老子发现了糊涂，取名无为；庄子发现了糊涂，取名逍遥；墨子发现了糊涂，取名非攻。由此可见，"糊涂"是一种人生哲学，是阅尽人生百态后的超越与悠然，是历经世事沧桑后的成熟与从容。中庸之道倡导克己复礼、适度隐忍、和光同尘、不露锋芒，其中就蕴含着难得糊涂的处世哲学。

人生在世，难得糊涂。古代一位道士为求得养生秘诀，访问一位百岁老人："汝何以长寿？"老者答曰："吾信三不知，不知事，不知生死，不知有身。"话中玄妙令道士叹服。所谓糊涂，不是头脑混沌、是非不分、无所事事，而是表面糊涂、内心清明、当为必为，是一种大智若愚、大巧若拙、大勇若怯。事实上，外表似愚钝、心头实洞明，是守拙更是睿智；不逞口舌利、不议人是非，是讷言更是豁然；委屈而求全、知进又知退，是隐忍更是策略；能以德报怨、能外恕于人，是吃亏更是坦荡；能矜而不争、能群而不党，是淡泊更是超脱。难得糊涂是一种经历，只有饱经风霜的人才能深得真谛；难得糊涂是一种修养，只有淡泊名利的人才能看破纷扰；难得糊涂是一种胸怀，只有超凡脱俗的人才能举重若轻；难得糊涂是一种气度，只有器宇轩昂的人才能秉持拥有。

古人云："水至清则无鱼，人至察则无徒。"倘若凡事都探个彻底、究个明白，虽然很聪明但也失去了生活的乐趣，"雾里看花，水中望月"未尝不是一种美的意境。有时过于聪明反而会被聪明所误，就如同《红楼梦》中的王熙凤"机关算

安徽省桐城市六尺巷。

尽太聪明，反误了卿卿性命"。大儒大雅苏东坡，大智若愚说糊涂，"人皆养子望聪明，我被聪明误一生。惟愿孩儿愚且鲁，无灾无难到公卿。"这几句诗表达了苏翁在遭遇"乌台诗案"后的人生感慨，他并非真的愿让自己的后人"愚且鲁"，而是希望能够觉悟大智若愚的境界，享受简单快乐的人生。郑板桥曾书"聪明难,糊涂难,由聪明而转入糊涂更难。放一着，退一步，当下心安，非图后来福报也。"这行款跋是郑板桥对自己处世哲学的一种阐释，写完不久便辞官归隐。

"藏巧于拙，用晦而明"。难得糊涂不是让人糊里糊涂生活，不是遇事麻木不仁，更不是无原则地放纵，而是在茫茫红尘中觅得容忍、礼让、宽厚和行止，休憩自己的身心，涵养自己的气度。康熙年间，安徽桐城张家与邻居吴家因三尺墙基发生争执。张家出了两代宰相，即张英及其子张廷玉，可谓书香门第、家世显赫。张家人自恃朝中有人便写信求援，张英即批诗回复："千里修书只为墙，让他三尺又何妨。长城万里今犹在，不见当年秦始皇。"张家人豁然开朗，遂退让三尺。吴家深受感动，也让出三尺。桐城历史文化遗产"六尺巷"便由此形成。难得糊涂，也不是追求曲高和寡、悲观避世。而是该糊涂时糊涂，不该糊涂时决不糊涂。中庸之道提倡克己复礼，也赞同当仁不让，应该做的事就主动做、不推让，可以一时糊涂，不能事事糊涂。

如何做到难得糊涂，则见仁见智。诸葛亮的"非淡泊无以明志，非宁静无以致远"，范仲淹的"心旷神怡、宠辱皆忘"，陆游的"不是暮年能耐病，道人本来心体宽"，杨慎的"白发渔樵江渚上，惯看秋月春风"，林则徐的"壁立千仞，无欲则刚"等智慧感悟都给我们以珍贵的启示。在人生追求上，"不管风吹浪打，胜似闲庭信步"；在为人处事上，大事讲原则，小事讲风格；在身心修养上，"宠辱不惊，看庭前花开花落，去留无意，望天上云卷云舒"，如此坦坦荡荡、知行合一，应是可以接近难得糊涂的境界了。

　　黑格尔说过，在纯粹的光明中，就像在纯粹的黑暗中一样，什么东西也看不清。面对"清浊并包、善恶兼容、美丑同在"的社会现实，人们固然要坚守自己的理想和信念，固然要坚守自己的原则和立场，但在阅尽人间百态、尝遍酸甜苦辣、看透功名利禄之后，难得糊涂未尝不是一种快乐而明智的心态和心路。

# 孝悌友爱之乐

中华文化重视以德导情、由情载德，孝悌之道、仁者爱人等伦理教化，总给世人以深刻启迪。步入退休生活，日常节奏在放缓，学习感悟在增多。我越来越体会到世间真情的宝贵，对亲情、爱情和友情的真谛有了更深刻的观察，更深切的体悟，更深厚的理解。这也让我愈发怡然自得、泰然自若、悠然自乐。人生在世，我们既要有事业的志趣、工作的兴趣，也不可缺少生活的情趣、家庭的乐趣；既要重视和保持对事业和工作的感情、热情和激情，也不能忽视和淡漠亲情、爱情和友情。我们每一个人都离不开亲情的呵护、爱情的滋润和友情的扶持，家庭、父母、妻子、儿孙、老师、朋友、同事……总是让我们不时的心系感念或寄情感恩。正因为孝悌友爱的存在，当你承受压力时，有人为你打开一扇光明之门；当你孤独无依时，有人为你张开一个温暖臂膀；当你心烦意乱时，有人陪你一起解忧分担；当你欢心愉悦时，有人与你一起快乐分享。

2009年1月13日，回良玉出席第三届全国敬老爱老助老主题教育活动表彰大会，并会见"中华孝亲敬老楷模"。

## 以家为基　感怀亲情

我的老家在吉林省榆树县，那里凝结着我对家的最初记忆和深厚情感。参加工作后，我成立了自己的小家，但由于工作部门和地域经常变化，使得我的家居地和生活环境也多变。我和老伴前前后后搬了十几次家，有时从农村搬到城市，有时从城市搬到农村，有时从县城搬到省城，有时从省城搬到地市，直到现在定居北京。一路走来，变的只是家的居地和住所，不变的是对家的厮守和依恋。

有人说，"家"是一个温馨的字眼，宝盖头遮住了外面的寒风冷雨，一横是阖家奋斗的目标，左边三撇是在家亲人的祈望，右边两笔是在外游子的情思，一个竖钩则是亲人与在外游子间永远不断的纽带，把全家人紧紧联系在一起。一个人的家世家情可能千差万别，不论出身于家徒四壁的贫寒之家，还是家财颇丰的富庶之家，亦或家传诗礼的书香之家，只要有家的存在，就可以为我们遮风避雨，给我们温暖希望，让我们安然停靠。作为最重要的社会细胞、最基本的组织单元、最核心的精神园地，家庭是生命的延续、世代的传承、身心的和养、生活的共济，是情感的联结、心灵的港湾、幸福的源泉。

人情重怀土，游子思故乡。家乡是血脉之源、生命之根，是人们抚慰心灵的饴露、梦魂萦绕的情愫、难以忘怀的牵挂。历史上，李白的"举头望明月，低头思故乡"，崔颢的"日暮乡关何处是，烟波江上使人愁"，王安石的"春风又绿江南岸，明月何时照我还"，马致远的"孤舟五更家万里，是离人，几行清泪"，都真情诉说着对家乡和亲人的无尽思念，同时经久传唱着家的美好、家的牵挂、家的憧憬。每当我读起这些诗句，都常常为古人离家的悲情、辞亲的心痛、别乡的忧伤所深深打动。无论身在何方，心永远朝着故乡的方向；无论情思几多种，心始终牵挂着故乡的山水草木。古往今来，游子或求学游历、探亲访友，或离家谋生、定居在外，或漂泊异地、暂留他乡，其眼中所见、耳中所闻、心中所感必定包含对遥远家乡的神往，对家中亲人的思念。有时往往听到一句家乡口音、唠上一番家长里短、吃上一顿家常便饭、喝上一壶家酿老酒，就会倍感温暖、眼含热泪。

家是亲情的港湾。家中既有长辈晚辈之间的骨肉亲情，又有兄弟姊妹之间的手足亲情，还有夫妻伴侣之间的恩爱亲情。亲情是人世间最美的一种情愫、最浓的一份情感、最真的一缕情缘。亲情如甘露，可以滋润心田；亲情如良药，可以治愈创伤；亲情如美酒，可以醇醉人生。更多时候，亲情是大爱无言，疼爱中无需多少话语；亲情是大爱无形，珍爱中不用多少壮举；亲情是大爱无悔，关爱中不求任何回报……

人生在世，无时无刻不被亲情环绕着、呵护着，也被亲情感染着、激励着。亲友的守望，永远是我们心中不能割舍的牵挂；亲情的恩泽，永远是我们心中不能淡漠的感怀。

"无情未必真豪杰，怜子如何不丈夫。"家庭温馨、亲情温暖在人世中具有不可替代的重要价值，凡是能在家庭亲情中寻求到快乐和安宁的人是最幸福的人。孟子讲的"三乐"之中就有天伦之乐，能得父母膝下之福，子女尊上之孝，又得亲情手足之爱，还得子孙愉悦之欢，这是人世间最单纯而持久的血脉亲情间的天伦之乐。子孙后代绝不是简单的延续烟火、传宗接代、养老送终，而是家庭乃至社会的财富。儿孙在身边玩耍和成长，不单是照料看护、亲昵疼爱，还能使人消乏舒心、消愁解闷。正因为有了他们，才有了更多的惦念和牵挂、更多的付出和奉献、更多的寄托和期盼、更多的责任和义务。只有当一个人做了父亲或母亲，知道自己生命的延续，目睹小生命的变幻和成长，品尝到养育孩儿的不易和艰辛，才会真正明白父母对自己付出的操劳和心血，才会真正懂得家庭的责任和份量。只有当一个人有了孙子孙女，见到第三代乃至第四代的玩耍和调皮，沉醉在他们给家庭带来的欢声笑语中，才会真正感受到含饴弄孙的乐趣和血脉传承的幸福感，才会真正体悟到"隔辈亲"这种说不清道不明的情愫。

家成业立凝聚亲情祈望，合家团圆实乃人生乐事。在中华博大精深的文化中，家庭文化占有不可替代的地位。立业成家、勤俭持家、白手起家既是宝贵财富，也是文化底蕴，充盈着追求美好生活的期许与实现家世兴旺的期待。凝聚家庭意识、承担家庭义务，是每个家庭成员的责任担当。长者不仅要兴家乐业，还要抚育后代；子女不仅要养老奉亲，还要成家立业。如果说光耀门楣、荣归故里总满含家人的期盼和憧憬，那么共度佳节、合家团圆则充盈家人的欣喜与满足。节日是生活中的调剂和享受，是忙碌中的休憩和安静，是分散中的相逢和团聚，是家庭中的热闹和忙碌。逢年过节，全家人在一起欢笑团圆，是晚辈向长辈祝福尽孝的最好礼仪，是一家亲情关爱最好的交流与传承。倘若有人缺席，缺席者和家里人都觉得是个遗憾。因此，切忌别因过多的忙碌而冷淡亲情，莫为过多的追求而湮没情义，我们应该学会享受生活的赐福和人间的乐趣。

从古至今，"天下之本在国，国之本在家""国以家为基，家以和为贵""家和万事兴，家齐国安宁""家是最小国，国是千万家"，无不流露出家国一体的思想、家国同构的情怀。在中华民族家庭所特有的人伦传统中，家是国的基础，国是家的延伸；国与家密不可分，家与国同命相依。这种家国情怀形成了强大的亲情凝聚力，构筑了社会安定的基础、国家富强的基石。

## 举案齐眉 琴瑟和鸣

　　《后汉书》曾记载梁鸿与妻子孟光相敬如宾的故事。梁鸿为躲避征召他入京的官吏，来到了吴地，靠给人舂米过活。每次干完活回到家，妻子都为他准备好饭菜，低头呈上，将托盘举得跟眉毛一样高。后人多用"举案齐眉"来形容夫妻互相尊敬、彼此恩爱。我和老伴从相见相知到相亲相爱到相守相依，其间似乎并没有花前月下的浪漫、海誓山盟的承诺，却有着相濡以沫的情感、静好生活的快乐，这也许就是"执子之手，与子偕老"的真谛所在。

举案齐眉　相敬如宾

古人多赞颂伉俪柔情似水，常感叹鸳侣离情别绪。"只愿君心似我心，定不负相思意""兄弟情深悲欢共，夫妻恩爱生死同"的忠贞，"身无彩凤双飞翼，心有灵犀一点通""众里寻他千百度，蓦然回首，那人却在灯火阑珊处"的欣喜，"红豆生南国，春来发几枝""在天愿作比翼鸟，在地愿为连理枝"的相思，"花开堪折直须折，莫待无花空折枝""曾经沧海难为水，除却巫山不是云"的坚定，"愿得一心人，白头不相离""得成比目何辞死，愿作鸳鸯不羡仙"的祈愿，"相见时难别亦难，东风无力百花残""还君明珠双泪垂，恨不相逢未嫁时"的哀婉，都给后人留下无限憧憬与遐想。在中国古典戏剧中，爱情是最重要的主题之一。《西厢记》描绘了张生与崔莺莺的一见钟情，《牡丹亭》成全了柳梦梅与杜丽娘的生死爱恋，《桃花扇》道尽了侯方域与李香君的爱情波折，《长生殿》再现了唐明皇与杨贵妃的情感悲剧。还有《孔雀东南飞》《梁山伯与祝英台》《白蛇传》《牛郎织女》《凤求凰》等民间爱情故事，流传至今，家喻户晓，被誉为传诵爱恋的千古绝唱。

从古至今，我们见惯了才子佳人的蜜意情浓、夫妻伉俪的意切情深，但爱情的结局并非总是美好的，有时难免发出"东飞伯劳西飞燕，黄姑织女时相见""夫妻本是同林鸟，大难临头各自飞"的情殇感叹。到了近现代，爱情和婚姻自由的思想日益觉醒，人们可以公开地寻觅爱情、自主地缔结婚姻。然而世上没有无缘无故的爱，在爱情和婚姻中唯有铭记责任和义务，秉持正确的爱情观和婚姻观，方能找到属于自己的情感天空。

爱情与婚姻的关系是一个永恒话题。一天，柏拉图向老师苏格拉底请教什么是爱情，老师就让他到麦田里去摘一棵最大最金黄的麦穗，但只能摘一次，并且不能回头。柏拉图因为犹豫不决，错过了最大最金黄的麦穗，两手空空地走出了田地。苏格拉底告诉他，爱情是一种理想，很容易错过。又有一天，柏拉图来请教什么是婚姻，老师就叫他到树林里砍下一棵最高最茂盛的树，条件设定同上次一样。柏拉图走了大半程，担心两手空空，便砍了一棵不大不小的树带回来。苏格拉底告诉他，婚姻是一种理智，是一种现实客观的选择，是一种综合平衡的结果。有人说，婚姻是爱情的坟墓，缔结婚姻好比走进围城，在外面时想进来，进来之后想出去；有人说，爱情是花，婚姻是果，不是所有的花都会结果，但所有的果一定曾经是花；有人说，恋爱是茶不能隔夜，婚姻如酒越存越香。事实上，爱情与婚姻都是美好的，只不过是人生的不同阶段，爱情是走在婚姻的路上，婚姻是牵引爱情的归宿。站在爱情与婚姻的交叉路口，多一份真诚和坦然，多一份包容和理性，就会多一份温馨和幸福，多一份舒心和快乐。

古人云："百世修来同船渡，千世修来共枕眠。"夫妻是百年好合的姻缘，是和如琴瑟的美妙，是比翼双飞的欢畅，是白头到老的缠绵。一曲《夫妻情》唱得好，夫妻之间"说的是家里话，道的是恩爱情。在风中在雨中，磕磕绊绊过一生，相濡以沫伴终身"。婚姻关系是需要夫妻双方用心呵护的，忠诚、信任、宽容、理解、体贴、关心、爱护……都是不可或缺的。夫妻相处好比跳舞，互相配合，动作默契，方能舞出美好人生；夫妻关系如同奏乐，琴在台前，瑟在幕后，合力演奏才能琴瑟和鸣。

夫妻相处是一门学问，不同的人也会有不同的认知和感悟。家庭既要明事说理，更要重情厚义。相互间要懂得包容忍让，牢记家庭在有些情况下是讲情的地方，不是事事讲理的地方，磕磕绊绊、小吵小闹在所难免，但绝不能产生矛盾时就恶语相向、薄情寡义。相互间要学会珍惜尊重，时时刻刻要关心对方、爱护对方、理解对方，不能被占有、压制、管束的思想所支配，关系抓攥得越紧，情感往往流逝得越快。相互间要增加幽默情趣，往往不经意间的一句问候、一则笑话、一个动作、一番情意，就可在平淡的生活中激起情趣的浪花。给婚姻生活增添一抹幽默的色彩，定会让人乐在其中。

## 侍奉双亲　孝行天下

百善孝为先。行孝历来是做人的根本，立世的美德。"孝"

字的结构，体现了老人在上、子孙在下的伦理关系，是子孙扶持老人的生动会意。《尔雅·释训》云："善事父母为孝"，《新书》说："子爱利亲谓之孝"，《说文解字》注："孝，善事父母者"，《孝经》言："夫孝，天之经也，地之义也，民之行也"。"孝"是基本的伦理准则，强调对父母尽心侍奉并尊敬赡养，解老人之忧，承老人之志。回首往事，在我的家乡，一代一代并没有高深玄妙、严格响亮并记载下来的家训，但老人们用自己的言行举止，耳濡目染地浸润着儿女的道德情操，潜移默化地影响着儿女的行为规范，不断地传承和延续着忠孝节义的优秀品格。从儿时记事起，父母的言传身教，就让我们渐渐懂得了尽孝行孝的责任传承，恪守孝道是我们应该奉行一生的做人准则。

中华文化一直强调崇孝尊孝。《论语》强调"孝悌也者，其为仁之本与"，孟子提出"孝子之至，莫大乎尊亲"，曾子认为"君子立孝，其忠之用，礼之贵"。此后，秦汉时期的《孝经》、唐代的《女孝经》、元代的《二十四孝》等著作，对"孝"也进行了集中阐述。到了近现代，世人更加理性审视孝道文化，取其精华，去其糟粕。在我看来，"孝"是世人道德之树的根脉，只有根正叶端、根深蒂固，才能让道德之树茁壮成长、枝繁叶茂。

我们要理解"孝道"的内涵，从各个不同的层面传承和施用"孝道"，让"孝道"成为推动社会和事业发展的强大情感力量。一是孝忠，即对祖国、民族和人民要坚贞不渝地孝忠；二是孝敬，即对恩人、师长要感恩尊重地孝敬；三是孝心，即对家庭、亲属中的长者要关怀体贴地怀有孝心；四是孝顺，即对二老双亲要尽孝尽顺地孝顺。这里要说的是，对二老做到"孝"容易，做到"顺"不容易。"顺"，乃顺老人之心，顺老人之意，不与二老双亲吵闹，不烦腻他们的唠叨，不辜负他们的嘱告。

"夫孝，德之本也，教之所由生也。"季羡林先生曾说："中国是最讲孝道、最注重伦理的国家。在众多的伦理教条中，孝总是摆在第一位。在封建社会，许多英明皇帝告知天下以孝治国。"孝道是家道，也是国道，是中华文化的起点和一切德行的根本。纵观中华传统文化发展，历代都有损益变化，但孝道思想和文化经久传承，引领着中华文化保持生机盎然、长盛不衰的气象。作为中国传统文化的核心，孝道文化无不渗透在修身养性、融合家庭、敬业报国、凝聚风尚、弘扬正气等方面，始终具有重要影响和作用。人们常说，父母对子女恩重如山，"十恩"难报。这"十恩"即是生育之恩、哺育之恩、养育之恩、教育之恩、培育之恩、理育之恩、呵护之恩、管束之恩、牵挂之恩和保全之恩。如果一个人心无恩情、抛弃孝道，就失去了做人最起码的德性。孝关乎着人们的精神生活，它能提升人的境界，让人内心充满温暖和快乐。在家庭中推行孝道，可以保持长幼尊爱，理顺伦理关系，促进家庭和睦；在社会中推行孝道，可以完善礼仪制度，调节人际关系，助推社会和谐。

孝道文化不仅关乎个人品德，而且深刻影响着公共道德。《孝经》说："夫孝，始于事亲，中于事君，终于立身。"把孝亲敬老作为选拔官员的标准，是自远古就沿袭流传下来的传统。相传上古时代，舜的父亲、继母及其同父异母的弟弟对他特别不好，多加残害，舜一方面保护好自己不为所害，另一方面对他们毫不怨恨，一如既往地敬顺父母，慈爱弟弟。尧听说舜非常孝顺，就对他多加观察和考验，发现舜不光有孝心，处理事情也很得体，于是就选定舜做为自己帝位的继承人。春秋战国时期，齐桓公就将"不慈孝于父母，不长悌于乡里，骄躁淫暴，不用上令"作为举荐、选用官员的一个重要依据。到了汉武帝时代，更是设立了"举孝廉"察举考试，正是成为一种选拔官员的制度。在《唐律疏议》中，"不孝"还被列为"十恶"重罪之一。近现代也一直重视从政官员的忠孝品德，历来主张公职人员"私德"不"私"，包括"孝"在内的家庭美德标准也是干部考核的通例。

人之孝行，根于诚笃。常言道："老母一百岁，常念八十儿。"母爱是人类最为纯洁伟大的爱。父母为儿女无怨无悔地操劳了一辈子，时时牵挂远行在外的儿女，从不求他们为家里做多大贡献，并且担心日益年迈的自己会拖累儿女，可谓"殚竭心力终为子，可怜天下父母心"。为人儿女的如何报答这份恩情？惟有时时刻刻保持一颗精诚的孝心，始终装着对父母长辈的感恩情怀和报答挚愿，铭记"羊有跪乳之恩，鸦有反哺之义"，感念"母苦儿未见，儿劳母不安"，深谙"谁言寸草心，报得三春晖"。"父母之年不可不知也，一则以喜，一则以惧"，喜的是老人高寿、乐享天年，惧的是光阴荏苒、岁

羊有跪乳

鸦有反哺

月无多，因此更要珍惜时光，及时行孝，不能让子女的背影被越送越远，父母的期盼被越拖越长。

"孝无终始，不离其身。"奉亲行孝不能因时因地而变，经年累月侍奉、长远距离阻隔、忠孝难以两全都不能成为不尽孝的借口，不离父母、顺从父母、赡养父母也未必就算作是真正的尽孝。有人可能年岁尚小，但能够恭敬父母、勤奋苦读以尽孝；有人可能远离家乡，但能够经常问候、定期探

望以尽孝；有人可能囊中羞涩，但能够守护双亲、床前侍疾以尽孝。在奉亲行孝上，很难做到最好，但求做到更好。做儿女的，如何行孝才能做到更好呢？那就是，儿女行孝要自主、自觉、自为。孝发自内心，行起于自觉。儿女行孝不能攀比姐弟哥嫂，要自主担当，各尽其孝，不能说你不孝我也不孝，也不能说你先孝我再孝搞轮流孝；儿女行孝不能等待，要常念双亲，时尽其孝，不能说忙过这阵子得闲再去看望父母吧，也不能说今年太忙明年再回去搞推托孝；儿女行孝不能替代，要拜望双亲，亲尽其孝，不能只由兄弟姐妹捎句问候话儿，也不能只托亲戚朋友带去一点礼物搞替代孝。儿女行孝，要真孝亲孝常孝，让儿女之孝，回馈父母之爱！让儿女之孝，慰藉父母之心！让儿女之孝，报答父母之情！

## 血脉相连　手足情深

中国自古以来就有香火兴旺、多子多福的观念，榴开百子、早生贵子、宜男多子等吉祥寓意是中国传统文化中富含情感滋养的成分。在我出生的那个年代，许多家庭的生活颇为艰难，有的甚至连温饱都成问题，但仍然能在儿孙绕膝中找到快乐、在手足深情中享受幸福。我们家姊妹六个，我是家里唯一的男孩子，既受到更多的关心和疼爱，又被严格的要求和管束。回忆起来，血脉亲情总是让人感到甘甜和美好。

儒家历来重视孝悌之道，强调"弟子入则孝，出则悌"，把孝悌看作是实行"仁"的根本条件。自古以来，长幼有序、手足情深、兄友弟恭就是极被重视的伦常关系。世人总说，兄弟姊妹是血脉相连的骨肉至亲、同根同源的手足同胞，彼此间一定要互亲互爱、互信互助，避免出现兄弟反目、骨肉相残的情景。然而历史上，既不乏兄弟姊妹同心同德、和睦友爱的范例，也有手足之间明争暗斗、势不两立的境况。汉文帝平叛其弟刘长谋反，刘长绝食而死，百姓讽之曰："一尺布，尚可缝；一斗粟，尚可舂，兄弟二人不相容。"曹植七步成诗，一首"煮豆燃豆萁，豆在釜中泣。本是同根生，相煎何太急"，引发后世扼腕叹息。正可谓，"天下无不是之父母，世间最难得者兄弟……患难相顾，似鹡鸰之在原；手足分离，如雁行之折翼。"

说到手足情谊，每个人应该都有自己的理解和认知，这是一种既浓郁热烈又质朴平淡，既深有感悟又莫可名状的感觉。俗话说："打虎亲兄弟，上阵父子兵。"兄弟联手、不分彼此，在亲密无间中能够取得人生和事业的辉煌成就，所以人们往往会发出"兄弟同心，其利断金"的感慨。历史上，"伯氏吹埙，仲氏吹篪""遥知兄弟登高处，遍插茱萸少一人""与君世世为兄弟，更结来生未了因""一回相见一回老，能得几时为弟兄""虽曰安宁之日，不如友生；其实凡今之人，莫如兄弟"，都让一代又一代人心生温暖和感动。然而并非只有兄弟之情是令人感叹的，姐妹之情就让人多了一份甜蜜柔美的感念，兄妹之情就让人多了一份宠爱娇惯的感觉，姐弟之情就让人多了一份体贴呵护的感怀。手足之情，是一种割舍不掉的亲情，是一种融入血脉的真情，是一种感动天下的至情。记得有人说过："兄弟姐妹原本是天上飘下来的雪花，谁也不认识谁。但落到地上以后，就化成水，结成冰，谁也离不开谁了。"

常言道："长兄为父，长姐如母。"在中国传统家庭观念中，老大就意味着肩负更多的责任，有时不仅要伺候长辈、照料弟妹，还要承担家务、补贴家用。特别是在命运多舛、父母早亡的家庭里，老大更是家里的顶梁柱，要代父母治家持家，对弟弟妹妹尽到抚养教育之责。因此，弟妹与老大很多时候在感情上不仅有兄弟姊妹之间的血脉亲情，还含有类似跟父母之间的养育恩情。在很多人的记忆深处，有一个皮肤黝黑、满脸风霜，老实忠厚、不善言辞的兄长形象，他可能不会陪伴你一路前行，但他总会在你需要的时候出现在你的身边；他可能给不了你强大的助力，但他默默无闻地扛起了老家的一切事务；他可能没有给你多少言语上的关心，但他却用行动表达着对你的关爱。如果说长兄是坚毅宽厚、恩重如山的话，那么长姐就是温暖亲切、恩情似水的。她宁愿委屈自己也不愿委屈弟妹，即使对她发牢骚也从不抱怨，不经常联系她却永远牵挂着你……长姐如母是人们心中永远抹不去的印记、永远忘不掉的情愫。

情重于山，血浓于水。手足亲情是一种难得的缘分，尤其当人陷入苦难之时，更能体现出这份血脉亲情的可贵。唐朝诗人孟云卿就曾感叹："此生一何苦，前事安可忘。兄弟先我没，孤幼盈我傍。"一人有难全家帮，这时候首先伸出援助之手的往往是骨肉血亲。我们见惯了兄弟姐妹焦急等待、商量对策的场景，见惯了兄弟姐妹凑份拼钱、无私扶助的场景，见惯了兄弟姐妹献血救亲、收抚甥侄的场景……这些一再印证了兄弟姊妹骨肉情深、危难相助血浓于水的道理。兄弟姐妹会乐你之乐、忧你之忧、悲你之悲，他们是你的坚强后盾，这份坚定源自于骨肉和血脉的相通相连。

## 敬老慈幼　社会大爱

"敬老慈幼，无忘宾旅。"尊老敬老是中华民族的传统美德，爱幼护幼是全社会的共同责任。在国务院工作期间，我曾兼任全国老龄委主任，对老龄事业的发展，倾注了比较多的精力。记得当时在全国开展了以"关爱老人、构建和谐"为主题的"敬老文明号"创建活动，推动了尊老敬老社会氛围的营造。从事残疾人工作时，我们对残疾儿童的教育和成长给予了很大的关注和支持，至今我的书桌上仍摆放着北京第二聋人学校的孩子们赠送给我的一张素描头像，每每看到都让我心生感动和温暖。

　　"老吾老，以及人之老；幼吾幼，以及人之幼。"古人很早就提出了敬老慈幼的历史命题，至今仍散发着人性和道德的魅力光芒。在先贤看来，如果能够做到敬老慈幼，便"天下可运于掌"，将之提升到治国安邦的高度，蕴含了为政以德、治国以礼的思想。尊老爱幼其实也是人类敬重自己的表现，每个人都会经历孩提时代，每个人也都会渐渐老去。在人生自理和活动能力相对弱小的两个时期，幼儿时若能得到集体关心、共同照料，年老时若能得到社会尊敬、他人爱戴，才算是拥有美满幸福的人生。

　　扶老养老传家久，尊老敬老世泽长。古时候，人的平均寿命很低，老人更需要得到关心扶助。为了善待老人，周代即规定："年五十养于乡，六十养于国，七十养于学。"汉时起兴三老五更礼，皇帝要向三老五更示敬。唐代每逢中秋吉辰，皇帝须在太学举行三老五更礼。清代康熙、乾隆二帝为表达对老人的尊敬，分别举办过两次"千叟宴"。民间尊老也有悠久历史，最常见的习俗就是"做寿"，家中设寿堂、燃寿烛、结寿彩，子女后代、亲友乡邻都来拜贺高寿老人，欢聚一堂，其乐融融。古时还有重阳求寿之俗，"九月九日，佩茱萸，食蓬饵，饮菊花酒，云令人长寿"。我们国家把农历九月九日定为老人节，就是在全社会倡导尊老、敬老、爱老、助老的风气。

　　郑板桥在《新竹》诗中写道："新竹高于旧竹枝，全凭老干为扶持。"老人，是家庭的财富、社会的资源，是智慧的钥匙、知识的宝库，是挺拔的古柏、灿烂的晚霞，尤其值得尊敬和爱戴。有人这样赞美老人："发白如雪，那是岁月沧桑撒下的鲜花；弯躯如弓，那是时间老人积蓄的能量；手如槁木，那是神农赐予不断收获的硕果；睛若黄珠，那是上苍赐予五彩缤纷的颜色。"年轻人尊敬老人，就是尊重自己的未来；全社会尊敬老人，就是尊重人类共同的价值。记得有一次我应邀出席中国伊斯兰教协会举行的"欢度开斋佳节暨尊老敬老爱心行动"主题茶话会，会见了穆斯林尊老敬老爱心人士代表，他们的善行善举让我深深体会到"给老人一份幸福，就是给自己一份快乐；给老人一缕阳光，就是给自己一缕温暖"。我国已悄然进入老年社会，不得不面对"未富先老"的社会问题。老人也曾是光芒四射的旭日，但岁月与风霜，事业与付出，使得这轮旭日渐渐变成了殷红沉稳的夕阳。我们要牢记最美不过夕阳红，牢记她曾经的付出与奉献，牢记她曾经给予我们的照耀和哺育，大力弘扬尊老敬老助老的传统美德，努力实现好、维护好、发展好广大老年人的根本利益，加快建立健全养老服务和保障体系，真正做到"老有所养、老有所医、老有所教、老有所学、老有所为、老有所乐"。

爱幼护幼是基于人伦情义形成的高贵品格。长辈对晚辈不仅有严厉管教，也有满满关爱。一般来说，父辈给予子女的教导和管束多一点，祖辈给予后代的温馨和宠爱多一点，但生活上的体贴入微，成长中的关怀备至，付出时的心甘情愿，都是一样的真挚热切。自古以来，人们的舐犊之情、爱幼之意不仅施于至亲，而且及于他人。很多人即便家里困难重重，也会收养无家之孤；即便放下自家儿女，也会照料亲邻之子；即便子女嗷嗷待哺，也会先乳丧母之孩，这是一种大爱的情义。

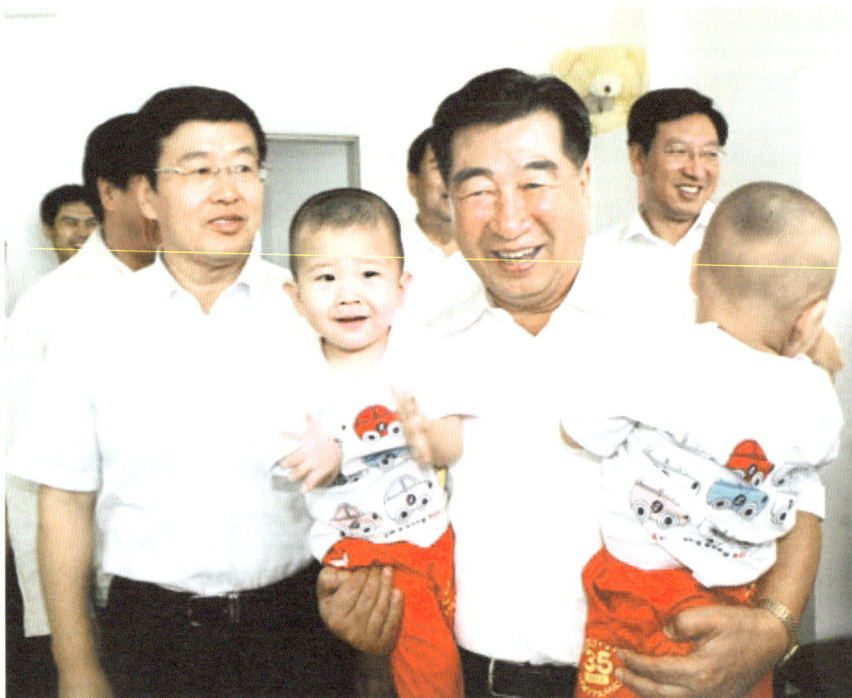

2011年8月12日，回良玉考察内蒙古自治区呼伦贝尔市爱心家园，亲切看望儿童福利院孤儿并抱起一对双胞胎。

前苏联教育家苏霍姆林斯基曾说："教育技巧的全部奥秘就在于如何爱护儿童。"爱护孩子，就要为他们创造自由快乐的成长空间，不仅嘱咐"古人学问无遗力，少壮功夫老始成"的道理，满怀"桐花万里丹山路，雏凤清于老凤声"

的期待,更要让他们找寻"牧童骑黄牛,意欲捕鸣蝉"的情趣,乐享"儿童散学归来早,忙趁东风放纸鸢"的欢愉。当今时代,总体上可以说是一个对自家晚辈照料过多、对自己子孙期望过高的时代。我们要努力走进孩子的内心世界,更多地关注留守儿童、孤残儿童等特殊群体,给予他们更多的关爱,让他们的人生旅程不再孤单困苦,让他们的心灵空间充满阳光雨露。要主动伸出温暖而又有力的援助之手,让失足、失管、失学、失业、失亲的青少年走出困境,成长成才。全社会努力实现"老有所终,壮有所用,幼有所长,鳏寡孤独废疾者皆有所养",实乃人间大爱之举。

## 尊师重教　国之大计

"师者,范也;言行动静,皆可为式。"对于"师"的称谓,古来多矣。春秋时期,《谷梁传·昭公十九年》记载:"羁贯成童,不就师傅,父之罪也。""师傅"的称谓由此而来。至于"老师",最初指年老资深的学者,《史记·孟子荀卿列传》说:"齐襄王时,而荀卿最为老师",宋元时代则专指地方小学教师,元好问《示侄孙伯安》一诗说道:"伯安入小学,颖悟非凡儿,属句有夙性,说字惊老师。"战国时期,有"师长"的尊称,《韩非子》言"师长教之弗为变"。汉代席地而坐,室内坐次以靠西墙面东方为尊,由此教师就有了"西席""西宾"的称谓。五代时，蒋维东隐居衡岳，受业者众多，被尊称为"山长"，久而久之也成为对教师的一种尊称。明清以来，一般称教师为"先生"。直至 19 世纪末西学引入中国，《学生操行规范》里才明确将教师称谓定义为"老师"，并一直沿用至今。①

《师说》有云："古之学者必有师。师者，所以传道受业解惑也。"在古人看来，老师的职责首推传授思想道德，其次教授学业技能，再之解除困顿迷惑，传道、授业、解惑三者缺一不可。教书育人，根本指向是先成人、后成才，教书只影响一时，而育人却影响一生，可见学乃教育之基，德乃教育之本。陶行知先生说过"学高为师，身正为范"，北师大校训为"学为人师，行为世范"，这些都给教师标准作出了精确衡量。古代的大思想家、大教育家孔子被世人称为"至圣先师"、"万世师表"，是中国文化几千年来最受崇敬的人物之一。他曾师于郯子、苌弘、师襄、老聃，这些人的贤能也许不如孔子，然"弟子不必不如师，师不必贤于弟子。闻道有先后，术业有专攻，如是而已"。孔子还曾提出"三人行，必有我师焉。择其善者而从之，其不善者而改之"的教诲，认为别人的言行必有值得自己学习的地方，体现了虚心求教、反躬自省的求知态度。

---

① 参见《古代"老师"都有哪些称谓》，姜安阳，《北京晚报》2013年9月8日第27版。

"天降下民，作之君，作之师。"中华民族自古就有尊师重教的传统，将"师"与天、地、君、亲并称，历代敬仰以身立教、尊崇为人师表。荀子"国将兴，必贵师而重傅"，吕不韦"古之圣王，未有不尊师者也"，杨雄"师者，人之模范也"，葛洪"明师之恩，诚为过于天地，重于父母多矣"，柳宗元"举世不师，故道益离"，欧阳修"古之学者必严其师，师严然后道尊"，古之贤能无不秉持"尊师"的道德观念。古往今来，人们常把老师比作成春蚕和蜡烛，"春蚕到死丝方尽，蜡炬成灰泪始干"，包含了纯挚动人的情感；比作春雨，"随风潜入夜，润物细无声"，包含了大爱无言的情感；比作园丁，"令公桃李满天下，何用堂前更种花"，包含了质朴温馨的情感；比作父母，"一日为师，终身为父"，包含了尊崇感恩的情感；比作梯子，"严慈相济，甘为人梯"，包含了敬重钦佩的情感。

世间有伯乐，然后才有千里马。老师对于学生多有知遇之恩、教诲之恩、栽培之恩、提携之恩，并殷殷期盼"青出于蓝而胜于蓝"。人们赞美老师是"人类灵魂的工程师"，就是因为他们因材施教、诲人不倦，呕心沥血、鞠躬尽瘁，和蔼可亲、无微不至，默默无闻、甘于辛苦，正如陶行知先生所言"捧得一颗心来，不带半根草去"。小的时候，我们最崇拜的对象就包括自己的老师。到老了，我也更深切地体会到，老师给予了我们无价的师德和师爱，给予了我们通往知识殿堂的基础和桥梁，给予了我们认知世界的好奇和兴趣，给予了我们美好人生的憧憬和向往。有首歌里唱得好：长大后，才知道那块黑板写下的是真理，擦去的是功利。

"敬教劝学，建国之大本；兴贤育才，为政之先务。"当今时代，全社会应当深刻认识"善之本在教，教之本在师"的重要意义，进一步弘扬尊师重教的良好风尚，人人关心教师、人人爱护教师、人人尊敬教师，使教师成为最受尊重、最为崇高的职业，营造良好环境让广大教师安心教书、全心育人。每个人要把尊师重教之风化为实际行动，用自己的学有所成来回馈师望，用自己的关切问候来温暖师心，用自己的仁德义举来慰藉师愿，用自己的孝敬善行来报答师恩。

在我工作过的地方中，江苏就是一个尤为崇文重教的省份。在江苏出生的两院院士人数全国最多，江苏高等教育毛入学率、普通高校数量、在校大学生人数等，均居全国前列。我到江苏工作时正值新世纪之初，召开的第一个大会就是全省技术创新大会。当时我们商定把在宁的 32 位院士全都请到主席台就坐，让领导干部坐在台下。这在全省是第一次，大家耳目一新，为之一振，反响热烈。我们的目的就是要强化尊重知识、尊重人才的鲜明导向，就是要在全社会形成名家辈出、人才辈出的浓厚氛围。2002 年，南京大学、东南大学、河海大学等一脉同源的 9 所高校举行百年校庆，省委、省政府向 9 校分别赠三足大鼎一尊，既以"鼎，国之重器"来表明我们对高校工作的重视和肯定，更蕴含我们的"三鼎之意"：对各所高校鼎力支持的态度、革故鼎新的期望、问鼎一流的祝愿。转眼间十几年过去，大鼎所承载的美好愿景正在一步步变为现实，江苏正加快迈向率先实现教育现代化的目标。

## 以心交友　情谊长存

欣赏音乐是很多人日常的"必修课"，但于我而言，有时还真不太开窍，不过一些曲目也让我收获许多感悟和乐趣。《永远是朋友》是我最喜爱的歌曲之一，简约的曲调、质朴的歌词总令人感怀至深，"千里难寻是朋友，朋友多了路好走……千金难买是朋友，朋友多了春常留……结识新朋友，不忘老朋友……"因为每个人都离不开友人的守望相助，所以人的一生要有情有义地交往。在我的真挚朋友中，既有年长的，也有年轻的；既有城里的，也有农村的，既在职在岗的，也有离职退休的；既有生活富裕的，也有普通家庭的。他们多年来与我心心相印，让我深切体会到友谊是大千世界的奇芳异彩，独具慧眼的匠师才能把它表现得尽善尽美；友谊是乐谱之上的灵动音符，感情细腻的乐师才能把它演绎得至纯至美。

古人云："同门曰朋，同志曰友。"同一老师门下为"朋"，志趣相投之人为"友"。今天我们所说的朋友更接近于古代"友"的含义。朋友可能是竹马嬉戏、相伴成长的发小，可能是意气相投、风雨同舟的兄弟，可能是相视莫逆、历久弥新的故交。而真正的朋友一定能在高山流水遇知音、患难之中见真情、亲密无间如手足、志同道合比肩行中找到定位的坐标。历史上，人们对朋友的情感认知是真挚统一的，"海内存知己，天涯若比邻""少年乐相知，衰暮思故友""蔗味老弥甘，交情久更挚""沧海自浅情自深，人生乐在相知心""劝君更尽一杯酒，西出阳关无故人""人生所贵在知己，四海相逢骨肉亲""天下快意之事莫若友，快友之事莫若谈"，字里行间都充溢着相知相契的浓浓情谊。迷茫时给你指点的，困难时给你鼓励的，伤心时给你安慰的，落难时给你扶助的，总少不了朋友。可以说，友情是一种纯洁高尚而又平凡朴素的情感，是一种瞬间绚丽而又坚固永恒的情感。

俗话说，"一个篱笆三个桩，一个好汉三个帮"。人生在世，必须交友。然而大千世界鱼龙混杂，一旦交友不慎，可能害人害己。正因为"近朱者赤，近墨者黑"，所以先贤劝诫后人"匹夫不可不慎取友"。对于益损之友孔夫子曾有智慧解读："益者三友，损者三友。友直，友谅，友多闻，益矣。友便辟，友善柔，友便佞，损矣。"与正直坦荡、诚实守信、知识广博的人交朋友是有益的，与谄媚逢迎、表里不一、巧言令色的人交朋友是有害的。"君子先择而后交，小人先交而后择。"

任何时候，交友都必须有原则、有底线，牢记"应交纯洁之士，须绝不良之友"的人生信条，在跟随时代潮流的同时，也务必坚守那些永恒的人生价值。

如何交友是一个重要的人生课题。关于交友之道，有人提出"以德交友，患难与共；以诚交友，肝胆相照；以知交友，见多识广；以道交友，法乐融融"。还有人认为，朋友交往要以诚以真、相待要以礼以敬、相处要以平以淡、相勉要以学以道，这些感悟都颇有道理。《礼记·儒行》云："其行本方立义，同而进，不同而退，其交友有如此者。"在交友过程中，志向相同就一起前进，志向不同就自行离去，不失为明智的选择。我个人一直崇尚"君子之交淡如水"。与朋友交往，要推心置腹、坦诚相见，不尚虚华、无需奉承。官场上往往以权势为重，商海中往往以利益为重，我们交朋友则应以人格道义和真挚感情为重。不管在人生的高峰还是低谷，充满人间正义和真诚的交往，都应该超越财富和地位的差别，摒弃功利色彩和利用关系。往往摒弃身份的交往才是最长久的，超越功利的交情才是最真实的，充满真情的交谊才是最美好的。但凡以利益关系建立的朋友关系，都是不牢固、不稳定、不坚强的，最终可能会遭遇可怕的背叛、可耻的出卖、可恶的毁灭。

朋友相交，贵在知心。孟子说"人之相识，贵在相知；人之相知，贵在知心"，白居易感慨"平生知心者，屈指能几人", 冯梦龙言道"合意友来情不厌, 知心人至话投机", 鲁迅讲过"人生得一知己足矣, 斯世当以同怀视之", 梁漱溟也认为"朋友之间, 要紧的是相知, 相知者彼此都有了解之谓也"。拥有真挚的朋友是人生中的永恒财富, 没有知心的朋友也是生活中的一大憾事。

## 雪中送炭　患难与共

追忆往昔, 友人对我的关心帮助就像一幕幕影视镜头经常在脑海中闪现变幻。特别是一些老领导、老同事, 在我工作上面临挑战时, 他们殷殷叮嘱、传经送宝; 在我生活上遇到困难时, 他们鼎力相助、亲切关怀。这份亦师亦友的情谊让我深受感动。如今, 昔日的老领导、老同事, 有的已是白发苍苍、行动不便, 有的已经永远离开了我们, 但他们的风范珍贵长存。

在国与国的相处上, 经常用"守望相助好邻居, 互利共赢好伙伴, 常来常往好朋友"来形容, 其实这对人与人之间的交往也同样适用。出入相友、守望相助, 肝胆相照、荣辱相伴是一种朋友间的美好情谊。人都是需要得到爱护和帮助的, 在这一点上朋友具有天然的亲密关联。历史上, 管仲和鲍叔牙之间的深厚友情, 成为代代流传的佳话。鲍叔牙屡次在紧要关头对管仲伸出援助之手, 让管仲不禁发出"生我者父母，知我者鲍子也"的感慨。北宋名相范仲淹因改革触怒朝廷被贬出京，很多官员怕被归为朋党，纷纷避而远之，而王质闻讯后，抱病前去送行，用平凡的举动见证了伟大的友情。

民谚有言，"富贵之时厅堂满，贫困之时少亲朋""穷在当街无人问，富在深山有远亲"。说的是当你富贵有余的时候，可能车马盈门、门庭若市，环绕的人接踵而至、络绎不绝；当你穷困潦倒的时候，就会门可罗雀、户室冷落。人生的起起落落是一种定数，人间冷暖、世态炎凉毋庸回避，对那些只在乎利益的所谓朋友不用放在心上。而真正的朋友，并不会在你冷落寂寞时离你而去，不会在你身处逆境时视而不见，不会在你失意无助时袖手旁观，不会在你寻求援助时冷漠决绝。记得有人曾说过，和你一起笑过的人，你可能把他忘掉；和你一同哭过的人，你可能不会忘记；而和你一起"苦"过的人，你可能永远铭记。

自古以来，急人所难、解人所忧就是一种高贵品德。人的一生不可能一帆风顺，难免会碰到失利受挫或深陷困境的时候。这时候，一杯温暖的清茶，可能助人走出无边的荒漠；一个信任的眼神，可能成为一往无前的动力；一阵鼓励的掌声，可能支撑创新火花的迸发；一次交心的长谈，可能唤回身在迷途的浪子。君子有成人之美，不经意间的举手之劳、善意之举，就会给别人心情的天空带来阳光灿烂。朋友间也是如此，彼此之间不仅是一种有缘相遇、相互认可，更是一种无私相助、彼此关爱。这份相助可能力有不逮，这份关爱无需感天动地，也许就是一个简单的举动、一番温暖的言语、一份坚定的守候，就能折射出璀璨的光芒、释放出巨大的能量。

雪中送炭三九暖，视若无睹腊月寒。宋朝著名的诗人范成大在《大雪送炭与芥隐》诗中写道："无因同拨地炉灰，想见柴荆晚未开。不是雪中须送炭，聊装风景要诗来。"意思是说不是专门为了送炭而来，而是借机来取诗的。这种做法，既救济了朋友，又保全了颜面，是值得赞赏的。朋友相助，锦上添花固然是好的，而雪中送炭则是更为可贵的。人们往往习惯了做锦上添花的事，而不愿做雪中送炭的事。殊不知，雪中送炭往往让人记忆一生，也让自己收获最大的快乐。

在中国，"患难识人，泥泞识马""岁寒知松柏，患难见真情"，是广为流传的老话。危急关头为朋友两肋插刀、涉险赴难，总是包含几多豪情。在国外，患难相交也被推崇备至，莎士比亚就说过，朋友间必须是患难相济，那才能说得上是真正友谊。古今中外的智慧告诉人们，那些甘愿陪你一起遭受艰苦和困难的朋友是真正的朋友，历经考验和洗礼的友情是真正的友情。没有付出，难有回报。要想拥有同甘苦、共患难的朋友，没有志同道合的志向，没有荣辱与共的执念，没有真心坦诚的交往，没有年深日久的磨合，没有达到情感相融、友情交汇的程度，是很难实现的。

友情的表达方式有很多，它是解难化困之情，是倾心相助之情，是雪中送炭之情，是患难与共之情。它埋在人的内心深处，能够淬炼生命的本色，涤荡内心的灵魂。艰苦磨难可以摧毁我们的家园、摧折我们的身躯、摧磨我们的心灵，却摧不毁人间的友情大爱。这种生命情怀和人间真情，在现代社会更能凸显出一种穿越时空的不朽价值，更能唱响出一曲荡气回肠的精神赞歌。

## | 坦诚劝谏　诤友难得 |

俗语说："千金难买诤言，人生难得诤友。"朋友之间要互相批评、取长补短，这种能够直言规劝、诚意提醒的朋友就是诤友。诤友相对于挚友、密友而言，多了一份不粉饰错误、不回避问题的坦诚，多了一份力陈其弊、促其改之的责任。记得 2010 年初在锡林郭勒盟察看寒潮灾情时，一位蒙古族老支书紧紧握住我的手，反映上级支持"三牧"的政策少。情真意切的言语中没有流露出任何抱怨和不满，但深深的担忧和期盼反而更让我感到不安。我当时就想，这就是我们的诤友啊，是我们正身正行的镜子。回京后，我立即安排有关部门联合对牧区进行调研，并积极推动一系列支持牧区发展的政策意见颁布实施。

古人对诤友多加推崇。《孔子家语·三恕》"士有争友，不行不义"，《荀子·子道》"士有争友，不为不义"，都表达出对诤友的相近态度。《三国志·吕岱传》讲了这样一个故事，吕岱好友徐原"性忠壮，好直言"，每当吕岱有什么过失，他总是公正无私地批评规劝。徐原的做法受到了一些人的非议，吕岱却赞叹道："我之所以看中徐原，正是因为他有这个长处。"诤友是怀揣赤诚、敢于直言、真心真意的朋友，批评时可能言辞犀利、不留情面，但出发点是好的，被批评的人往往能够理解和接受。有些人也经常批评他人，但一味冷嘲热讽、中伤打击，没有语重心长、中肯指正，这样的人是算不上诤友的。

我们常说，"与君一席话，胜读十年书""九言劝醒迷途仕，一语惊醒梦中人"，说明诤友提醒的重要。现实生活中，有几位乐于直言的诤友，时时监督提醒，是十分宝贵的。在出现苗头问题时，如果有人拉拉袖、敲敲钟、提提醒，很可能将问题消灭在萌芽状态；在问题比较严重的时候，如果有人大喝一声、猛击一掌，就能起到猛然警醒、悬崖勒马的作用。诤友，就像一面镜子，能照出你脸上的污点；就像一把拂尘，能掸去你身上的尘土；就像一根戒尺，能敲打你行为的失范。有些人身陷囹圄后，才感慨"多一些敲打声，或许不会走到这一步"，"在抬轿子的赞美声中，越滑越远"，可见其没能真正交到诤友。

　　乐闻诤言、善交诤友，是一种心胸和气度。诤友之言不悦耳，有时还难以下咽，但最能启发人、帮助人、救治人，正所谓"良药苦口利于病，忠言逆耳利于行"。唐太宗与魏征既是君臣，也是朋友。没有唐太宗的贤明大度，就难现魏征的忠直谏言；没有魏征的忠直谏言，唐太宗就少了一面文治武功的镜鉴。对于魏征的谏奏，唐太宗也会大为光火，火气过后又为有这样的大臣感到欣慰，就一次次原谅魏征的犯颜直谏。魏征去世时，唐太宗极为伤感地说："今魏征逝，一鉴亡矣。"陈毅同志曾写过一篇《结友铭》，"难得是诤友，当面敢批评；有时不能忍，猝然发雷霆；继思不太妥，道歉亲上门；于是又合作，相谅心气平"，展现出乐交诤友的真情实感和胸襟气度。大量事实一再证明，善交诤友、多交诤友，听得进不同意见，容得下尖锐批评，才能少犯错误、少走弯路，在诤言诤语中汲取前进的营养。

　　"砥砺岂必多，一璧胜万珉。"交友不在多寡，贵在结交诤友。然而在各种各样的朋友中，最难结交的也是诤友。要想结交诤友，首先要自己敢于直言、甘当诤友，这是一种责任和境界。如果看到朋友的毛病和问题不指出言明，甚至还遮着、掩着、包着、护着，这与养痈遗患没有什么区别。不敢批评、不当诤友，绝不是爱护朋友，而是以友情之名遮掩自身的不负责任。"爱之深，责之切。"真正对同志负责，就要推心置腹、开诚布公，有缺点谈缺点，有问题说问题，不转弯抹角，不避实就虚。批评时直呼其名、直言其事、直讲其过，这才是真正爱护朋友。

　　小到待人处世，大至治国安邦，都需要一批坦诚相见、肝胆相照的诤友。在国家和民族的事业中，各条战线都需要多交诤友，需要更加紧密地团结联谊党外人士、民族宗教人士、新的社会阶层人士等群体，让更多挚友和诤友参与政治协商、合理表达诉求。夏衍先生说过："我们不该把批评家当作敌人，而应该把批评家当作诤友。"即使别人会对我们的工作提出尖刻批评，我们也要有开门纳谏的勇气、有闻过则喜的态度、有反躬自省的行动，这才是结交诤友的真谛。

# 学习求知之乐

（一）用心学习　乐在其中
（二）博学多识　积累提升
（三）学而时习　温故知新
（四）广采众长　卓识简约
（五）诲人不倦　教学相长
（六）笔耕言志　撰写抒怀
（七）去伪存真　重在求实
（八）学以致用　知行合一
（九）以民为师　乐民之乐

学而时习之，不亦说乎？古人早已体味学习的乐趣，一语道出学习的真谛。古往今来，无数仁人志士都把学习作为人生之乐。《论语》首章是《学而》,《荀子》开篇即《劝学》。孔子在晚年总结道："吾十有五而志于学"，然后才有而立、不惑、知天命、耳顺乃至从心所欲不逾矩等人生境界。宋儒有言："至哉天下乐，终日在书案。"一卷在手，乐已忘言。

学习是人类进步的阶梯，书籍是人类的良师益友。读一本真正的好书，上一堂明理的好课，听一场精彩的演讲，会让人别开生面。一点知识的积累，一个观点的获得，一道难题的解锁，会让人头脑充盈、心生快乐。学习好比走路，不积跬步无以至千里，不学习就不会到达理想的彼岸；学习好比行舟，逆水而上不进则退，不学习就不会有前行的勇气和力量；学习好比汇流，不积小流无以成江海，不学习就不会博采众长和凝聚智慧。每当我们在读书学习中，内心燃起求知的火焰时，眼睛就觉得格外明亮，心灵就觉得格外愉悦。一个国家、一个民族、一个政党，乃至每个人，无时无刻不在学习中生活和生存。立志于学，以学为乐，在书堆里深呼吸，在实践中广耕耘，品读文字，触摸思想，方能润泽心灵、挺立人格。

2007年9月4日，回良玉来到贵州省黔南州贵安县盘江镇音寨布依族村调研农业农村工作。

## 用心学习 乐在其中

　　读书学习是人生中不可或缺的重要经历，是支撑人不断前进的动力源泉。我们那一代在很小的时候就明白"三更灯火五更鸡，正是男儿读书时。黑发不知勤学早，白首方悔读书迟"的道理。回想起儿时求学的往事，其中既有酸涩也有甘甜、既有苦楚也有乐趣。记得那时候家里穷，父母为了供我们上学，养了一头奶牛，送奶的任务就落在了我这个家里唯一的男孩子身上。早晨我要背上装着奶瓶的袋子，拎着书包，提前一个多小时出门，在上学的路上送牛奶，放学后还要一家一家把奶瓶取回来。所以我珍惜来之不易的学习机会，坚持用心学习，学进去了自然就乐在其中，读进去了自然就甘甜在心。而今年逾古稀，读书学习于我而言仍然是一件快乐的事。

　　当今时代，读书学习应该成为我们的一种生活态度，一种生活情操，一种生活方式。不论涉世未深的孩童、学富五车的才子、满腹经纶的老者，都需要不断地读书学习。凡事贵在专心，贵在坚持，学习更是如此。倘若把读书学习当作兴趣、享受和快乐，潜心读书、用心学习，会更容易在迷茫的前途中看到曙光，在人生的道路上走得舒畅。"专心"是一种态度、一种习惯、一种品质，是融入骨子里的生活方式。

正如真正用心赏花之人，能听到花瓣打开的声音；真正用心赏雪之人，能听到雪花落地的声音；真正用心品读之人，能发现书中的精髓和奥妙；真正热爱生活之人，能感悟人生的真谛和乐趣。读书的习惯和爱好要始终珍惜和保持，不能轻易改掉和放弃。人的一生，总会感到已知的边界不断延展，而未知空间愈发辽阔。虽然我们无法做到像圣人那样先觉先知，但若能够通过研读经典、品味哲思而后觉后知，也是一件了不起的事情。人到暮年，我奉行少读精读，尤其先贤名家挥洒汗水、呕心沥血创作出的经典名著，更要专心品读、用心感悟，因为这些都是人类伟大的精神财富，走进它、读懂它会让人终身受益。

读书学习是要讲究方式方法的。读书必须安下心来，多读广学，精读深知。这与当下在一些人中所盛行的功利性选读、浅层次浮读、快餐化速读、应付式假读、表演型装读，是完全不同的阅读方式和体验。对经典著作的沉浸式阅读、精深化阅读，是一场与古圣先贤的亲切会晤，是一次古今思想的交流对话，是一条碰撞思考的求知通道，是一番洗涤心灵的学习修炼。这种阅读方式既要求深度的沉浸，也要求超然的感悟。对于书本特别是经典，尊重可也，推崇可也，同情理解可也，如此并不意味着丧失独立的思考。相反，经典激发出来的应该是强大的思想力、旺盛的生命力、磅礴的创造力，最后才有可能在传承和发扬前贤往圣优秀文化遗产的基础上绽放灿烂芳香的花朵。

读书学习是要讲究持之以恒的。人生有涯而知识无涯，在知识的海洋里，我们永远只是一个小学生。真正以读书学习为伴，就会有兴趣和乐趣，就不会感到孤独和寂寞，就没有失落感。子曰："知之者不如好之者，好之者不如乐之者。"学习的境界大致可分为学之者、知之者、好之者、乐之者四个层次，其中乐之者可以说是学习的最高境界。学而不厌、学中得乐，必定是因为嗅到醉人的书香，尝到学习的美味，真会像着魔般专注，真能够废寝忘食，真不知老之将至，哪里有空去感叹厌倦、烦闷和不快呢？《四库全书》中收录有《四时读书乐》一诗，其中的八句至今印象深刻："读书之乐乐何如？绿满窗前草不除""读书之乐乐无穷，瑶琴一曲来熏风""读书之乐乐陶陶，起弄明月霜天高""读书之乐何处寻？数点梅花天地心"。不知昼夜之往来、寒暑之交替，但有自由自在的盎然情趣，还有炎炎夏日中的清凉世界，这就是读书学习的乐境。

读书学习是要讲究勤奋刻苦的。古人云："书山有路勤为径，学海无涯苦作舟。"很多人对读书学习的苦乐相伴都有着基本的精神体验，追随圣贤脚步、发现世界奥秘、收获真善美是乐，拓展知识广度、挖掘精神深度、探寻真理高度的过程有苦。宋代大儒张载"终日危坐一室，左右简编，俯而读，仰而思，有得则识之，或中夜起坐，取烛以书。其志道精思，未尝须臾息，亦未尝须臾忘也"，形象地说明了读书既苦又乐的状态，可以说苦中有乐、苦中作乐、苦中享乐。我在读书时常常会产生一种感觉，就是仿佛听到许多不同的声音，有历史的倾诉之声，有现实的呐喊之声，激荡碰撞，极具穿透力。

终日危坐一室，左右图籍俯而读，仰而思，有得则识之，或中夜起坐、取烛以书。其志道精思，未尝须臾息，亦未尝须臾忘也

记得到云南省建水县考察时，我很难想象这样一个滇南小城居然拥有闻名全国的文庙。据了解，建水文庙始建于元朝，距今已有700多年的历史，其总体规模、建筑水平和保存完好程度，仅次于曲阜孔庙和北京孔庙，这让我不由地心生赞叹。建水文庙内有现今最大的泮池，池北是一个小岛，岛上有一座单檐四角攒尖的亭子，名为"思乐亭"，又称"钓鳌亭"。此亭取《诗经》"思乐泮水，薄采芹藻"之意，以勉励生员发奋苦读，日后高中榜首，犹如钓得海中大鳌，乐在其中。在建水清风流云、古韵悠然的儒雅氛围中，仿佛处处都流淌着读书学习乃是苦中有乐、苦中思乐的深刻道理。

伴随人生的前行步履，读书亦可划分为不同阶段。清代文人张潮在《幽梦影》中谈到："少年读书如隙中窥月，中年读书如庭中望月，老年读书如台上玩月。"古稀之年，不敢以"台上玩月"自居，但应该能体悟到读书的些许真谛，快乐总在用心勤学后吧。

## 博学多识　积累提升

"外物之味，久则生厌；读书之味，愈久愈深。"可以说，学习是贯穿我们人生始终的重要生活方式，无时无刻不在影响我们的工作和生活。我是学农出身，中专毕业，学历不高。所以我平时比较注意在工作实践中坚持学习，积累知识，边干边学，边学边思，以学促干。我深深感到，知无止境，学无止境，行无止境，博学方可多识，积累才能提升。

博学是审问、慎思、明辨、笃行的基础。"积土成山，风雨兴焉；积水成渊，蛟龙生焉。"博学积累向来是中国传统文化的一贯追求。"一事不知，儒者之耻。"古代学者常以博览群书、厚积所学为大，以开拓视野、融会贯通为豪，以通晓古今、兼综百家为乐。《文心雕龙》里说："操千曲而后晓声，观千剑而后识器。"实际上读书学习也是如此。纵观历史长河，凡古今中外集大成者，都是览群书而后会学。为学之先，必在于博，广泛涉猎、扎实积累，多读才能会学；为学之乐，必启于博，闻古今、见事类、知然否，体味百家之精粹，感知通晓之乐。为此，我们要有计划、有系统地读书，由浅入深，由近及远；要有效率、有比较地读书，精读经典，泛读其他。

博与专是辩证统一的。为学当如群山峙，一峰突起群峰环。当今时下，学科分类越来越多，对知识专门化的要求也越来也细，"博学"似乎越来越难了。但仔细琢磨，知识在本质上是相通的，现在学科方向也开始"交融"，学科结构也开始"重组"，基础研究与应用研究密切相关，科学精神与人文精神休戚与共，理性思维与浪漫思维共融相通。只有通览古今，兼收中外，博采众长，才能站得高、看得远，才能借力他山之石打破单一僵化的思维模式，发现事物之间的内在联系和普遍规律，把学习和研究不断引向深入，促使自己学得更精。只有专一门学问，把握解决问题的规律，才更容易将规律迁移到其他知识领域，才能触类旁通，在相互启发中相互促进，在融会新知走向博学的道路上左右逢源。对于领导干部来说更应如此。既要广泛涉猎，泛读百家，做知识渊博的"杂家"，更要精读专业，提高自身专业素养，成为工作领域内的"专家"；既要避免少知而迷、不知而盲、无知而乱，更要避免本领不足、本领恐慌、本领落后。事实上，正是在博与专的相互渗透、相互转化中，观察力才越来越敏锐，想像力才越来越丰富，思考力才越来越深邃，思想的火花、工作的灵感才得以不断迸发出来。一峰壮秀而群峰褪色，其中乐趣自是妙不可言。

博学也是修身，不仅可以开阔视野，还可以启迪心志，锤炼意志，完善人格。千峰竞秀，百谷争幽。泛猎诸子百家，通读古今中外，是一个执着求知、上下求索的过程，既要付出百般的辛苦，凝聚诸多的智慧，更要秉承持之以恒的学心。在这一过程中，极需注意的是要耐住"杂"的寂寞、"杂"的无奈、"杂"的困扰。须知，"杂"是迈向博学的必经阶段。陶渊明自况云："好读书，不求甚解；每有会意，便欣然忘食。"泛读群书的要旨，就是注重领会精神，不刻意咬文嚼字，让许多困惑不解在广泛地学习积累、实践打磨中，慢慢消解、释然。在"杂"的基础上有积累、总结、勤思考、懂吸取，进而才能蜕变为"博"。

博学"功夫在诗外"。以有涯之生求无涯之知，本来已经捉襟见肘，何况现代社会节奏不断加速，时间日益碎片化。这就必须拿出鲁迅所说的"挤海绵"的精神，争分夺秒地读、见缝插针地学、夜以继日地思。在一定意义上说，领导干部的能力、水平差距，主要决定于如何科学高效地用好八小时之外。曾国藩规定自己从早到晚要做十三门功课，即使天天打仗也照做不已，"颠沛流离必于是"。这些功课大都是工作之余的自我学习，都在八小时之外。他被一些人誉为"中国最后一个圣人"，并非徒有虚名。时至今日，曾国藩家书、文集仍然十分畅销。我们每一个人都应抓紧八小时之外的学习，集零为整，日积月累，则聚沙成塔、积土成山，眼界和思维等自然就会"远超群侪"。

博学的要义在积累。这不仅是指多读书，更重要的在实践中积累。要时刻向身边的人学习，向基层群众请教，向各行各业的优秀人才求知。我们既要广泛读有字之书，也要认真读无字之书，在丰富多彩的社会大学里，真心以众人为师，努力学他人之长，不断积累提升和自我修炼，这也应该是人生的定位。每个人都可能有这样的体会，工作时间一长，读的书多了、走的地方多了、看的听的多了，积累的书中所学、实践所悟和他人所点就会逐渐融汇、慢慢贯通，知识就活了，思路也日益开阔。通身是眼、遍地是师。朱熹说得好："无一事而不学，无一时而不学，无一处而不学，成功之路也。"在风雨如磐的旧中国，我们党之所以能超越各种政治力量走出一条新路，很重要的一点就是加强学习和注重实践，甘当人民群众的"小学生"。后来，在建设和改革开放时期也是如此。现在我们要战胜挑战、走向未来，还得依靠老老实实地向人民学、全心全意向实践学。

"台上一分钟，台下十年功"，博学积累是终身的事。"会当凌绝顶，一览众山小。"眼底尽收大片芳草地的萋萋之美，饱览湖光山色的画卷之美，远眺"横看成岭侧成峰"的群峰延绵之美，这才是天地之美、人间至乐。

## 学而时习　温故知新

子曰："温故而知新，可以为师矣。"但凡优秀的读书人、教育家和实践者，都善于温故知新。朱熹讲："大抵观书先须熟读，使其言皆若出于吾之口，继以精思，使其意皆若出于吾之心，然后可以有得尔。"精读原典原著，从古代圣贤之书到马克思主义经典作家的经典著作，都熟其言、明其文、晓其意、知其理，即为学习的重要途径。如果说博学多识之乐，是追寻无边学涯的振奋人心与畅快淋漓，那么温故知新之乐，就是深耕细作方寸土地、反复咀嚼收获果实的怡然自得与沁人心脾。

温故乃为重要的学习方法。善温故者，皆为善学者。善学者，皆为善为者。人类智慧超群之处，重要一点懂得通过温故来知新。温故，是思维再追溯，是知识再消化，是未知再求索，是历史回头看。温故可有"四知"。一是温故知新。重读已读的书，可以受到新的启迪，获得新的知识，找到新的灵感。二是温故知深。温故再学习，使认识和理解再深化，由量变跃升到质变。三是温故知未。重温过去，可以预见和了解未来，拓宽眼界和视野。四是温故知为。只有读懂过去的知识和历史，紧密联系现实的环境和形势，才知道当下乃至以后如何去面对，如何去工作和发展。总之，温故是现实和历史的比较与对接，是现实思维对历史材料的重新研究、分解和透视，是当下思想潮流与历史事态的碰撞和认识升华。人们要在温故求索中丰富起来，聪明起来，成熟起来。

"故"即"历史"，师古鉴今。意大利历史学家克罗齐认为，一切历史都是当代史。这是有一定道理的。"夫以铜为镜，可以正衣冠；以古为镜，可以知兴替；以人为镜，可以明得失"，历史与现实总是息息相关，历史是过去的现实，现实是未来的历史。我们学习古圣先贤的哲思、中外历史发展的大势、国家大政方针的演变，就是为了照一照"历史之镜"，不蹈昨日之覆辙。前事不忘，后事之师。封闭僵化的老路不会使中国富裕起来，改旗易帜的邪路只能葬送发展成果，在历史的变迁中我们必须要找到符合国情的方向，在历史的起点上我们必须开辟出中国特色的道路。只有历史的深邃眼光，才能超越当下、参透现实，才能用今天的问题意识去重新审视昨日的历史，才能用历史的冷静思考来妥善处理鲜活纷繁的现实。

"故"即"已知"，由古识今。孔子是春秋时期儒家学说的集大成者，他编写整理的诗、书、礼、乐、易、春秋等流传后世的宝贵文献，就是他温故知新的结晶。在革命战争年代，无论行军打仗多么繁忙，毛泽东同志总是随身携带两口大箱子，里面装了许多马列经典著作，一有空就孜孜不倦地读起来。他曾经说，《共产党宣言》看了不下一百遍，每读一次，都有新的启发。时至今日，这种"温故知新"的学习方法不仅没有过时，还要坚持和发扬。《共产党宣言》《资本论》等马列经典著作，《论语》《资治通鉴》等历史经典著作，只有反复研读，深入研读，才能获得温故知新的快乐。经典之所以为经典，是它拥有对人性根本的深刻揭示、拥有对世界本质的深度挖掘、拥有对人类社会历史发展主题所做的深刻思考，具有根本的原发性、不竭的原动力、深刻的启发性、强大的叙事力量和无限的阐释空间。开卷有益，指的就是这样的好书。高尔基有句名言："读书，这个我们习以为常的平凡过程，实际上是人们心灵和上下古今一切民族的伟大智慧相结合的过程。"反复研读经典著作，以书为师、为镜、为友，以这些伟大智慧为师、为镜、为友，自然能帮我们开悟升华，穿过混沌的河流到达智慧的彼岸。我们所学到的人生之真谛、万物运行之规律、事物发展之必然，本质上都是先人的智慧，都是一代又一代人创造的结果。特别是随着时间的推移、年龄的增长、阅历的丰富，会使我们对于同一事物有更加深刻地理解与认识。"学而时习"，能将积累的阅历、实践的经验融入对经典知识的新一轮理解与认识之中，帮助我们更好地认识世界、领悟人生、提升境界、透视当下。

"故"即"基础"，依古创今。温故知新，即为创新。结合新的实践，经常温习经典，方可进入豁然开朗、思接千载、视通万里之境，方能开拓新的认知，获得新的提高，实现新的创造。科学家牛顿曾言："如果说我看得比别人更远些，那是因为我站在巨人的肩膀上。"诚然，人类每个时期所从事的社会实践，无不以历史条件作为基础，无不需借鉴有关的历史经验。创造必须要以继承为前提，以经典为基础，否则就成了无本之木、无源之水。我国第一个获得诺贝尔奖的科学家屠呦呦,就是从汉医方剂著作《肘后备急方》中获得现代科研灵感的。古人讲的"藏粮于地""藏粮于民"的思想，也启发了今天的粮食生产政策。记得 2003 年粮食产量大幅下滑，我们在河南省调研时由此提出了"丰粮于策、增粮于技、藏粮于地、储粮于库、备粮于民"，并促成了 2004 年出台新世纪第一个中央一号文件。回溯我国农耕动力发展的历程，那无疑就是一部温故知新的发展史。在上个世纪 60 年代，农业播种和中耕使用的是以牛马为动力的木制犁耧；70 年代开始使用铁制双铧犁，用几匹马作牵引动力；80 年代始告别了木制犁耧，牛马牵引也逐渐发展成以拖拉机为动力；自 90 年代到今天，大部分地方已经使用拖拉机或大马力拖拉机播种、中耕。从牛马拉犁的原始耕耘到现代农机的轰鸣驰骋，从古朴的传统农业工具到现代的先进农业技术装备，这一发展历程正是我国农业机械在继承中发展、在历史中创造的真实写照。每一步的改进，每一次的创造，都是在继承、积累的创新。否则必然知识老化，思想僵化，能力退化，那么一切进步便无从谈起。

"直至今日，人类一直靠轴心期所产生、思考和创造的一切而生存。每一新的飞跃都回顾这一时期，并被它重新点燃"，这是雅斯贝尔斯在"轴心时代"理论中的至理名言。寻本探源，如果说孔子、老子为代表的百家思想精髓是我们中华文明的老"轴心"，马克思主义和中国特色的社会主义理论就是我们的新"轴心"。这两大"轴心"奠定了中华民族的精神根基，是当代中国的文化原点，是我们最大的"故"。温故知新，当前我们进行的文化建设，不是要挑战"轴心"，或逃离"轴心"，而是要一次次地回味它、瞩望它，重温它，然后点燃智慧，举起火炬，开启中华文明的新时代。

## 广采众长　卓识简约

读万卷书，行万里路。对于学习之道，历来众说纷纭。在博览群书的基础上，广采众长，兼收并蓄，总结提炼，形成独特见解和远见卓识，往往是大家公认的科学方法，这也揭示了学习的递进过程，更透视了学习的快乐所在。所谓广采众长、兼收并蓄，不是对信息和知识来者不拒、囫囵吞枣，而是得其大略、会其真意，以我为主、为我所用，将信息归纳整理并融入自己的知识体系。文化知识的海洋中，要能够畅游而不迷失，唯有眼望星斗、手握罗盘；言论见解的丛林中，要想从人云亦云中脱颖而出，唯有抓住重点、扼住要害。千万个现象的堆积罗列，远比不上对一条规律的牢牢把握。工作和学习中最富成就、眼光独到、见解精辟的人，也恰恰是那些对此理解最为透彻、运用最为坚决、秉持最为坚定的人。

　　真理无需繁复雕琢，卓识从来简约明了。青年毛泽东曾对修学到底应该储什么"能"，读书到底应该立什么"志"，进行过一番彻底的反思。他认为只有根据"宇宙之真理"来"定吾人心"，才算真有志向。这个称为"宇宙之真理"的东西叫"大本大源"。要找到这个"本源"，途径在"倡学"。也就是说，读书学习的目的，在于寻找和确立心中的"本源"，然后"以大本大源为号召，天下之心其有不动者乎？天下之心皆动，天下之事有不能为者乎？""千举万变，其道一也"，为学之要便是不断地去旁枝、抓主干，删繁就简，找到一以贯之的精髓。儒学可谓包罗万象、博大精深，包含了中国文化的诸多重要思想成就，但一以贯之的就是一个"仁"的思想；被誉为"群经之首，设教之书"的《易经》，内容囊括了天地万物，昭示着天下万事万物的变化，但其"大道之源"不外乎简易变易不易这"三易"，蕴含在六十四卦之中。由博学多识到简约卓识，找到万变之宗，才能以不变应万变，才能"运筹帷幄之中，决胜千里之外"。日常工作中，许多人常被事务主义所累，不得要领、难抓重点，虽起早贪黑，忙忙碌碌，却往往忙而无果、事倍功半。在面对新情况、遇到新问题时，只有在纷扰的现象中准确把握事物发展变化规律，才能提出有深度的见解、够分量的建议，犹如出淤泥而不染的莲花，让人眼前一亮，给人带来拨云见日、豁然开朗的淋漓畅快之感。

事实上，我们党和国家在制定政策、作出决策时正是这么办的。在我的调研生涯中，有一次水的苦旅给我留下了深刻印象。那是在宁夏西海固地区的一个村庄，年降雨量只有 200 多毫米，而蒸发量却是降雨量的七八倍，种田靠天吃饭，人畜饮水靠地下水窖积一点，再到十几里外的地方挑一点，常常是上顿不接下顿。一盆水得用好几遍，先淘米、后洗菜、再刷锅，最后留起来喂禽畜。几天的苦旅，我亲耳听到了农民对水的渴望，亲身体味了农民缺水的苦痛，亲眼看到了农民求水的付出。放眼全国，我深切地认识到，我国西部一些农村生活之"苦"苦在"缺水"，生产之"苦"苦在"少水"，生态之"苦"苦在"无水"，发展之"苦"苦在"短水"。水是生命之源、生产之要、生态之基。这简单十二个字的认识，来之不易，并将此写进 2011 年中央专门出台的以推进水利改革发展为主题的一号文件当中，是对水的一个战略定位。

在长期的农村工作实践中，我深深地折服于农村基层干部把握规律的能力和水平，他们在长期的工作经验积累下，总善用最简单的语言概括传达上级繁复的精神和要求，总能用最简单但最有效的办法解决基层复杂的问题和矛盾。我们应从基层当中吸取智慧，养成总结归纳的习惯，并在实践中活学活用。知识要真的为自己所用，就要从知识中跳出来，联系实际、联系已知、联系己心，这样知识

2008年4月18日，回良玉深入到海南省陵水县岭门农场橡胶林了解一线胶工作业情况。

才能融会贯通、触类旁通，才能创为新知、形成卓识、推动实践。

"日月之行，若出其中；星汉灿烂，若出其里。"为学应有大海般胸怀和气势，这样才有波澜壮阔、并蓄兼容，才有广采众长、自信从容。博学而后精进，博大而后精深，博观而后简约，唯有如此，方能体味到"曾经沧海难为水，除却巫山不是云"的卓识之乐。

## 诲人不倦　教学相长

　　师者,所以传道授业解惑也。中国人传统观念中,师与天、地、君、亲并列。读书学习,不能不谈到老师。孔子是古代最伟大的教师之一,他设杏坛,修仁德,教六艺,诲人不倦,授道解惑。我的老师没有多少显赫的成就,但诲人不倦的精神确是一脉相承的。老师不仅向我们传授科学知识,还用自身行动来诠释做人道理。记得上小学那会儿,家乡的冬季是很难熬的,天寒地冻、滴水成冰。放学后,老师便带着我们到田地里拾柴禾、拔豆根以备生炉取暖,有的老师还把自家的柴禾拿来。回想当年,尽管教室是寒冷的,但师德师爱却格外温暖。后来上吉林农校,老师的精心授业和培养,不仅给予了我工作所需要的专业知识,而且使我开始认识社会和人生的真谛,开始知晓国以民为本和民以食为天的大道。老师的教诲和关爱,不时激起我对他们的深情追思。直到今天,我仍然记得他们和蔼可亲的面庞和笑容,记得他们讲课时的情景和语调,记得他们辛劳的背影和足迹。

　　诲人不倦是循循善诱、谆谆告诫,是不厌其烦、乐此不疲,更是责任内化、使命担当,这其中蕴含着无价的师德、师爱和师品,既是对师者自身职业境界的锤炼,又是对受教育者德才素质的冶炼。它能够为世人点亮指引前行道路的灯塔，提供打开枷锁的钥匙，打开通往真理殿堂的大门。自古以言教者讼，以身教者从，身教重于言教。最感人的诲人不倦莫过于"苦口婆心"，最高明的诲人不倦莫过于"润物无声"，最神奇的诲人不倦莫过于"顽石点头"。在诲人不倦中，情操能得到陶冶，知识能得到进化，文化能得到传承，如此社会也得以进步。得天下英才而育之，是诲人不倦的最大乐趣。孔子弟子三千，多为狂狷之士，由孔子而育之，贤者七十二。对学生来说，遇到孔子这样的老师，修身进学得道不亦乐乎；对孔子来说，遇到学生孺子可教、衣钵可传，甚至为"天下得人"，更是人生至乐。可谓"善歌者使人继其声，善教者使人继其志"。

"话有三说，巧说为妙。""教诲"的方式多种多样，有苦口婆心、委婉劝戒的，有连类取譬、中肯提醒的，有当头棒喝、严厉斥责的，然而直入心扉地巧说巧劝则更易为人接受、更能显现成效。巧说巧劝是传道授业的艺术和风格，可谓是大师们高超娴熟的教育能力和儒雅形象的综合体现。巧说巧劝很多时候是需要建立在相互了解的基础之上，说的内容是对症下药的，劝的方式是因人而异的。当然，再好的"言教"如果日日重复，也可能适得其反。陶行知先生曾说过一句话非常精彩："唯独学而不厌的人，才可以诲人不倦。"在当下社会，为了更好地巩固全社会的共同思想基础，我们要学会用百姓的眼光看事物，用百姓的思维想问题，用百姓的语言来说话，用老百姓能听懂的话，把党的政策原汁原味地送到群众身边，这样才能说到百姓心坎里去，党的政策才能为人民群众所掌握、所实践并发挥威力。

《礼记·学记》有云："是故学然后知不足，教然后知困。知不足，然后能自反也；知困，然后能自强也。故曰：教学相长也。"意思是说教和学两方面互相影响和促进，二者不可偏废。学因教而日进，教因学而益深。教学是教与学的交往互动，是师生双方的相互交流、相互沟通、相互启发。韩愈说"弟子不必不如师，师不必贤于弟子"，如此谦虚的态度让人感叹不已。从老师角度来看，"闻道有先后，术业有专攻"，在教书育人上更应知无不言、言无不尽，充分履行老师应尽的责任。从学生角度来说，"师傅领进门，修行靠个人"，要想获得渊博的学识，需要持之以恒地虚心求教、坚持不懈地努力学习。在教与学的过程中，教师与学生彼此间进行思想交流、观点碰撞、智慧启迪，在教学交融中获得了知识的传承、感情的增进、学识的提升。

学贵得师，亦贵得友；亦师亦友，教学相长。在传统观念中，"师道"总是与"尊严"联系在一起，"师严，然后道尊；道尊，然后民知敬学"。事实上，老师与学生之间也会互相仰慕、相互欣赏，达到精神层面的共识、共享、共进，形成一种惺惺相惜、亦师亦友的关系。古往今来，许多教师把学生当作镜子，一面精心授课、指导学生，一面探讨学问、反思自我，他们善引经验，巧用特长，活化积累，并从学生身上找到反躬自省的路径。这样的老师乐意做学生的良师益友，严慈相济、正德厚生，一视同仁、关怀备至，在相互尊重中收获师友之谊，在灵感共鸣中实现共同进步。

当今时代，教学相长不仅仅适用于教师和学生之间，同样适用于党员干部与人民群众之间。实践是最生动的课堂，群众是最朴实的老师。做群众工作，很多时候是要做宣传、引导、组织和发动群众的工作。这时候，既要注意宣传引导的方式方法和实际成效，更要注意向群众学习请教，在面对面交流中达到相互学习、相互促进、共同提高的目的。今天看来，一个不学习的社会，必然碌碌无为。提倡构建学习型组织、学习型社会，目的就是要让时时学、处处学成为一种习惯，让相互学、借鉴学成为一种风气。我们有理由相信，在清清朗朗的读书声中，在如切如磋的协商声中，教学相长会越来越多地成为当今社会的生动实践。

## 笔耕言志　撰写抒怀

读书写作，往往并行。笔耕言志、写作抒怀，对喜爱读书写作的人而言是一种快乐。可能没有一艘船、一架飞机能像自由挥洒的写作那样把人带向遥远的未来，没有一匹马、一辆车能像灵动跳跃的诗行那样把人带向思想的远方。这是一种无声倾诉的快乐，一种情感流动的快乐，一种思绪奔流的快乐，一种文如泉涌的快乐。写作不断，思考不断，文笔会越来越灵活，文蕴会越来越丰厚，文气会越来越升华。

写作是学习过程中一种特殊的创造。写作可以用来记录自己或者他人的生活，不会口头讲述的故事，可以用文字阐述；没有解压的方式，可以用文字释放；没有耐心倾听的对象，可以用文字倾诉。可以说，写作是记录生命的重要方式，同时也是梳理思路的最好方式。俗话说：好记性不如烂笔头。写而后知困，写而后知罔，写而后知不足，写而后知远方。当你能把所作所为、所思所想、所感所悟记录下来，一切都会变得更加清晰、更加明朗、更加深刻、更加前瞻。世界上没有两片相同的叶子，每个人的生命历程不同，每个人的写作风格也不一样。黑白的字体能反映多彩的人生，有声音，有情感，有好恶，有哲理，是因为人的思想情感跟着文字在跳动。古往今来，很多人物形象无论是高尚的还是卑微的，是贫穷的还是富有的，用文字反映出来的都是具体而细腻的，能留下深刻而永久的印象，甚至可以穿越时代走进你的心灵世界。阅读唐宋八大家的散文，风格各异、文采纷呈，各树一帜、绚烂多姿。在与大家的对话中，我们一方面可以逐步走进他们的内心世界，体会作者的情志意趣，另一方面可以提高自己的审美情趣，锤炼自己的语言表达能力。

写作是一个熟能生巧的渐进过程。有人把作文分为三个阶段，即"文思不畅——下笔不能自休——知道割爱"。其实，写作的过程也可以形象地分为三个阶段：拄拐、脱拐、健步。首先是拄拐阶段，主要是边学理论边画"瓢"，照猫画虎，要多读多看多积累，正如常言道：读书破万卷，下笔如有神。第二阶段是脱拐，即"无虎画虎"阶段，刚刚脱拐行走虽然不便，但只要能够推陈出新，这无疑又是一个快乐的过程，一个重生的过程。袁枚在《随园诗话》中说："人闲居时，不可一刻无古人，落笔时，不可一刻有古人。平居有古人，而学力方深；落笔无古人，而精神始出。"写作的第三个阶段可称为健步阶段，即自己创作阶段。一旦跨过前两道坎，当熟练成为一种自身的技能时，写作就可以不必刻意运用什么技巧，也不会固执什么章法，就会挥洒自如、健步如飞、无往而不得。

言为心声，字为心画。文字不能改变人的身份，但可以改变人的精神状态。写作的过程可以成为一个人青春年华再现的过程。古铜色的面庞，可以描绘青春灿烂的脸颊；年近高龄的老者，依然可以抒发飒爽英姿的年轻志向。在写作过程中，可以尽情挥洒，可以精心浇灌，可以独守宁静，可以陶情益智。通过写作，可以打扫岁月的灰尘，打开记忆的抽屉，打印内心的真爱，于人生大有裨益。当我们拧亮案头的台灯，沏上一杯浓茶，铺开稿纸，或静心凝神，或奋笔疾书——此刻，便远离了喧嚣的社会，远离了嘈杂的人群，不为尘氛所染，不为市井所惊。特别是当我们展卷掩读、突发灵感，经过精心构思、一气呵成时，会感到非常的充实和快乐，一切烦恼和忧愁、苦和累似乎都统统被抛到"九霄云外"。笔耕不辍，既增长了知识，丰富了思想，也砥砺了意志、升华了心灵，还开阔了视野，感悟了人生。心中那份甜蜜和幸福，欲说还休，妙不可言。

文章千古事，得失寸心知。中国人常常把生命中最精华的部分贯注到了文章里。古人云："文章者，经国之大业，不朽之盛事也。"我国历史上很多文人的经历都是坎坷的，或被流放、或被罢官、或受排挤、或被诬陷，但他们却给后人留下了一部部不朽的名著。孔子视富贵如粪土，司马迁忍辱而偷生。因为他们深知，自己的生命会在自己的文章里流淌，千古永存。文字可以用最真实的方式记录历史，记录下人类的脚印，为生命立言，为时代呐喊，为正义鼓与呼，为真理树碑立传，为后人留下无限珍宝。

## 去伪存真　重在求实

"实事求是"出于西汉河间献王，所以班固赞曰："夫唯大雅,卓尔不群,河间献王近之矣。"实事求是就是要坚持"不唯上、不唯书、只唯实"。学习的过程中,求实是至关重要的。特别是当今时代"信息爆炸",资料、数据、画面、图表扑面而来,但精华糟粕混杂其间,我们所接受的信息严重"超载"。如何在纷繁的信息中把握真知?如何在鱼龙混杂的知识中求得实学?去伪存真,这是答案,是方法,是探索,是甄别,真假博弈、充满乐趣。雾里看花却通晓世界,水中望月却取回真经,禾中去莠却收获五谷,还原海市蜃楼为实实在在的摩天大厦,这是为学求实的真乐所在。

求实,应透过现象看本质。在《实践论》中,毛泽东提出了"去粗取精、去伪存真、由此及彼、由表及里"的十六字诀。这是唯物辩证法在研究事物过程中的具体运用,更是一种科学的思维方法。如果运用得法,就能练就孙悟空般的"火眼金睛",从现象看到本质,从结果看到原因,从偶然看到必然,从个别看到一般,从暂时看到永久,将大脑的贮存化为心灵的财富。做到这一点,关键是带着问题读书学习。郑板桥认为,"'学问'二字,需要拆开看。学是学,问是问,今人有学无问,虽读书万卷,只是一条钝汉耳。"带着问题学,是最有效率的学习方式。在工作和学习中,我们需要保有"多问几个为什么"的求知求真精神,不机械呆板地模仿,不囫囵吞枣地接受,不人云亦云地解读,保有勇于探知、独立思考的能力,这样才能拨开障目之一叶,得见真谛之泰山。

求实，应尽信书不如无书。学习要古为今用，洋为中用，最终化为己用。本本主义不对，但没有本本是不行的。常识性的"本本"，经典性的"本本"，是每个人的智库必备。本本主义过错不在"本本"，而在于抱着"本本"不放、一言一行无限上纲的"本本主义者"。这在生活中属"书呆子"，死读书，读死书。善读书的人，对"本本"中的知识，不会当作僵化的教条，而是实事求是、有的放矢又与时俱进地"借鉴"与"选择"。恩格斯曾言："世界不是既成的事物的集合体，而是过程的集合体……不存在任何最终的东西、绝对的东西、神圣的东西。"诚然，囿于历史发展、环境变化等客观条件，人们的认知总是不完全的，知识也难免有一定局限性，有些在此种情况下适用的真知，在彼种情况下便成了谬误。为学求实，就要求我们在动态的发展与变化中辩证地看待真理和谬误之间的关系，把"摸石头"与"摸规律"结合起来，在实践—认识—实践的反复运动中去伪存真。有时候，谬论比无知更可怕，误用光阴比虚度年华更危险，歪门邪道比没受教育离真理更远。

求实，应培养调查研究的真功夫。在人类认识世界和洞察事物本质的进程中得出一个重大而深刻的论断：实践是检验真理的唯一标准。同样，人们在获得知识，增长才干的过程中，也得出一个重要而务实的认知：调查研究是在实践中提炼真知的有效途径和方法。"没有调查，就没有发言权。"毛泽东同志的这句名言振聋发聩。在中国革命的艰辛历程和社会主义建设的奋斗过程中，每一阶段所遇到的新情况、新问题，都具有不同趋势和特点。唯有真正地了解国情，摸清地方情况，才能想出实招，出台切实管用的政策，不断满足人民群众的期待。做到这一点，最重要的就是在调查研究上要下真功夫。首先，要在调查研究中求得真知。做调研就要深入到事物与问题存在的客观环境，选取全面且具备代表性的样本，全方位、多角度地了解情况。调研过程中要做到"眼到""耳到"。走访基层单位、社区村庄和工矿厂房，要带着"千里眼"去看，看出"庐山真面目"；邀请专家、行家座谈，要带着"顺风耳"去听，听出"弦外之音"。在调查中去伪存真，在研究中去虚求实，才能收获真知。其次，要在调查研究中深化认识。在调研中，对客观事物的观察由小到大、由近及远、由表及里，对收集到的材料，用心去推敲分析，做到胸有主见，心有定见，准确把握住事物的本质特征，从而使知识深化，使认识升华。第三，要在调查研究中创新求新。要注重调查和掌握事物发展中的新情况、新问题，透过现象看本质，综合特点找规律，比较内外抓关键，深刻洞察事物发展变化的走势趋势，从而得出新领会、新结论、新知识。第四，通过调查研究，要积极主动地交往一些基层的直接实践者，发挥他们"实情专家"的作用，真正从百姓中了解真实的情况。

求实的过程，实际上就是运用马克思主义的立场、观点和方法，观察问题、发现问题，分析问题，解决问题的过程，也是一个检验作风、锤炼党性、提高素质、升华境界的过程。求实一直是共产党人的信条，需要真正的去伪存真，脚踏实地、真抓实干，如此才能摸出实情、谋出实招、干出实效，才能创造出经得起实际、人民、历史检验的成绩。

## 学以致用　知行合一

回首过往，读书和学习，于我是兴之所至、信手可为，是工作所需、顺势而为，是志趣所向、修身之为。但要论效果和质量，当属那些在工作和实践中常常运用的知识记忆牢固、思考透彻、得心应手。很多规划和政策从无到有、从制定到实施，大都是在实践中积累总结提升的结果。

就拿人口较少民族政策来说，最初划定标准是人口在 10 万人以下的小少民族，当时一共有 22 个民族，共 63 万人。后来标准调整为 30 万人以下，增加了 6 个民族。相当一部分人口较少民族，是从原始公社末期一步跨入了社会主义，但由于历史、自然方面的原因，一些民族仍未彻底摆脱贫困状态。我刚到国务院工作不久，去了一趟云南基诺山和布朗山，回来后请国家民委组织专家学者，摸清情况、拿出对策。

2005 年，国家专门出台了规划，决定实行"小民族大政策"，采取"小民族大扶持"，促进"小民族大发展"。现在来看，规划实施效果非常好，特别值得高兴的是，人口较少民族都具备了提前跨入全面小康的条件。看着办公室里我跟 22 个人口较少民族代表的合影，看着代表们身着节日盛装的灿烂笑容，我倍感欣慰，也更深切地感悟到，学而能知、学而能用、学而能行，特别是学以致用、学用相长、知行合一，才是人生真乐、大乐、至乐。

实践出真知。"天下之事，闻者不如见者知之为详，见者不如居者知之为尽""知屋漏者在宇下，知政失者在草野"，都集中说明实践是认识的源泉。真正要读懂书，还要走出书斋，走进基层，了解社会现实，在实践中体味书中真谛。记得我在吉林工作时，干部们站在黑土地上，说起种田头头是道、如数家珍，仔细一问，他们许多人自己就种过田、会种田，这就是实践出真知的最好印证。农民和农村基层干部在长时期艰苦的磨砺中，对农村发展的方针政策有切身的感受、思考和比较，所以才有结合实际的创新、创造和创举。很多时候，与其坐在办公室里苦思冥想，不如到基层看一看、问一问、听一听。有时我们毫无头绪的事情，基层实践中已有创新；有些我们困惑已久的问题，基层实践早有答案；有时我们担心出现的情况，基层却并未发生。"纸上得来终觉浅，绝知此事要躬行。"对于个人来说，只有把书本知识和社会实践衔接起来、学以致用、知行合一，书本才是活的、知识才是真知。

实践不仅能出真知，还能检验、纠正和发展真知。实践性是马克思主义最根本的特征，善于在实践中学习，学以致用，是马克思主义优良学风的根本要求。学风不正，必然导致实践上的盲目混乱，迷失实践的方向。1978 年，中国共产党展开了关于真理标准问题的大讨论，提出实践是检验真理的唯一标准，直面现实中"理论"与"实践"两张皮的问题，对本本主义、教条主义进行了彻底清算，从而开创了改革开放与现代化建设的春天。马克思主义中国化的艰辛历程也给我们上了生动一课，什么时候马克思主义与中国实际相结合得好，我们的事业就走得顺利；什么时候马克思主义与中国实际结合得不好，我们的事业就会走弯路，甚至遭受挫折。

知行合一，其乐无穷。没有理论指导的实践是盲目的实践，没有实践支撑的理论是空洞的理论。学到新知远不是终点恰是起点，需要在"实践、认识、再实践、再认识"的循环往复中不断改造和提升。在推进社会主义建设和改革的进程中，我们一轮轮理论探索，一步步实践摸索，一次次创新实干，书写了一个又一个"春天的故事"，创造了一个接一个的"中国奇迹"。在钱学森、袁隆平、屠呦呦等一代又一代科学家的科学实验中，理论成功转化为保家卫国的利器、亿万国民的口粮、治疗顽疾的良方……

知识的最大功用，不是"众人皆醉我独醒"的孤芳自赏，不是"谈笑有鸿儒，往来无白丁"的清坐闲聊，而是指导我们造福人民群众的实际行动。当看到国家发展、社会改革中难题一个个被攻克，看到老百姓安康愉悦的生活愿望一天天地实现，看到"中国号巨龙"一步步爬坡过坎、行稳致远……这是知识应有的作用，是学习本来的初衷。当然，也有一些知识学来好像无用，但我们千万不要轻视它们，这样的知识往往对我们情操的陶冶和修养的形成帮助巨大。有人曾说过，人的核心竞争力往往来自于看似无用的东西。我们的幸福和快乐往往也是如此。

## 以民为师　乐民之乐

民者，万世之本也。从春秋战国时期开启民本思想的先河，到当代中国践行"以人为本"，人民群众的历史地位和作用从未被忽视。不过古代的民本主义是建立在维护封建统治基础之上，而今天我们更追求人与自然、人与社会、人与人之间关系的总体性和谐发展。作为人民公仆，我们讲学习必须注重以民为师、与民交友，忧民之忧、乐民之乐。长期从事"三农"工作，使我有机会接触许许多多的农民兄弟和朋友，坐在农家炕头与农民兄弟促膝谈心、走进田间地头同农民朋友唠嗑干活的情景，至今仍历历在目。

人民群众是历史的创造者。古往今来，推动历史车轮滚滚向前的始终是人民群众，他们不仅创造了丰富的物质财富和精神财富，而且成为社会变革的决定力量。历史上，"民惟邦本，本固邦宁""天矜于民，民之所欲，天必从之""民为贵，社稷次之，君为轻""得天下有道：得其民，斯得天下矣；得其民有道：得其心，斯得民矣"等思想感悟，给后世的执政方向和服务定位提供了有益借鉴。我们党很早就将群众路线确立为根本工作路线，强调"一切为了群众，一切依靠群众，从群众中来，到群众中去，把党的正确主张变为群众的

2016年3月4日，回良玉在云南西双版纳考察时向当地茶农学习制作紧压茶。

自觉行动"。实践一再证明，只有充分相信群众、依靠群众，各项事业才会无往而不胜。正因为人民群众中蕴藏着建设社会主义的巨大能量，蕴藏着推动改革发展的博大智慧，所以我们要以民为师、与民交友。

民力无穷，民智无限。人民群众最有智慧，许多远见卓识往往来自群众，许多新鲜经验往往取自群众，许多智谋方略也往往源自群众。群众中萌动着推进改革的燎原之火，农村搞家庭联产承包、乡镇企业发展、农村税费改革等许多改革都凝聚着群众的集体智慧。群众中蓄积着破除城乡藩篱的巨大能量，许多农民以莫大的勇气进城务工，在融入城市、子女入学、医疗保险、权益保护等方面为打破城乡二元结构作出贡献。群众中涌动着科技进步的不竭源泉，农业科技推广、应用技术推广、实用新型发明都留下了大众创新创造的足迹。我们可以悟出一个道理：离实践最近的人，往往是最聪明的人；接地气最多的人，往往也是最管用的人。

以民为师、与民交友是需要讲究方式方法的。"民可近，不可下。"先民们早就传下训诫，人民是用来亲近和爱护的，绝不能轻视与低看。我们要在思想深处植根群众观念，牢记人民群众是我们的衣食父母、服务对象，是我们的力量源泉、生存之本，摆正主仆位置，感情相通相融，时时刻刻想着亲民、爱民、为民。要始终与群众鱼水相依，不做表面文章、不搞浅尝辄止，经常性地下基层、接地气，走访社情民意、探访期盼愿望、查访困难问题，和群众打成一片，心相连、情相通，同呼吸、共命运。要善于同群众打交道、处朋友，甘做小学生，拜群众为师，多讲群众听得懂、弄得明的乡土话，多做群众看得见、摸得着的大实事，真正知民情、通民理、办民事、解民忧。长期从事"三农"工作的实践和与农民直接打交道的经历使我深深体会到，我国这些"乡下老百姓"，他们的文化水平虽然不高，但道德素质却不低；他们在劳动中付出的辛劳和汗水虽然很多，但欢笑、愉悦却不少；他们的家庭收入水平虽然不高，但生活的满意度却不低。这些乡下人，有些时候看似木讷，实则智慧；看似谦恭，实则自尊；看似温和，实则坚强；看似卑微，实则高贵……

"古之人与民偕乐，故能乐也。"古时候，忧国忧民的士大夫往往都把实现"与民同乐"作为人生追求，提倡施行仁政，与百姓休戚与共、同享欢乐。孟子曾感慨道："乐民之乐者，民亦乐其乐；忧民之忧者，民亦忧其忧。乐以天下，忧以天下，然而不王者，未之有也。"能够把天下人的快乐当作快乐，把天下人的忧愁当作忧愁，就可以使天下归服。孟子还提出"独乐乐不如众乐乐"的思想，提倡与百姓同乐。范仲淹在《岳阳楼记》中写道："先天下之忧而忧，后天下之乐而乐"，成为经久传唱的千古名句。欧阳修在《醉翁亭记》中借景抒怀："然而禽鸟知山林之乐，而不知人之乐；人知从太守游而乐，而不知太守之乐其乐也"，流露出浓浓的与民同乐思想。

我们要乐民之乐、与民同乐，要经常"串家门"、"走亲戚"，积极参与和分享群众的乐事幸事，持续积蓄和迎纳百姓的喜气福气。我们应时时怀揣与民同乐之心，常做与民同乐之事，体悟与民同乐之荣，阅人间百态、知百姓冷暖，在春风化雨中实现人和景明。

# 事业报国之乐

（一）实业兴国　立业为乐
（二）艰苦创业　顽强拼搏
（三）爱岗敬业　乐于奉献
（四）勤奋务实　实干兴业
（五）勇于创新　开拓进取
（六）敢于担当　积极作为
（七）互帮互助　服务社会
（八）扶贫济困　共同富裕
（九）践行宗旨　亲民爱民

记得在吉林工作时，我曾专门带队到大庆油田学习。当时，王进喜同志已经离开了他心爱的油田和工友们，但以铁人为榜样的广大劳动者，依然喊着响亮的口号，依然迈着雄壮的脚步，依然迸发着豪迈的激情，让我们仿佛见到了那个"宁可少活二十年，拼命也要拿下大油田"的铮铮铁汉。他们那种强烈的实干创业、事业报国的精神，深深地感染着我，感染着与我同行的每一个人，也让我深信，铁人精神必将继续感染一代代人。一切艰苦创业的付出，都会在华夏的乡土中找到慰藉，都会在民族的发展中得到传承和光大。

什么是事业？事业，是国家发展的基础、人们生活的方向、社会福祉的源泉。发展事业，报效国家，奉献社会，是一种无比高尚的伟大情怀。千百年来，多少仁人志士，为发展事业、报效国家而前仆后继、乐此不疲。《易经》有云："举而措之天下之民，谓之事业。"事业报国，奉献之乐，就是做了自己喜欢的事情，却又帮助了他人，奉献了社会，从中体现社会认可和自我价值，实现自己人生的理想。事业报国是一个高尚的追求，奉献为乐是一个崇高的境界，值得人们一辈子为之奋斗，终其一生坚持不懈地努力。

2010年8月22日，回良玉深入甘肃陇南、天水等地灾区，考察山洪泥石流灾情，看望受灾群众，慰问奋战在抢险救灾一线的人民解放军、武警部队官兵、公安民警、民兵预备役人员和干部群众，指导抗洪救灾工作。这是回良玉在成县黄渚镇研究灾区重建规划。

## 实业兴国 立业为乐

我是一个地道的北方人，有幸在素称水乡的江苏工作过。江苏人"发展实业，报效国家"的立业理念和实干精神，一直感染和感动着我。在位于无锡西郊的荣巷，就产生了一个为国家做出重大贡献的家族，——荣氏家族。"面粉大王""棉纱大王""红色资本家""中国的洛克菲勒"，这些响亮的名号，都是人们用来称赞荣氏家族的。百年来，荣氏家族靠实业兴国、护国、爱国、荣国，在中国乃至世界写下了辉煌的篇章。无论是在江苏工作期间还是离开之后，我时常追寻和深思：中华民族生生不息的动力源泉是什么？中华文化绵延千载的物质基础是什么？中华儿女发家致富的显著特质是什么？中国经济崛起于世界经济之林的核心依靠是什么？答案不一而足，但似乎都离不开"业"这个字。"山有脊梁而峻，人有坚持而铮，国有实业则兴。"中华民族千百年来的发展史证明：发展实业，才能富民兴国、奔向小康，才能挺起中国的脊梁，实现民族的复兴。

中国一直有崇尚实业兴国、立业为乐的传统。子曰："饱食终日，无所用心，难矣哉！"说的就是只关心自己温饱，不关心立业和事业发展的人，是不可救药的，是最大的难题。《汉书·货殖列传》也有"各安其居而乐其业，甘其食而美其服"

的说法,描绘了安居乐业的美好与期许。《大学》提出"修身、齐家、治国、平天下"的追求,其中,"平天下"就是让天下黎民百姓能够丰衣足食、安居乐业。可见,立业乐业,既是修身齐家之本,也是兴邦济国之道。

新中国刚成立时,"一穷二白"是最显著的特点。那时候,我们只能制造一些初级生活用品,现代实业一片空白。洋油、洋火、洋钉、洋布等充斥市场,在世界经济俱乐部中,几乎听不见中国的声音。如何在"一穷二白"的底子上勾画出最新最美的蓝图?我们党领导人民选择大力发展实业、振兴国家。以156个项目为重点的建设拉开了社会主义工业化的序幕,第一个钢铁厂投产、第一辆汽车下线、第一口油井出油……实业兴起,实业兴旺,实业发展,初步建立了较为完备的工业体系,开始实现从农业大国向工业大国的转变,奠定了经济腾飞的基础和基石。

改革开放后,随着国家经济政策重大调整和扶持措施相继出台,广大人民群众迸发出了前所未有的创业激情,实业犹如雨后春笋般地成长起来。上世纪七八十年代,广大农民自筹资金、自寻原料、自产商品、自找市场,乡镇企业异军突起,私营企业遍地开花。这个时期,企业数量之多,创造财富之巨,社会变化之大,发展速度之快,使我国实体经济实现了前所未有的几何级数增长。那时我还在地方工作,每次下乡进村,见到那些洗脚上田创办企业的同志都会鼓励他们，激励他们。他们无不感慨和感叹地说，兴办实业，终于找到一条报国之路、致富之路！即便到了今天，我们仍然感奋于那段筚路蓝缕、艰苦创业的历史，仍然感受着那种实业兴国、立业为乐的豪迈情怀。

进入新世纪以来，各行业、各领域和各岗位的实干家、劳动者，抓住世界文化融合、经济全球化发展的战略机遇，聚精会神搞建设，一心一意谋发展，成就了我国经济迅猛崛起的奇迹。九层之台起于累土，千里之行始于足下。实业兴国，源于一点一滴的积累。正是因为有了亿万农民的辛勤耕耘，才建设了祖国的富饶粮仓；正是因为有了广大工人的奋力拼搏，才筑起了国家繁荣的坚实基础；正是因为有了企业家的开拓创新，才取得了物质丰裕的繁荣辉煌。

实业寓意着实干。中华民族的勤劳务实，更多地体现在对实业发展的孜孜追求上；中华民族的鼎盛进步，离不开实业发展贡献的财力物力支撑。从分散的小农经济到工业化大生产，从物资紧缺到商品种类繁多、市场空前繁荣，从国家积贫积弱到国民经济飞速发展和国家综合实力整体跃升，须臾离不开实业的默默贡献。时至今日，中国已成为世界第二大经济体，"中国制造"遍布各地享誉全球，正在向"中国创造"大步迈进。

当下社会，现代科学技术飞速发展，深刻地影响着社会生活，也对实体经济的繁荣提出了更高的要求。转变发展理念，以科技支撑为动力，大力发展现代新实业，已成为创业者的共同心声和时代前进的必然方向。人们追求国家富强，离不开实业奠定的经济基础；人们追求社会和谐，离不开实业提供的就业岗位；人们追求生活美好，离不开实业给予的物质财富。应该说，实业兴国的理念已植根民心，立业为乐的追求已深入脑海。在发展实业的问题上，我们已经有了明确的理论、宏伟的目标、响亮的口号和庄严的承诺，但我们还要有进一步落实措施和务实劲头。在我们的事业和工作中，既要有振奋人心的蓝图规划、鼓舞人心的政策措施和激励人心的典型范例，还要有切实可行的办法、具体有效的操作和孜孜不倦的行动。同时，我们还要千方百计创造干事创业的环境。一个社会，如果说老实话、做老实事的人到处吃亏，到处碰壁，到处楚歌，那就会一事无成。

## 艰苦创业　顽强拼搏

在吉林榆树工作期间，我曾到榆树县"农业学大寨"的典型小乡生产队驻村蹲点过一段日子，与乡亲们同吃同住同劳动。那时常听乡亲们讲起，上世纪六十年代末期，小乡生产队在带头人齐殿云的带领下，自力更生，艰苦奋斗，改土造地，兴修梯田，努力改变生产条件，建设新农村。经过几年的努力，小乡的土地肥沃了，山川秀美了，农民也富裕了，成为当时远近闻名的农业学大寨典型，走出了一条艰苦创业、拼搏发展的致富道路。

人间万事出艰辛。凡成就大事者，在艰苦环境里无不确立正确的世界观，在谋事创业中无不树立积极的价值观，在行动操守上无不体现昂扬向上的人生观。古今中外，概莫能外。"舜发于畎亩之中，傅说举于版筑之间，胶鬲举于鱼盐之中，管夷吾举于士，孙叔敖举于海，百里奚举于市。故天将降大任于斯人也，必先苦其心志，劳其筋骨，饿其体肤，空伐其身，行弗乱其所为，所以动心忍性，曾益其所不能。"孟子在这段话中，列举了历史上在艰难困苦环境中顽强拼搏、终究立业成才的典范。舜、傅说、胶鬲、管夷吾、孙叔敖，这些耳熟能详的历史人物，都出身草莽之间，发迹于贫苦境遇。立业创业的艰难环境，虽然使他们内心痛苦、筋骨劳累、经受饥饿，但正是这些困苦也使他们意志顽强、性格坚定，增长常人不具备的才能。苏轼说："古之成大事者，不惟有超士之才，亦必有坚忍不拔之志。"美国科学家、文学家富兰克林也曾说："惟坚韧者始能遂其志。"足见筋骨之苦、心智之苦不足惧，只有在经历艰苦奋斗的谋事创业之后，才能找寻到人生的真谛。

宝剑锋从磨砺出，梅花香自苦寒来。医药学家李时珍走遍群山，行程万里，翻阅800多部书籍，三易其稿，终于编成我国医药学经典巨著《本草纲目》。我国著名地质学家李四光，自幼家贫，靠着勤奋努力从私塾读到大学，带领地质普查队伍寻遍万水千山，找到了几百个储油构造，从而甩掉"中国贫油论"的帽子。被誉为中华民族精神脊梁的"三钱"，在祖国最需要的时候毅然放弃海外优越的生活条件、物

李时珍采药图

质待遇和科研环境，回到祖国进行艰苦创业。三年自然灾害期间，他们勒紧裤带搞原子弹，吃的是咸菜和窝窝头，用的是算盘和比例尺，在极端艰苦的条件下，终于研制出中国的"两弹一星"。新中国成立之初，我们党带领全国人民自力更生，艰苦创业，完成了社会主义改造，建立了中国人自己的工业体系和国民经济体系。从贫穷落后一步一步地走向今天的发展繁荣，靠的就是一代一代人的艰苦创业，靠的就是中华民族生生不息的顽强拼搏。

人生不经历风雨，怎能见到彩虹？创业是艰苦的历程，

虽然艰辛却荡气回肠，虽然困苦却幸福绵长，虽然辛劳却快乐无比。能以拼搏为乐，必能赢得明天。无数事例说明，倘若工作中缺少艰苦创业的精神，不乐于拼搏，不愿努力，不敢奋斗，那么再壮观、再美妙的未来也只能是空中楼阁。人生就像爬山，登上了山顶，可能是疲惫不堪，但看到的却是无限风光。一个有光辉人生的人，必定是保持艰苦创业、拼搏为乐的作风和品质的人。他们在困难面前不夸大困难程度，在成绩面前不放大成绩效应，在失误面前不拒绝检讨反思，在错误面前不丢掉否定改正。这是艰苦创业者的鲜明性格和品德。反之，不客观认识情况，不认真反思失误，不及时改正错误，创业很难成功。艰苦创业者，要听得进多方意见，不断完善和提高自己，意见比恭维、逆言比赞歌对创业更有好处，对人更有益处。它给予的警醒更为深刻，给予的动力更为持久。

时代呼唤创业。艰苦创业、孜孜拼搏的精神，既是一种崇高的思想境界，也是成就事业不可或缺的强大动力。艰苦为事业铺大道，拼搏为发展筑根基。真正的勇者，就是要自力更生、奋发图强、不怕困难、不畏艰险地去开拓事业、完成使命。可以说，成功是挫败的叠加，快乐是辛苦的累积，襟怀是委屈的拓宽，幸福是拼搏的结果。志者路远，人的一生会有无数的梦想和追求，只有经历无数次拼搏，忍受痛苦和征服坎坷之后，才能收获幸福和快乐，才能赢得人生。这犹如暴风雨后的平静，洗涤透彻的蓝天，清风徐过的气爽，那是多么难得的自然和畅。

## 爱岗敬业 乐于奉献

2004 年，我到祖国西北边陲毛乌素沙漠腹地，考察植树造林防沙治沙工作。那里有一对老夫妇，从 1982 年开始就在漫漫黄沙中植树、种草，渴了喝咸水，饿了啃干粮，困了睡土房。他们以守护家园为岗，防沙治沙为业，二十年如一日的坚守，硬是让寸草不生的沙丘变成牧草青青、杨柳依依、雨水丰盈的绿洲。相对辽阔无垠的原野，他们的身影是渺小的；置身草原千百年的历史长河，他们的生命也是短暂的。但正是他们的爱岗敬业和默默奉献，给这片古老的沙地带来绿色和生机，给社会带来希望和福祉。握着那对老夫妇的手，我的心中有一阵暖流，我的眼里有一汪热泪，我的身上有一股力量。直到今天，那对老夫妇的身影还常常在我眼前闪现。

爱岗是成就事业的沃土，敬业是建设大厦的基石。爱岗敬业就是热爱自己的工作岗位，敬畏自己的职业特性，勤勤恳恳，兢兢业业，把职业当作自己一生的事业去经营。一个热爱自己岗位的人会加倍珍惜自己的职业，认真地履行好岗位职责和使命，创造性地完成好所承担的各项工作任务。一个守业敬业的人会在从事工作的过程中，体验到事业发展带来的快乐和幸福，从而进一步提升对自己岗位与职责的认同感和价值观。爱岗更多是一种情感和精神体验，敬业更多是一种态度和行为表达。从事一份工作，有的人是为了养家糊口、改善生活，有的人为了是追求事业发展、实现自我价值，有的人是为了寻求社会进步、兼济天下苍生。爱岗敬业不仅是个人生存和发展的需求，也是社会前行和进步的需要。虽然每个人对岗位、职责和事业的认识与态度不尽相同，但成就大业者，无不是爱岗敬业、乐于奉献之人。

敬业乐群、忠于职守是中华民族的优秀传统，也是一个优秀的炎黄子孙的成功经验。孔子关于敬业有三个经典的论述，即"执事敬""事思敬"和"修己以敬"。《论语·子路》里道："居处恭，执事敬，与人忠。"意思是日常起居要态度端正，担任工作要敬慎认真，和人交往要忠心诚恳。《论语·季氏》有云"事思敬"，是说要专心致志做所要做的事，亦即我们现在常说的敬业。每一份事业都需要全心全意，都要全情投入。好工作不如好好工作。三百六十行，行行出状元就是这个道理。没有轻而易举、简单轻率就可以做好事情的，只有仔细思考，周密准备，态度认真，才有可能把事情做好。《论语·宪问》里提及"修己以敬"，指出敬的三重境界：第一重境界，"修养自己，保持严肃恭敬的态度"；第二重境界，"修养自己，使周围的人们安乐"；第三重境界，"修养自己，使所有百姓都安乐"。从"执事敬"到"事思敬"，再到"修己以敬"，表明了孔子对事业的态度，主张人在一生中始终要勤奋刻苦，为事业尽心尽力，做到"人生在勤，不索何获。"

爱岗敬业是人们最为基本的职业操守，也是对社会贡献态度和能力的直接表达。"如果你是一滴水，你是否滋润了一寸土地？如果你是一线阳光，你是否照亮了一分黑暗？如果你是一颗粮食，你是否哺育了有用的生命？如果你是一颗最小的螺丝钉，你是否永远坚守在你生活的岗位上？"雷锋日记中的这段话告诉我们，无论在什么时候，无论从事什么职业，无论在什么岗位，都要以敬业之心、爱岗之情、奉献之乐去拼搏和工作。没有爱岗敬业，成功和奉献就无从谈起。那些爱岗敬业典范，所展现的时代精神和风采，激励和挺起了一个个行业，影响和感召了一代又一代人。我国航空发动机专家吴大观，以对航空事业几十年如一日的热爱，88岁高龄才离开科研一线。被誉为"雷锋传人"的郭明义，先后做过大型矿用汽车司机、团支部书记、矿党委宣传干事、统计员、英语翻译和公路管理员。有人说他"越干越基层、越干越辛苦"，可他无论做什么都兢兢业业、任劳任怨，干一行爱一行，钻一行精一行。一代又一代"雷锋人"以爱岗敬业为己任，以奉献社会为快乐。他们的敬业奉献，他们的善行义举，温暖了社会，快乐了别人，也快慰了自己。

爱岗敬业是人类社会最为普遍的奉献精神，看似平凡，实则伟大；看似为己，实则利他。近代思想家梁启超说："敬业主义，于人生最为必要，又于人生最为有利。"当一个人在现实生活中以虔诚恭敬的态度对待工作和事业的时候，他一定能够在精益求精和无私奉献中感受到内心的充实和精神的愉悦！我赞赏那些对工作充满激情和热情的人，赞赏那些对工作不停拼搏和奋斗的人，赞赏那些把辛劳付出看作人生的快乐和荣耀的人。众所周知，"飞人"乔丹是美国职业篮球联赛的神话和不朽灵魂，他曾率领芝加哥公牛队六次勇夺总冠军。乔丹球技高超，动作潇洒，举手投足都万众瞩目。这不仅仅得益于他拥有无人能及的身体素质，更是得益于他那专注认真的敬业精神。有一次，乔丹偶患肠炎，高烧不退，一整天粒米未进，但他仍坚持参加比赛，终场时已筋疲力尽，一头倒在队友怀里。所有看到这一幕的人，无不为之动容。正是凭借着这样令人感佩的敬业精神，乔丹成为美国职业篮球联赛赛场上不倒的旗帜，成为众多球迷心中的英雄。

爱岗敬业是职业道德之魂，是安身立命之基。有文章讲到，曾有人对在平凡岗位上做出杰出成绩的100名优秀人才做过一项问卷调查，在被问及何以能在极其普通的岗位上取得辉煌业绩时，几乎所有被调查对象都给出了一个相似的答案："因为我在那个位置上，那里有我应尽的职责。"这是多么平实而又具有启迪意义的话语。是啊，爱岗敬业不是约束人的规矩，而是激励人的共同信守和精神理念，是创造幸福生活、美好未来的动力源泉。

# 勤奋务实　实干兴业

世上无难事，只要肯登攀。业精于勤。干事业，就是要勤奋务实，埋头实干，一步一个脚印，奋力前行。勤奋是事业的优良种子，务实是事业的肥沃土壤，实干是事业的阳光雨露。一个充满勤奋务实、埋头实干激情的人，必定是一个智慧而卓识的人；一个富有勤奋务实、埋头实干精神的民族，必定是一个伟大而勤劳的民族；一个奉行勤奋务实、埋头实干信仰的国家，必定成为富强而繁荣的国家。

实干才能奠定成功的基础。一切难题，只有在实干中才能破解；一切机遇，只有在实干中才能把握；一切愿景，只有在实干中才能实现。古代圣贤对此颇多见解。"合抱之木，生于毫末；九层之台，起于累土。""道虽迩，不行不至；事虽小，不为不成。""不登高山，不知天之高也；不临深溪，不知地之厚也。"凡成就大的事业，必须从小事做起。任何一项事业都要靠实践去完成，成功的路就在自己的脚下，如果不能脚踏实地去走，永远沉浸在美妙的幻想中，那只会一事无成。"闻之而不见，虽博必谬；见之而不知，虽识必妄；知之而不行，虽敦必困。"在古人看来，耳闻、目见、心知、力行，是认识事物的四个途径，但以"力行"最为重要。因为"力行"不仅可以检验通过前三种途径所获得的知识，而且还可以进一步促进对所学知识的理解与把握。"政者，口言之，身必行之。"为政者更应当言行一致、以身作则，用实际行动来影响和带动全社会。唐代著名政治家姚崇，历任三朝宰相，为大唐盛世作出了贡献，临死前有人问他有什么为政之道,他只讲了"崇实充实"四个字,意思是要崇尚实干、充实国库。

实干立业。能成就事业，有所作为的，无一不是勤奋务实、苦干实干的结果。各行各业涌现的实干家，他们的务实勤恳、实干为乐的精神一直感动和激励着我们。我曾了解到天津市的一位农业技术员，为了攻克新型日光温室技术难题，曾经连续十几个昼夜守候试验温室，白天经常爬到高温棚里找问题。辛勤的劳动换来丰硕的成果，他终于研制成功高效节能型内保温日光温室结构，温室内温度比普通二代温室提高 3–5 度，蔬菜产量增加 30%，节省劳动力资源 20%。他就是靠着这种扎根广袤土地、埋头干事的精神，得到了组织的肯定、国家的褒奖和人民的赞誉。

实干兴邦。我们的国家，我们的民族，从贫穷落后一步一步走到今天的发展繁荣，靠的就是一代又一代人的顽强拼搏，靠的就是中华民族自强不息的实干苦干。新中国成立之初，经济薄弱，科技落后，百业待举，百废待兴。在那个不平凡的年代，我国在白纸上描绘蓝图，在穷弱的基础上发展基业，靠的就是埋头苦干。在美国获得博士学位的邓稼先，响应祖国号召，放弃国外优越生活条件，毅然回到祖国投身"两弹一星"事业。白天，邓稼先光着膀子在工地上同大家一道苦干，修建模型厅，铺马路，盖办公室……晚上，为了更好地理解、掌握复杂的理论，他还要抓紧时间查阅浩繁的资料，看书学习直至深夜。研究上更是一张白纸，他下定决心自力更生，发愤图强，一切都从零开始，带领科研人员开始了极其艰难的探索与开创。缺少研究人才，他们自己培养；缺少理论书籍，大家围着长桌集体阅读，一人念，大家译，读一章，译一章。为了如期完成任务，工作达到了极限，白天不够用，晚上挑灯夜战；一周六天干不完，连星期天也搭上。他们用着落后的手摇计算机、计算尺和算盘，相继解开一个个谜团，终于找到了开启奥秘之锁的钥匙。

实干富民。春播一粒黍，秋收万担粮。一分耕耘，一分收获。在我国广大农村，有那么一群人，勤奋务实，实干苦干，以服务"三农"为乐。他们就是农业和农村的科技人员，他们放弃了进城和其他行业的优越条件，把汗水洒在田间，把论文写在大地，把青春献给"三农"，把成果送给千家万户。有人说他们"远看像要饭的，近看像烧炭的，一问原来是乡镇农技站的。"同样毕业于高等院校，由于他们来到了农村，从事农业科技推广工作，工资和待遇就比人家低了，工作环境就比人家差了，但他们无怨无悔，坚定地为"三农"事业奉献毕生心血。他们扎根"三农"、钟情沃土、挚爱农业、实干为乐，"让乡亲能吃上饱饭"和让农民富足的理念支撑了一个个科技成果的转化，以滴滴汗水铸就人生的价值；他们扎根基层、亲民爱农，为确保国家粮食安全默默贡献，帮助广大农民走上致富奔小康之路；他们几十年如一日与农民在一起摸爬滚打，从风华正茂到两鬓花白，用新技术和新农艺改变着农业和农村的面貌；他们用热情和奉献成就了一个古老行业万象更新的蜕变，燃起了农民对现代农业的希望，换来了农民最真诚的赞扬和最真心的欢笑。

2012年7月19日，回良玉在黑龙江省佳木斯市出席全国现代农业建设现场交流会期间考察调研现代农业。

　　勤奋务实，埋头实干，是一种昂扬向上的精神，饱含对未来美好生活的向往与期许，饱含发展过程中的自我认知和意志锤炼。

现实生活中的确有那么一些人，他们对自己所从事的职业总是怨天尤人，总是不安分守己，有的人一年跳槽几个单位几个职业，多年下来一事无成。"好工作不如好好工作""今天工作不努力，明天努力找工作"，对这些人是有警醒、警示作用的。为人之道，贵在踏实，谋事之道，贵在实干。人生不可能一帆风顺，事业不可能一蹴而就，梦想不可能一夜成真。取得成功，关键在于行动、在于实干。我们已经取得辉煌成就，正在向着梦想一步步靠近。距离目标越近，越不能懈怠，越要加倍努力。始终保持那么一股劲，那么一股革命热情，那么一种拼命精神，披荆斩棘，勇往直前。

## 勇于创新　开拓进取

创新是一个民族的灵魂，是事业发展的关键，是人的精神与智慧、才能的有机融合和深度迸发。实际上，创新的本来面目应该是人的天性和本能。人的进化成长史就是创新史，社会进步发展史就是创新史。然而，由于人和社会并不是孤立存在的，理念的陈旧、制度的桎梏、思想的羁绊、生活的安逸、社会的变迁，都可能导致一个人或一个民族创新天性的弱化或失落。因此，人们必须不断唤起创新的精神和勇气，鼓舞起创新的力量和激情，扬起创新的风帆和旗帜。一项事业，如果停止了创新，就可能面临被淘汰的命运；一个民族，如果停止了创新，就意味着失去前途和未来。

创新具有一种神奇的力量。它总是与时俱进，与人俱进，与事俱进。重大创新能给人们带来意想不到的惊喜和收获。其实，我们每一个人、每一个单位、每一个民族，都置身于创新的生产和社会实践之中。创新要从最不被人关注的地方起飞，创新要在风雨雷电中飞行，创新要在艰难险阻中落地。几十年前，安徽小岗村的农民们为了生计和子孙，为了发展和致富，率先提出"大包干"、"包产到户"，创新了农业经营制度与机制，使小岗村发生了翻天覆地的变化，开启了中国农村改革先河，带来了中国农村的伟大变化。举世闻名的"天下第一村"江阴市华西村在发展过程中，充分展现了改革创新的胆识和勇气。

自古有云："不破不立。"中华民族历来就是不满足现状，不忘开拓进取的民族。任何一种发明和发现，都是对原有的理论、观念、制度、事物的一种突破和创新。创新，就意味着不迷信古人，不迷信权威，不迷信本本，不拘泥条条框框。用创新的思维、解放的思想，认识和对待一切，才能发现新事物，开辟新境界，把握发展的新规律。不开拓创新，一切因循守旧，就谈不上发展进步。《诗经》中讲："周虽旧邦，其命维新。"意思是周虽然是旧的邦国，但其使命在革新。这个蕴涵丰富的哲言，展现出古代先哲对开拓创新的重视和推崇。《礼记》引经据典，进一步指出"苟日新，日日新，又日新"，表明求新是一个持续不断的过程。《易经》云："富有之谓大业，日新之谓盛德，生生之谓易。"意思是日新月异，气象万千，盛德大业兴焉。创新思维对于治国理政具有深刻意义。《淮南子》说："苟利于民，不必法古；苟周于事，不必循旧。"主张社会和自然在变化和发展，因而人类以自身的力量和智慧不断地"去其所害，就其所利"，以变化发展的自我来适应不断变化和发展的社会和自然。强调时变的重要性，法律和制度要随时势的变化而变化，礼节随习俗的不同而变化，这才能有效地治理国家。

时时涤旧，染而新之。中华文明闪耀在世界文明的璀璨星空绵延千载，靠的就是创新；中华民族屹立于世界先进民族之林经久不衰，也是靠的创新。回溯历史，没有创新，就不可能另辟蹊径开辟中国特色社会主义道路；展望未来，离开创新，就难有中国特色社会主义市场经济的持续发展。时至今日，创新是一种文化，创新是一种精神，创新已经成为全社会的一种价值导向、一种思维方式、一种生活习惯。创新，激活人民智力，激发创业活力，激励群策群力。正是理论创新、制度创新、科技创新、文化创新，引领和推动中国经济和中华文明走向全面繁荣。开拓凝聚中国力量，进取显现中国自信，创新彰显中国魅力。

时代发展不会止步，开拓创新永不停息。世界经济几经潮起潮落，世界文化文明斗转星移，背后的重要推动力就是创新。开拓创新在哪里起步，发展动力就在哪里迸发，发展制高点和经济竞争力就转向哪里，现代化高潮就兴起在哪里。世界强国无一例外都是创新强国。今日之世界，新一轮科技革命、产业变革、文化复兴孕育兴起，世界主要国家争相寻找创新的突破口，抢占未来发展先机。在激烈竞争的浪潮中，惟创新者进，惟创新者强，惟创新者胜。今日之中国，崇尚个性自由，反对因循守旧；崇尚革新进取，反对故步自封。越是伟大的事业，往往越是复杂任重道远，越是需要开拓新境界；越是伟大的征程，往往越是充满艰难险阻，越是需要开创新路径。在前进道路上，我们需要一种革故鼎新、一往无前的勇气，需要一种善于创造性思维、善于打开新局面的锐气，需要一种敢为人先、敢为天下先的开拓力量，需要一种敢破敢立、敢闯敢试的创新精神，义无反顾把改革开放不断向前推进。

## 敢于担当　积极作为

在事业发展的进程中，担当是一种极为重要的品格和素质。"天下兴亡，匹夫有责"，说的是担当；"常思奋不顾身，而殉国家之急"，说的也是担当；"为天地立心，为生民立命"，说的是担当；"在其位，谋其政；任其职，尽其责"，说的还是担当。担当是一种责任，更是一种精神，是甘于奉献、勇于牺牲、敢作敢为的大无畏精神，是对人民、对国家、对民族高度负责的精神。这种精神，永远存在于人的生命和社会发展的历程之中。

何谓担当？站在不同的领域、不同的角度，对担当也有着不同的理解和诠释。"一人做事一人当"，体现的是普通百姓率直朴实的担当；"先天下之忧而忧，后天下之乐而乐"，体现的是仁人志士心系苍生的担当；"维护世界和平，促进共同发展"，体现的是一个国家对实现人类社会美好愿景的担当。人生需要担当，社会需要担当，事业需要担当，国家更需要担当。

一个时代有一个时代的使命，一代人有一代人的担当。在璀璨的中华民族文明构成中，展现"担当精神"的行动壮举不胜枚举。在广袤的中华大地上，使命担当的核心价值也已内化于心，外化于行。我曾经分管过"三农"工作，深知粮食安全大如天。为了中国的粮食安全，各个粮食主产区毅然承担下更多的使命、责任和担当。面对人多地少和淡水资源紧缺的基本国情，面对工业化、城镇化快速发展的新形势，提高粮食综合生产能力是粮食主产区乃至全国的共识和行动。素有"北大仓"之称的黑龙江省，始终以保障国家粮食安全为崇高使命，坚持把发展粮食生产摆在重中之重的战略地位，通过实施千亿斤粮食产能巩固提高工程和松嫩三江两大平原农业综合开发实验区建设，全力发展现代化大农业，在 2007 年粮食总产量 693 亿斤的基础上，连续越过 800、900、1000、1100 亿斤四个台阶，粮食总产量和商品量全国第一，成为名副其实的"中华大粮仓"。在我的家乡吉林省，各级干部和广大人民群众站在战略和全局的高度，勇于担当，善于担当，不断为国家作出新贡献。2007 年，吉林省提出"新增百亿斤商品粮工程"的构想和方案。在耕地资源有限的条件下，在 600 亿斤总量的基础上，再增产 100 亿斤，谈何容易！但他们在发展农业特别是粮食生产上，从来就是敢于探索和创新，敢于担当和付出的。到 2013 年，吉林粮食产量首次超过 700 亿斤，吉林人用六年的苦干实干实现了自己当初的诺言。正是全国各主产区这种为国家粮食安全分忧的担当精神和气概，支撑着中华民族解决吃饭问题的力量和底气。

敢于担当，是事业发展的基本要求，不仅表现在面对急难险重任务勇于上阵、靠前指挥上，还表现在直面矛盾困难，积极探索、奋发有为上。敢于担当，不一定是要做惊天动地的大事业，而是能随时随地、点点滴滴地奉献和付出，在无形中为国家和人民播种、垦植。"桥的价值在于承载，人的价值在于担当。"敢于担当的人，总是在关键时刻自觉挺身而出，自愿迎难而上，遇到矛盾不回避、碰到困难不退缩、面对歪风邪气敢斗争。他们拥有着成就一番事业的强烈愿望、实现人生价值的崇高追求、舍身忘我的工作热情和敢为人先的开拓情怀；他们拥有着"我不入地狱，谁入地狱"的献身精神、"人生自古谁无死，留取丹心照汗青"的英雄气概和"如果海洋注定要决堤，就让所有的苦水都注入我心中"的博大胸襟；他们承载着"铁肩担道义，妙手著文章"的历史使命，他们的精神永远鼓舞和激励着后人。

"为官避事平生耻"，权力的行使与责任的担当是紧密相连的，有权必有责。现实生活中，有一些人甚至领导干部，安于现状、不思进取，不愿负责、不善作为、不敢担当，患得患失、顾虑重重。他们"顾"的不是不辱使命，而是个人名利；"虑"的不是事业进展，而是个人"进步"。他们信奉"不求有功，但求无过"，宁可不干事、决不干出事，在其位不谋其政，遇到矛盾绕着走。更有甚者，自己不担当，还对敢于担当的人颇多议论。"有责不担，正气难彰；有错不纠，百弊丛生。"这样的人越多，这个社会就会越失去前进的动力。俗话说："人无远虑，必有近忧"，个人如此，社会亦是如此。当前我们正处在社会矛盾的多发期，一些问题处理稍有不慎，就会演变成连锁反应，成为影响和制约发展的大问题，乃致许多工作陷入被动局面。我在地方工作时常说，无论你的经济社会发展到什么程度，无论你的总量排到什么位置，都要时刻怀有忧患意识、危机意识、担当意识、进取意识，须知如今已不再是"不进则退"的时代，而是"慢进则退、不进则衰、倒退则亡"的时代。这就要求我们必须对不敢担当、为官不为、尸位素餐、消极怠工的行为予以坚决抵制，绝不能让它腐蚀正气、助长歪风。

敢于担当不是空洞的、抽象的，而是具体的、实在的。工作中再精妙的思路，没有操作力来保障，它只能是水中之月；再英明的决策，没有执行力来落实，也只会是空中楼阁。所以，敢于担当要体现在积极作为中。积极作为既是一个人作风和能力的重要反映，也是有没有责任心、敢不敢担当的重要标志。对于一个共产党员，一个领导干部来说，担当是党性的体现，担当是人格的考验，担当是精神的动力。我们在工作中，要努力让敢于担当成为一种胸怀、一种勇气、一种品德，担任不误，担难不怯，担险不惧，担曲不戚；要切实让积极作为化成一种习惯、一种态度、一种作风，做到敢作为、能作为、会作为、善作为、持久作为，进而实现价值追求，做出无愧于时代的新业绩。

## 互帮互助　服务社会

几十年的工作和世事交往，我总是有这样的感觉：世界上没有不被别人帮助的人，也没有不需要别人帮助的人，也不应有不帮助别人的人。一定意义上讲，正是在互帮互助之中，构成了各种各样的社会关系，形成了服务社会的意识和理念。因此，互助服务的精神，应该成为我们社会永不凋敝的襁褓和温床，应该成为一个人在社会生活和事业发展中的追求和美德。

社会往往就是这样，一个人服务和帮助别人的同时，也正在直接或间接地得到别人的服务和帮助，这或许是当今社会人际关系的一个基本状态。人们在互助服务中砥砺前行，实现着自我生命的价值，绽放着自己职业的光彩。谁自觉能动地融入这个定律，谁就是一个高尚的人，就是社会和时代所需要的人。人人都以服务社会为己任，社会温暖而正义的阳光就会增加几分，就会朝着实现"寰球同此凉热"的愿景迈出坚实的步伐。雷锋说："人的生命是有限的，可是，为人民服务是无限的，我要把有限的生命，投入到无限的为人民服务之中去。"李四光也说："我是炎黄子孙，理所当然地要把学到的知识全部奉献给我亲爱的祖国。"服务社会，也是世界各国文明的精华所在。伟大发明家爱迪生曾说："我的人生哲学是工作，我要揭示大自然的奥秘，并以此为人类服务。我们在世的短暂的一生中，我不知道还有什么比这种服务更好的了。"俄国著名诗人涅克拉索夫说："谁为时代的伟大目标服务，并把自己的一生献给了人类兄弟而进行的斗争，谁才是不朽的。"

服务社会，已成为当今整个社会和社会成员之间维系和发展，以及实现人的价值的纽带和桥梁。服务社会，应该成为人的价值观念的重要组成，成为处理社会矛盾和人际关系，创造社会开放共享和谐局面的重要准则。服务社会能使人变得乐观豁达，加深朋友友谊、家庭团结和睦、社会和谐美好、促进人与人之间互助互惠。服务社会不等于一定有回报，但是一定能有收获。云南保山原地委书记杨善洲，退休后回到家乡义务植树造林，一干就是 20 余年，让 7 万多亩山秃水枯的大亮山重披绿装，极大改善了当地的生态环境。他创造的林木经济价值超过 3 亿元，却无偿移交给国家。他不在乎自己挣多少钱，只在乎对社会的服务和奉献，只在乎群众的认同和信任。

　　服务社会，贵在奉献。经过多年的观察，我总有这样的一种体悟：当下，生活在新时代的人们，不管自觉还是不自觉，事业是相互助力的，服务是互为提供的，奉献是彼此实现的。优越的社会制度，为社会成员之间搭建了服务和奉献的桥梁，每个社会成员都应自觉地为社会和他人服务和奉献。2005 年感动中国十大人物四川省凉山山区邮递员王顺友，19岁起从当乡邮员的老父亲手里接过了马缰绳，子承父业，成为了一名普通的马班邮路乡邮员。他把父亲嘱托牢牢地记在心里——"送信就是为党做事，为党做事的人要吃得起苦。"在绵延数百公里的木里县雪域高原上，他一个人跋山涉水、风餐露宿，行程数十万公里，按班准时地把一封封书信、一张张报纸准确无误地送到人们手上，为大山深处的群众架起了一座"桥梁"。对他而言，服务社会，已成为一种主动的、真诚的、发自内心的自觉行动。

　　万事万物皆有使命，无论什么时候都有一份放不下的责任。服务社会，始终是每一个社会成员肩上的责任和使命。一个普通人，只要勤奋努力，只要敬业乐业，只要当他人需要时能伸出援手，就会散发出自己心灵的光芒，温暖周围的人们。一个部门或单位，只要能为民助民，只要能尽职尽责、秉公办事，只要能及时回应人民期待，用行动让人民群众得到看得见、摸得着的实惠，就会将我们党和政府的温暖播撒在群众的心田，就会将福祉和福音带给社会和人民。

应该看到，未来的社会将是一个更加迫切需要互助服务的社会。特别是随着经济全球化趋势的不断延伸，伴随着大数据、互联网＋、云计算的快速发展，面对人与资源矛盾加剧，面对社会分工日益细化，我们的社会会成为一个市场起决定作用的社会。我们每一个人都工作在一个节点上，生活在一个时点上，任何一个人只靠自己都难以实现自身价值和奉献社会。因此，我们当下的社会和每一个社会成员，实现发展和自身价值，会比以往任何时候都更需要互助服务，如此才能做好自己的事业，唱好人生的大戏。

## 扶贫济困　共同富裕

共同富裕，是我们国家和社会为之奋斗的方向目标。管子云："凡治国之道，必先富民。"千百年来，一代代辛勤和富有志向的人们，用他们勤劳的双手和源源不断的智慧，创建和维护着自己赖以生存的美丽家园，创造和积累着社会进步发展的物质财富。然而，由于自然禀赋有优劣，资本积累有多寡，人生机遇有先后，事业起步有早晚，发展速度有快慢。一部分人、一部分地区先富起来了，他们率先走上了富裕和小康的道路。还有一部分人、一部分地区，正在加紧脚步，朝着共同富裕的目标奋力追赶。

共同富裕，应鼓励先富。人们干事业积累财富，发展家业让生活富足。但在追求富裕的道路上，不会整齐划一，齐步前进。我们社会追求的是共同富裕，而非同步一样富裕；追求的是人人致富机会平等，而非财富均等。当今，我们所处的时代，我们所处的国度，我们追求富的理念，无不都在发生着翻天覆地的变化。人们从嫉富、怕露富、不敢富，走向了想富、敢富、争先富。时代引领着富，观念助推着富，政策扶持着富。

我们正在以崭新的理念和科学的方式，前行在实现小康的征程上。让一部分人通过诚实劳动合法经营而先富起来，未富者就看到了希望，就会奋起直追，人们致富就会出现"比学赶帮超"的氛围，国家建设和发展就会呈现勃勃生机。致富途中，既要承认土地、劳动这些人类共有财富的基础价值，也要调动资本、技术、智力及管理经验发挥各自作用。实际上，在我们这个大家庭里，我们每一个创造和积累自己财富的同时，也在为社会发展和他人致富提供条件。因而，要让先富起来的人成为"源头活水"，带动后富融入勤劳致富的江河，载起社会发展的这艘航船，驶向共同富裕的彼岸。

共同富裕，要扶贫济困。扶贫济困，源自人类内心深处的善良操守，也是社会和谐共进的使命担当。"穷则独善其身，达则兼济天下"，是多么崇高的修身境界；"善为国者，遇民如父母之爱子，兄之爱弟，闻其饥寒为之哀，见其劳苦为之悲"，是多么伟岸的治世情怀！我们期盼有致富的领跑者，但不希望有致富的落伍者。孔子曰："丘也闻有国有家者，不患寡而患不均，不患贫而患不安。盖均无贫，和无寡，安无倾。"孔子把共同富裕作为天下安宁之基。在财富分配上，他主张各个阶层获得与自己身份和地位相称的财富，达到公平公正的目的，这样人心才会安定，社会才会安定。

财富具有个体性，资源具有社会性。先富群体的发育、发展和壮大，除了自己的艰苦奋斗，离不开社会公共资源的开发利用，也离不开他人的支持支援。率先发展富裕起来的人是光荣的，率先发展富裕起来并能扶贫济困的人更是伟大的。从先秦《周礼》的"荒政十二策"，到南宋的《救荒活民书》，再到清代的《荒政辑要》，扶贫救困历来是治国之要；从汉律规定国家需向"贫不能自存者"提供救助，到宋代开始注重采用招商赈济、以工代赈的经济手段和调动民间力量参与扶贫救助，再到今天全社会全方面的互帮互助，积累了许多扶贫济困的经验与智慧。

2013年1月18日，国务院召开全国扶贫开发工作电视电话会议，回良玉在会上宣布：全国集中连片特困地区区域发展与扶贫攻坚规划全面启动实施。

因为工作关系，我曾去过全国大部分贫困地区。经过多年努力，农村居民生存和温饱问题基本解决，结束了中华民族几千年饱受饥寒的历史。我们总体收入水平、生活水平有了很大跃升，但平均数代表不了大多数，大多数低于平均数，整体的增长抹不平个体的差异。"李村有个李千万，九个邻居穷光蛋，平均起来算一算，家家都是李百万"，这种现象不可忽视。时至今日，我们确实还有一些贫苦地区生产薄弱、发展缓慢，还有一些贫困人口吃不饱饭、穿不暖衣，还有一些家庭因病返贫、陷入困境。帮助贫困地区脱贫致富是党和政府最为牵挂的事情，为使他们享受社会公平和生活尊严，

2011年国家制定了新的农村扶贫开发"十年纲要",明确了"不愁吃、不愁穿,保障其义务教育、基本医疗和住房"这样一个"两不愁、三保障"的奋斗目标,实行扶贫开发与社会保障相结合,并确定把11个集中连片特困地区作为扶贫攻坚的主战场。一个人富了不算富,还要帮扶街坊邻里;一个地区富了不算富,还要与贫困地区结对帮扶。要多给贫困地区一些关爱和扶持,让他们能够和发达地区一起走上致富的道路;要用发展去摆脱贫穷,用行动去帮助苦困,用温暖去融化饥寒,这样才能有更多的人到达富裕的彼岸。

## 践行宗旨　亲民爱民

宗旨,意指人们做事的根本目的和意图,是一个人、一个组织行事谋事的使命和灵魂,是一切活动的总指引、总依据和总目标。宗旨明确,开展工作就有了正确的思路和方向,行事谋事就有了正向的收获和成就。不同的时代,不同的岗位,人们的宗旨不尽相同,正是这些万千差异又汇聚一心的宗旨,为社会提供多元的服务,注入斑斓的色彩。不论身处何种时代,不论就职什么岗位,以为民、亲民、爱民为宗旨,始终是怀有理想抱负的人肩负的使命和责任。

打开历史画卷,那些亲民爱民的先贤圣达、明君良相、仁人志士便跃然纸上。子曰:"上好礼则民易使也""其养民也惠,其使民也义""道千乘之国，敬事而信，节用而爱人，使民以时"。孔子始终强调国君要礼待人民、惠及人民、敬爱人民，才能依靠人民促进社会发展。孟子在两千多年前就提出"民为贵，社稷次之，君为轻"，体现的正是"国以民为本"的思想，主张治国理政要以亲民爱民、服务人民为本。其后的许多为民亲民思想均与之一脉相承，并不断发展。管子云："政之所兴在顺民心，政之所废在逆民心。"荀子说："有社稷者而不能爱民，不能利民，而求民之爱己，不可得也。民不亲不爱，而求其为己用为己死，不可得也。"自先秦古代始，圣人贤君们就意识到"君爱民，民拥君"，政权要稳定长久，就要实行顺乎民心的政策。汉朝王充在《论衡》中写道："知屋漏者在宇下，知政失者在草野"，主张为政者要走出庙堂，到民间和江湖中去体察，倾听民间诉求，倾听民众心声。"衙斋卧听萧萧竹，疑是民间疾苦声。些小吾曹州县吏，一枝一叶总关情"，清代诗人郑板桥时任山东潍县知县，正值大灾，他白天为灾民奔波劳顿，夜晚静思难以入眠，无时无刻不在惦记受灾的民众。古代先贤的亲民爱民理念和行动，是中华民族优秀文化的重要组成部分，至今仍值得我们继承、学习和弘扬。

我们党的宗旨就是全心全意为人民服务。每个党员都应该是这个宗旨的践行者，在任何时候都应把群众利益放在第一位，同群众同甘共苦，保持最密切的联系。权为民所用、情为民所系、利为民所谋，不允许任何党员脱离群众，凌驾于群众之上。党在领导我们进行革命、建设、改革、发展的一切行动中，始终依靠人民，大力倡导从群众中来，到群众中去，想群众所想，急群众所急。是这种血肉联系、血浓于水的真情，夯实了党的领导和执政根基；也是这种难以割舍的鱼水深情，凝聚成广大党员源源不断、生生不息的"亲民、爱民、为民"动力源泉。"得民心者得天下，失民心者失天下"。总结90多年来，党领导我们事业不断取得辉煌胜利的一个根本秘诀，就是亲民爱民，甘于付出，用行动诠释和践行宗旨。焦裕禄同志初到兰考时，正值内涝、风沙、盐碱"三害"疯狂肆虐，民不聊生。他立志要改变兰考的落后面貌，让百姓不再因为灾荒而背井离乡。"干部不领，水牛掉井"，大事小事他亲力亲为，给大家做好榜样。寒冬腊月中他顶风冒雪去看望群众，一句"我是您的儿子"，为群众驱走严寒带来温暖。在兰考的一年多时间里，他发扬一不怕苦，二不怕死，完全、彻底为人民服务的革命精神，把整个身心都交给了兰考的除"三害"斗争，为人民鞠躬尽瘁，直至最后积劳成疾。"活着我没有治好沙丘，死了也要看着你们把沙丘治好！"他心里始终想着人民，唯独没有他自己。他亲民爱民，一心为民，用行动甚至生命践行为人民服务的宗旨，被人民永远记在心上。

"水有源，故其流之不穷；木有根，故其生之不穷。"我们党在今天所取得的一切成就，与根植人民、服务人民的宗旨是分不开的。无论在什么时候，我们党都不能忘记群众是我们的根，是我们存在和发展的基础，是我们力量与智慧的源泉。其实，我们每一个社会成员，无论官居何位，身处何方，都是人民中的一分子。如果我们多想一想自己是谁、来自哪里、根在何方，或许就会大大增加对人民群众的认同和情感。追根溯源，我们与人民血脉相通，我们与人民血肉相连，我们与人民血缘相亲。

践行宗旨、亲民爱民，是为人之本、为政之道。古人云，"意莫高于爱民，行莫厚于乐民。"寓宗旨于亲民，寓宗旨于行动，才能和群众同舟共济、一道前行。当官做老爷，高高在上，群众就离你越来越远；俯首甘为孺子牛，跟百姓打成一片，群众就会衷心拥护。百姓心中有一杆秤，是赤心奉献还是追逐名利，是克己奉公还是以权谋私，百姓这杆秤称得最准。"存私念，近在咫尺心隔远；立公字，遥距天涯心相连。"亲民爱民，内心深处尊重人民、敬畏人民、热爱人民，修得一颗为民的公心，就会做事公道、做人正派，得到百姓的真心爱戴。正所谓"政声人去后，民意闲谈中。百姓论是非，品德有尊卑。公道在人心，口碑胜金杯。"实现中华民族的伟大复兴，归根结底必须依靠人民。唯有亲民爱民的高尚情怀，践行宗旨的实际行动，我们才能不负于人民。

# 夕阳精彩之乐

（一）夕阳一悟　老年精彩

（二）把握二要　快乐健康

（三）修炼三学　豁达气和

（四）拥有四老　生活无忧

（五）坚持五行　其乐无穷

（六）树立六趣　有滋有味

（七）珍惜七情　晚钟悠远

（八）箴言八字　寓乐于行

（九）曲调九自　唱响人生

当时光的车轮缓缓驶过，岁月的河流静静流淌，我已步入老年，开始了退休生活。回溯既往，我的学习、工作和生活，与老年人和老龄事业不无交集。我曾担任全国老龄工作委员会主任十年之久，与老龄工作结缘甚深，责之所系、心之所牵、情之所往，让我有机会对老龄事业有所思考和体察；在职期间和退下来后，我有缘与许多老领导、老同志和老朋友接触交流，了解了他们的所思所盼所为，使我对老年人的心理与心境有了颇多感知和体会；如今，当自己以一个老年人的视角和心态，亲身融入退休行列，令我对老年生活有了更多感受和体悟。

中华民族素有尊老、敬老、爱老、孝老的优良传统和美德。当代社会，更是将对老年人的认知和态度，作为一个国家和社会文明的重要标尺。人们往往把人生的老年阶段比喻成精彩的"夕阳"，由衷地赞叹她的无私付出，赞美她的朴实无华。他们惊叹和震撼夕阳染满天色的唯美，又用实际行动回馈和报答夕阳的恩情。

夕阳有诗情，黄昏有画意。时光匆匆飘过，情意悠悠长久。夕阳用她短暂的精彩诠释着亘古不变的真理。夕阳的余晖，一样地温暖世界；晚年的生活，一样地精彩绚烂。生命的一次性和短暂性，让我们更加珍惜生命和生活的美好。在人生的舞台上，我们要做一个认真登台演戏，又从容谢幕的人。在青壮年时段，应持一种主动进取、认真负责、事在人为的积极心态；到了老年阶段，应追求一种轻松平淡、适当超脱、顺其自然的人生境界。

昔日工作的理性思考，如今生活的亲身感悟，加上其他老年朋友的经验总结，我觉得，在宛如夕阳的老年生活中，应该体悟一精彩，把握两要点，修炼三学会，拥有四个老，坚持五行诀，树立六趣味，珍惜七份情，牢记八箴言，唱好九自调。这样，就能追寻和享受夕阳精彩之乐。

2010年10月13日，回良玉等亲切会见中国老年艺术团《红叶风采》大型文艺晚会演职人员。

## 夕阳一悟 老年精彩

生活在城市，高楼林立遮蔽视野，人们很难见到真实的夕阳。退下来后，我第一次离京就是回到曾经工作过的安徽，再登黄山。记得当时下山有些晚了，站在高耸入云的黄山峰，回首遥望，突然觉得夕阳是那样的壮美和绚烂，她不再以光彩夺目吸引眼球，而是以厚重宝光泽被世人；不再以炙热的光芒照耀前行的人们，而是以温馨的余晖给人们奉赐休憩的时光；不再以疾风雷电似的脚步前行，而是以舒缓的节奏为明日晨曦的喷薄积蓄能量。如果说人生如同一轮绕天的红日，老年阶段宛若夕阳，那么我们同样应该追求精彩之乐。正是夕阳一悟，老年精彩。

求索人生的本原、价值和意义，是人类认知的永恒主题。人的一生会经历坦途，也会遭遇坎坷，难免喜怒哀乐、悲欢离合。唯有如此，才是真正的人生。古人曾用"人生忽如寄"感叹生命的短暂，高歌咏叹"对酒当歌，人生几何？"回望人生道路，回味人生历程，我深感人生的无穷奥秘和蕴含的深邃哲理。实际上，人生有做加减乘除法的不同时期，也有春种、夏长、秋收、冬藏的不同时节，还有日出、日升、日下、日落的不同时辰。在人生的不同时期，就如同数学运算的不同方式，会做并做好加法和乘法，是睿智、贡献和辉煌；会做并做好减法和除法，是豁达、奉献和成功。在人生的不同时段，就如同农业的不同时节，春种夏长需要阳光雨露，展现勃勃生机和遒劲活力；秋收冬藏需要温暖关怀，展现成熟硕果和红叶风采。在人生的不同时候，就如同太阳的不同时辰，日出日升是美景，蒸蒸日上、光彩照人；日下日落也是美色，五彩斑斓、瑰丽辉煌。人生如红日，朝暮在奉献。正如《菜根谭》中所言："日既暮而犹烟霞绚烂，岁将晚而更橙桔芳馨，故末路晚年君子更宜精神百倍。"人生步入老年，不再眷恋曾经的辉煌与成就，敛几分光芒热烈，添几分淡定悠闲；减几分匆忙紧迫，增几分从容豁达。

人生的每一个阶段都弥足珍贵，都有各自的优势和光彩，都有为家庭、社会和国家奉献、担当和作为的空间。人的青少年和壮年阶段，是学习成熟、开拓发展、收获和贡献的时期，在学习积累和提高能力上要善做加法，在工作和奉献社会上要善做乘法，在索取和享受上要善做减法，在功名利禄的看待上要善做除法。人的老年阶段，是收藏、收获和颐养天年时期，这一时期我们要转换角色，善做减法和除法。减缓步伐，减轻压力，减少索求，减削冗务，让自己怡然轻松，懂得简约和退守；除去烦恼，除弃纠葛，除掉浊气，除却功名，让自己超然洒脱，守得清风和正气。老年阶段也要运用好加减乘除法则，在善做减法和除法的同时，要在快乐上做加法，在健康上做乘法。

　　站在黄山之巅，俯瞰神奇壮美的黄山，让我不禁想起走过的山山水水，思起遇到的人人事事，念起祖国的发展壮大和人民的幸福安康，心中涌起一种无比炽热深厚的家国情怀。那一刻，我完全沉浸在这唯美的感受和思绪之中。再次回望优雅自如的夕阳，忆起悟到的点点滴滴，豁然开朗。我们看夕阳，看她的兼收并蓄，收放自如；看她的脚步轻盈，曼妙优雅；看她的神态从容，豁达宁静。夕阳有辉煌的过去，丰富的阅历，厚重的积淀，令人们回味和自豪。她的每一缕余晖都是那么坦然、真诚、热情奔放，她的每一次跃动依然那么雄壮、坚强、激情昂扬。我忽然明白了，夕阳似乎并不满足和留恋曾经的美好，并没有放下奋斗前行的脚步。一天天旭日喷薄欲出，一日日夕阳繁华落幕，一辈辈来者承前启后，都在夕阳晓日的世代轮回中繁衍生息，续写着先辈们传承给我们的人生和事业。感念和感悟夕阳之美，可以使人生增加一份沉静，增多一份激情，增添一份力量。在夕阳从容优美的景致中，我们去追寻心中的梦想，启迪人生的心灵和境界。

　　"夕阳无限好，只是近黄昏。"也许有人如此蹉跎，但我们更应感怀夕阳诗情更豪迈，晚霞画意更精彩，最美不过夕阳红。人生在世，总是要经历人生的不同阶段，总是要感受人生的跌宕起伏。只要树立正确的人生观和价值观，就会感受到夕阳的无限美好，就能尽情释放和发挥老年阶段的智慧

黄山落日

和才能,而不至于有那么多的悲情和凄凉。人生步入老年阶段,恰恰是又一个新生活的开端。仿佛夕阳拥抱天边的彩云和晚霞一样,还要走过一段宝贵和漫长的时光。"老骥伏枥,志在千里"。老年心态并不老,老年时光并不短,老年岁月并不淡,老年志向并不减。要打开思想的窗子,人老了,退休了,也要活一个外在有光彩、内在更精彩的别样晚年。保持执着的定力,怀有虔诚的心境,充满热烈的激情,老年生活一样丰厚,一样多彩,一样绚丽。

## 把握二要　快乐健康

在岗之时 , 忙于公务,问计于民,思虑于国;退下来后,修身养性，问道于心，感怀于世。在寻访故土、走访老友的经历中，越发感悟到人的生存、成长和发展，特别是进入老年阶段，贵在把握两个要点：开心快乐，身心健康。唯有至此，才是幸福。

人皆有情，人皆有欲，无情无欲也就难以称其为"人"。从某种意义上说，人生来就是追求开心快乐和身心健康的。古今中外，对于这个问题早有论述，而且在世界各国文化典籍中皆有所见。《论语》开篇第一则就阐明了孔子的幸福宣言："学而时习之，不亦说乎？有朋自远方来，不亦乐乎？人不知而不愠，不亦君子乎？"孔子又曰："知者乐水，仁者乐山。知者动，仁者静。知者乐，仁者寿。"快乐是智者的选择，仁德是长寿的秘诀，道出了开心快乐、身心健康的途径和幸福的真谛。林语堂在《生活的艺术》中写道："人是一切事物和活动的中心，人生的目的与真谛在于享受淳朴的生活，而活着就要快乐，尤其是家庭生活的快乐。"《美国独立宣言》中提及的三个关键词，即生命、自由、追求幸福。说到底，开心快乐和身心健康，是普适天下的生活准则和生存伦理，又是简明深邃的生命价值和人生追求。

人生无不追求开心快乐，期盼永恒幸福的秘方。在探寻求索的人生道路上，我们时常扪心自问，快乐幸福来自何方？快乐幸福的内涵丰富，有学习知识的快乐幸福、积累财富的快乐幸福、婚姻家庭的快乐幸福、事业进步的快乐幸福、社会和谐的快乐幸福，等等。不同的人在不同的时空对快乐幸福有不同的体验和诠释，但有一点终归是相同的，快乐幸福是源于内心的真实感受。有句民间俗语："只要人好合心愿，喝口凉水心中甜。"讲得就是快乐幸福的道理。人们可以通过修炼内心、减少欲望来感知快乐、获得幸福。平淡自守、安贫乐道，在柴米油盐酱醋茶的平常生活中自得其乐。人们也可以通过进取拼搏，获得事业的成功，获得不同层面的幸福。然而，每一个前行在快乐幸福路上的人都要懂得，人生快乐幸福不能与功名利禄划等号，不能与生理阶段划等号。那些仅靠物质支撑的幸福感，都不能持久，有的会随着物质的离去而离去，有的甚至会随着物质的增加而乏味。只有心灵的清纯质朴、淡泊宁静，继而产生的身心愉悦，才是幸福的真正源泉。

人生开心快乐，并非没有失意和苦痛。大江大河流水的清澈，并不是因为水流中没有泥沙，而在于流水的包容和自我沉淀。生活也从来不会一帆风顺，而是伴随着许多困顿与险阻，时常陷入挫折与失意之中。社会上有些人的苦痛是受残疾和病痛的煎熬，但也确实有些人是受不知足和心理欲望的折磨，治疗精神苦恼和人生困惑的良方好药就是知足心宽。只有内心知足宽容，才不会斤斤计较外在的得失。人老了，要学会用包容去融合痛苦，以淡定去接纳不快，拿宽厚去置换抱怨，这样人生才会把握快乐的主流，掌控幸福的旋律。

身心健康是人们的永恒追求，也是一门大学问。在我们日常生活的祝福吉语中，身体健康、长命百岁、健康长寿、寿比南山这样的话语最为常见，也最受人们欢迎。可以说，身体的强壮康泰，心灵的平实舒坦，是个人最大的财富和资本，往往是花钱买不来的，也是别人拿不走的。一定意义上讲，身强体健的乞丐比腰缠万贯的病夫更富有。有一句话说得好："健康好比数字1，事业、家庭、地位、钱财是0；有了1，后面的0越多，就越富有。反之，没有1，则一切皆无。"生命是父母的给予，也是社会的收获。有一个健康的体魄，不仅是自身成长和发展的基础，也是家庭和社会的福音。缺少了健康，智慧就无法体现，力量就无从发挥。人老了更要重视身体健康。离开工作岗位，没有生活节奏的紧张，从繁忙的事务中抽身，重新安排生活起居。要以健康长寿为中心，锻炼身体，强健体魄，提升生活情趣和生命质量，不仅自身得到快乐和幸福，而且可以减轻子女和社会的负担，同时这也是对国家和人民另一种方式的贡献。

身心健康贵在身心调和。健康不仅是身体的强健，更是身心的和谐与统一。身体和心理是健康的两条腿，"一条腿长、一条腿短"的健康是伪健康。我们讲健康，是身心统一的健康；我们讲和谐，不仅要人与社会和谐，人与自然和谐，还要人自身内心和谐。人老了更要关注身心和谐健康，可以利用更多的时间和闲暇，看景闻香、观海听涛、品茗读书、散步会友，让这些曾经忙碌时的奢望逐渐成为一种常态。人体成长、发育、成熟、衰老乃自然规律，要保持理解、豁达和乐观的态度，提高心智、平和心态、体健心安。在少了赞扬和掌声、问津无多的情况下，不能心绪失调、心态失衡，要多理解包容，休息身体，放松心灵，养精蓄锐，云淡风轻，让身心和谐有序，努力达到物我相忘、返璞归真的至高境界。

2014年8月30日，回良玉在甘肃山丹军马场试骑"战马"。

## 修炼三学 豁达气和

在生命的每个阶段，总有一些独特的人格特点和精神气质。孔子曰："吾十有五而志于学，三十而立，四十而不惑，五十而知天命，六十而耳顺，七十而从心所欲不逾矩。"孔夫子将他的一生概括为六个阶段，每个时段有与之相符的人生认知、思想言行、任务使命和精神境界。伏尔泰也曾说过："一个人如果没有他那种年龄的神韵，那他也就会有他那种年龄特定的种种不幸。"古人先贤这些人生轨迹的经典哲思，给我们深刻的启迪和引导。我们从青年走来，朝气蓬勃、热血沸腾是那个时代的青春符号；我们在成熟壮年，展示才华和奋斗进取是那个年代的行为标尺；我们步入老年，平淡闲适与豁达气和便成了这个年代的境界追求。

年届古稀的我们，昔日的忙碌归于平静，脚步趋于平缓，心态趋于平和，生活趋于平淡。特别是曾担任过一些领导职务或曾有过事业光环的人，退下来以后，不要太在意过去的官衔地位和赞扬喝彩，不应常思自为得意的风光往事和名气荣耀，更不能自吹自擂以往的劳累付出和业绩贡献。尝悟人生，品味生活，不可执拗于"盛年不再来""白发催年老"的光阴哀叹，而更应寄望过好当下每一天。为让生命更有价值，让生活更有韵味，我们要不断修炼：学会忘记，学会放下，学会独处。

学会忘记，展示和悦身心的胸怀雅量。生命是一个吐故纳新的过程，不断地汲取、积累和淘汰。人生难免有所为，有所不为；不学会忘记，也就不会记住。有一句话说得好：牢记是一种责任，淡忘是一种智慧。人的精力和情感是有限的，只有你忘记不该记住的，你才能牢记应该记住的；只有你忘记不该计较的，你才能注重应该关心的。曾国藩曾言："未来不迎，当时不杂，过往不恋"，过去的事就不要留恋它。只有过往不恋，才能专注当前。沉湎于往事难以自拔的人，思前想后，踌躇满腹，举步不前，终究缥缈在外界干扰中失去自我。而那些善于忘记的人，目光坚毅，自信执着，不会被阳光中的尘埃遮挡望远的视线，不会为路上的荆棘阻碍前行的步履。

人生在世，总要经历一些人和事。事业成就、沿途风景、荣辱喜乐、恩怨情仇，乃至生活点滴和细微小事，时而浮现脑海，萦绕心头。如果过分纠结往事和计较繁杂，那就是自囿牢笼、自乱心神、自添烦恼。我们要记住那些甜蜜的往事，真挚的情感，暖人的话语，真诚的鼓励，他人的恩德……忘记身外的名利和虚荣，忘记过往的风光和潇洒，忘记诱人的利益和荣誉，忘记对他人的计较和怨恨。忘记，是心胸开阔的一把钥匙，是人际和谐的一剂良药。人生步入老年阶段，更要勇于忘记，愿于忘记，善于忘记。真实的承认并记住不可避免的"年纪大了"，才能活得自然；不过于在乎并忘记避之不掉的"身体老了"，才能延缓衰老。用清水般的心境看待个人荣辱与得失，找回本真和本原的自我，返璞归真；用过来人的眼光看轻曾经辉煌与成绩，抛却那些功名和利禄，淡泊宁静；用宽阔的胸怀看开人情冷暖与恩怨，能忘记处且忘记，人生向美。忘记是宽容、包容，体现了一个人的素质与气度，表现了一个人的修养和品德，是一种肯定自己、承认他人、善待生活的境界。善于忘记，就不会再为是非而纠结，不会再为往事而伤悲，烦事琐事不计较，苦事难事不较劲，在随和向善、和悦轻松的处世哲学中，寻找晚年快乐生活的真谛。

　　也有人说，人到暮年应该努力学会忘记年龄、忘记疾病、忘记烦恼，这是很有道理的。人们生理上的青春年华难以永久葆留，但心理上的青春年华却可以长久保持；人们有了疾病要高度重视并不可怕，但心里对疾病的过度恐惧却十分可怕；人们在以往工作和生活中，各种无原则的是非所带来的烦恼只是过眼云烟，并无大害，但不忘烦恼却可能成为人生的潜在杀手，贻害健康。实践也一再印证一个基本事实，心里充满阴云并满腹牢骚的人，感受到的生活就必定是艰辛苦涩的；眼里满是丑陋并焦躁抱怨的人，看到的社会就必定是险恶可怕的。而心灵上始终充满阳光鲜花的人，感觉到的生活则是温馨欢快的；情感上充满愉悦舒畅的人，看到的社会则是美好可爱的。

　　学会放下，敞开轻松洒脱的宽广胸襟。人生的过程，是一个获得与舍得并存的过程，是一个拿起与放下同在的过程，是一个坚守与放弃抉择的过程。人老了，要更多地学会与养成舍得、放下、放弃的品格。俗话说："家有千金无非一日三餐，屋有百间无非放床一张。"劝诫人们要正确对待得与失、名与利、进与退，适当之时懂得知足，学会放下。人生也有涯，而欲望无涯。人生的路上，每个人都背着一个背篓，一路走，一路捡拾那些金钱财富、利禄功名，得到的越多，负担也越重。

古人云："祸莫大于不知足，咎莫大于欲得。"要有知足能常乐的心态，宠辱不惊的豁达胸怀，才能品尝真正的幸福。而欲壑难平，永不知足，站在这山看那山，总觉一山还比一山高，终究越走离幸福越远。

"事能知足心常惬，人到无求品自高"。放下，是生活的智慧，是心境的坦然，是处世的豁达；放下，是为人的大度，是人生的彻悟，是安身的途径。放下愚昧，得到智慧；放下忧伤，得到快乐；放下痛苦，得到幸福；放下面子，得到尊严；放下压力，得到解脱；放下消极，得到积极；放下抱怨，得到慰藉；放下狭隘，得到宽容；放下牵挂羁绊，得到逍遥自在；放下贪嗔痴怒，得到淡泊明志。人若放下多少，就能得到多少。舍得舍得，有舍才能得，要得须先舍。放下，是一种舍，是一门科学，是真正回归自然，亦是从心底里接受平凡。往往接受平凡，比一味追求和超越不平凡更难得；往往接受普通，比一味追求和超越不普通更重要；往往知足心宽，比奢望过高、心胸狭窄的人更健康长寿。

有勇气放下过去，才能更好地面向未来。人调离了工作岗位，就应放下原来的地方和原来单位的事情；已不再履行原有的职责和权力，就不应再涉足和干预。要相信后来人的水平和能力。我们的工作和事业就是在不断创新、超越中发展前进的，这是事物发展的规律。

人进入老年行列，特别是离岗离职后，更应该学会放下，感受放下带来的轻松、惬意和美好。人事有代谢，往来成古今。花开花落是燃烧的生命，春去春回是别致的风景，波峰波谷是人生的荡漾，顺风逆风是岁月的涟漪。人要有往高处走的心态，又要有甘居低处的胸怀。一个人退休后，放下功名利禄，放下地位荣誉，放下脸面身段，放下排场接待，用轻松平和开启心智，用平常和平民心态拥抱生活，才可以找到退休生活的乐趣，最大程度地感受到退休生活的幸福。有一位曾担任过省长和省委书记的同志退下来以后，自己上街买菜，自己在家做饭，有时还请亲朋好友品尝他的厨艺。他擅长烤地瓜，对烤地瓜的时间、色泽、火候颇有研究，经常将烤好的地瓜亲手送给同事朋友，美味大家共同分享。我还清楚记得他自费请我吃大排档的情趣和专程给我们一行送烤地瓜的情景，不仅大排档的可口和地瓜的香甜让人回味难忘，他那种普通老百姓的心态和对生活的挚爱更让人感叹不已！

另外一位因年龄因素刚刚卸任不久的省委书记，退下来后就自己上网查找旅游地点和路线，自己网上购买车票、机票并预定酒店，自己用手机软件呼叫出租汽车，不依托任何关系，只和老伴两人自费到外地旅游。还有一位在北京的正省部级退休干部，只要有空，就到楼下广场和居民一块儿扭起大秧歌，融入到百姓生活中，自得其乐。类似的事例还有很多很多。一个曾长期担任领导职务的同志，真正懂得放下、能够放下，回归平常平凡，是多么的难能可贵，又是多么的通达明智呀。

学会独处，修炼律己修身的高贵品质。我国古人主张追求"慎独"的道德和精神境界。一个人在独处的时候，也要严格要求自己。人们往往把交往看作一种能力，却忽略了独处也是一种能力。不擅交际固然是一种缺憾，不会独处更是一种缺欠。实际上，独处是一种难得的人生修为，是宁静、淡雅、沉稳、坦然的精神追求。有人说，"我们曾如此渴望命运的波澜，到最后才发现，人生最曼妙的风景，竟是内心的淡定与从容。曾如此期盼外界的认可，到最后才知道，世界是自己的，与他人毫无关系。"我们要学会独处的心灵放松之道，享受独处的宁静清素之美，品味独处带来的自由和超然。

高山无语、深水无波，喧闹之极总归独处。独处是人生中的美好时刻和美好体验。独处虽然有些寂寞和单调，但老年生活也因独处而变得宁静和简单。在工作中创新发展、在事业上叱咤风云是进取、是荣光，在独处中心安理得、心态愉悦实际上也是进取、也是荣光。人生的态度就该是在宜于进取时珍惜时光、保持定力，在宜于退守时珍视岁月、保持超然，这样生命才充实，生活才更有韵味。

在寂寞和独处时，脱离外界的虚名浮利，安下心来建立自己新生活的条理。独处是一种静美，可以寻觅并享受心灵的澄净。我们可以在独处中学习和思考，在独处中劳作和健身，在独处中歌唱和欣赏。在独处中寻找妙趣，能给自己带来慰藉、惬意和遐想。在寂寞和独处时，尊重理解他人，亲疏随缘，顺其自然，寄情山水，颐养天年。当然独处并不是与外界切断与隔绝，而是淡然外界的奢华浮望和过眼云烟，沉敛于一个自我的境界。在寂寞和独处时，学会倾听自己的声音，学会与自己交流，不能在社会喧嚣中沉沦，不能在万众齐进中落伍，更不能在生命前行中昏睡。

人生历经少年的葱郁成长、青年的风华正茂、壮年的繁花似锦，得到众人和社会的关心和簇拥，受到朋友的喝彩和鼓舞。当人们步入老年，热闹和喧嚣过后总是要趋于宁静。此时，学会忘记是一种大境界，懂得放下是一种大智慧，甘于独处是一种大功夫。用忘记坦然面对生活中的喜怒哀乐得失，找到开启幸福之门的金钥匙；用放下摆脱名利枷锁，手缩短、心放宽、人生境界就会愈来愈高远；用独处为自己创造一个老年生活的新环境，为家人和社会营造一个和谐美丽的新世界。真正学会忘记、放下、独处，就没有失落感，就不会挠头叹息，就肯定能轻松悠闲、健康长寿。

## 拥有四老　生活无忧

人的一生，无时无刻不与大自然产生交换互动，也无时无刻不与社会发生千丝万缕的联系。人们与自然结合，生产和创造出物质财富，满足自己和家人的衣食住行，为他人发展和社会繁荣提供条件；人们与社会结合，产生人与人之间的情感与情愫，寻求自己的人生伴侣和精神寄托，也让社会变得情感丰富和斑斓多姿。人生之乐，乐在自然界，乐在社会中。人不能脱离物质自然独立存在，不能远离社会自然独自生活。在人生的道路上，依靠自己双手拥有一定的物质财富，生活便能自主随愿；依靠自己的真诚和付出获得亲情和友谊，生活才不会孤单寂寞。

晚年幸福是人生的期盼。把晚年生活安排好，有一个安度晚年的环境，有一个健康的体魄，有一个和谐的家庭，对国家、对社会、对子女和对个人都是有益的。一位老同志曾对我说："安排好晚年生活，是自己的希望、儿女的期盼、社会的福音。对自己来说身体好少遭罪，对国家社会来说少

2005年10月9日，重阳节前夕，回良玉到北京市第一社会福利院看望88岁的郭清林（右）和83岁的金树云（中）夫妇。

得病少花医药费，对儿女来说少矛盾少牵扯少受累。"退下来后，我真切体察和感悟到，晚年的生活环境重要的是"情"和"暖"。所谓"情"，就是要对晚年深情挚爱，关心老伴，珍惜老友；所谓"暖"，就是要有一定的物质条件和人文环境，传递暖意，常暖人心。为此，要努力拥有"四老"：有个老伴，有些老友，有处老窝，有点老本。这是人生晚年的福气。

老伴恩爱贴心。有人说，人生之旅，妻子是青年时代的情人，中年时代的伴侣，暮年时代的守护。少年夫妻老来伴，人越老越需要老伴。"家常饭，粗布衣，知冷知热老夫妻。"在人的一生之中，只有老伴与你如影相随，朝夕相伴。老伴是最懂你的人，是陪伴你身边时间最长的人。你脸上的表情就是她的心情，你的一个举动就是她的感动，你的一点冷暖就是她的牵挂，你的每一次离家远行都是她的守望。人与人之间最重要的沟通，莫过于夫妻间的沟通；最为重要的理解，乃是夫妻间的理解。我深深体味老伴的辛苦和付出，就像杂曲中说的那样："教你当家不当家，及至当家乱如麻。早起开门七件事，柴米油盐酱醋茶。"她为我操持家务，哺育儿女，含辛茹苦，无怨无悔。参加工作后，由于工作部门和地域的变化，使得我的家居地和生活环境也跟着变化。我多次搬家，每次最忙碌的就是老伴，最辛苦的就是老伴，最让我放心的也是老伴。我的工作忙，有时几天、十几天甚至几十天回不了家，老伴从来不埋怨我，都是大力支持我的工作。每一次去抗灾救灾前线,老伴都寝食难安地惦记着我。记不清有多少次,数不清有多少回,我晚上回到家已是深夜,老伴还在灯下等候,递上一杯温暖的热茶;当我出差远行,老伴总是叮嘱安全,目送我走出家门……每每想起这些,我的心中便升起丝丝内疚,深感拥有的幸福多有她的默默付出。退休以后,我在老伴身边的时间多了,陪她一起逛街、聊天、遛弯、逛公园、锻炼身体、抚养孙儿孙女。我和老伴都已 70 多岁了,即将迎来 50 年金婚,但现在我们依然有着恋人的情调,有时还做点浪漫的事情,给生活增添一些趣味和欢乐。过去我对老伴说话,有时是重言粗语,现在多是轻言细语;过去对老伴的唠叨,有时感觉烦心又烦人,现在听着老伴的唠叨,却感觉温暖又贴心。如果没有了老伴在身边的嘀咕絮叨,反而觉得生活缺少了色彩而乏味。我深深感悟到,老伴带来的幸福和快乐,是一种别样的感受和体会。那情如清泉甘露滴滴入心,那暖如旭日春风抚慰心田,那意如相思红豆弥久绵长。老伴老伴,相伴是缘,相伴是爱,相伴是福,相伴是乐。常出去遛遛,常坐下聊聊,常和家人聚聚,是我和老伴现在的生活写照。老伴就要相濡以沫,相敬如宾,相亲至爱,相和互谅,相伴永远。

老友互敬互帮。友情是人生必不可少的情愫。人越到老年,越需要好友相伴。亲戚在于走动,朋友在于交流,感情在于沟通。人老之后也应该不忘老朋友,结识新朋友。多同朋友交流,是一种快乐享受。有时,老友回忆起的一个故事、一个情节，会让你重回如歌的青春岁月，令你激动不已；有时，老友带来的一条信息，一句问候，会让你进入未知的精彩世界，令你心旷神怡。老友新朋相见，喜怒哀乐衷情一诉，郁闷得以宣泄，心理得以平衡，精神得以舒展。有事无事常联系，大事小情勤商量，对身心健康乃至家庭都有好的影响。老友相处是一种相互认可，相互尊重，相互仰慕，相互欣赏，相互感知。老友的可贵品质、相帮相扶，成为你向上的能量和终身受益的动力源泉。老友的智慧学识、能力激情，是激励你前行的勇气和力量。老友是事业伙伴，是互相倾吐心事之人，也是镇痛良药。人在世上是不能没有挚友的，否则就会感到孤单和不幸，和挚友相处能增长知识，得到安慰，增强愉悦感，增加幸福指数。当然在此说的老友都是那些经得住考验、心心相印和别无所求的挚友，他们要的是友谊和情感，要的是关心和关爱，不被世态炎凉所困扰。在你逆境时他们无私相助，在你春风得意时他们主动回避，在你心浮气躁时他们鞭策鼓励。老友也要讲包容融合、求同存异，讲平等相待、取长补短，不能分档交友、厚此薄彼。离职离岗后，有人走远了，有人走近了，这是世俗普遍存在的现象，一切亲疏随缘，不要在意和计较。在时间推移的过程中，我们并不是失去了一些朋友，而是知道了谁才是真正知情知趣的良友，谁才是可信可靠的挚友。高山流水觅知音，风清气正交朋友，良友清谈可忘饥渴，挚友相交可长见识，哪怕是相约喝喝茶、聊聊天，都会让情感愈久弥醇，友谊芳香保鲜。

老窝温馨舒适。东北民间常把房屋和住宅称为"窝"。年轻时，有了窝，就有了安定的居所，就有了成家立业的条件，就有了人生起航的港湾。我时常想起儿时的老宅，清晰记得那时老屋后有几颗海棠树，春季花蕾满枝、满院飘香，秋季果实累累、垂满枝头，儿时的海棠香和老屋情让我永远留恋和怀念。后来工作辗转几个地方，搬了好几次家，每搬一次家都对自己住过的地方恋恋不舍。那里有我曾经的岁月，曾经的温馨和分享。人到老了，要老有所居，有个固定的安乐窝。不仅熟悉居室环境，也熟悉周边环境、街坊邻里，于生活起居和与人交往都方便些。老窝是遮风避雨的港湾，是休憩停靠的驿站，是我和老伴精神寄托的家园。老窝不一定要多么宽阔敞亮，不一定多么奢华豪气，只要温馨恬静、祥和宜居就足矣。

老本使用方便。我一生从事"三农"工作，有一句话入脑入心——手中有粮，心里不慌。老年人手中要有点积蓄，不要过分依靠子女和社会。老本是自己劳动所得，去掉必要的开销，一点一点积攒下来的。人老了，步入晚年生活，需要有一点老本，随时零用方便，不必再过于省吃俭用和精打细算。我们这一代人，出生在旧中国战火纷飞国衰家贫的特定年月，学习成长在新中国成立伊始国弱家穷的困难时期，青少年的艰辛困苦让我们养成了节俭的习惯。家庭的有限积攒，往往都是以备不时之需。现在国家发展了，人们生活也好了。手里有点积蓄老本，可以陪老伴逛街随手零用；每逢佳节，给儿孙们发个红包，表达一点长辈的心意；遇到亲朋好友，可以相约一起小聚聊天；同志和乡里邻居有什么天灾病业和急难之需，也能够随时提供些帮扶。每一个人从年轻开始注意适度积攒一点老本，有利于养成自力更生、勤俭持家的良好习惯，有利于减轻社会和子女的负担，有利于老年行动和活动自主自愿。

## 坚持五行　其乐无穷

人生是一个让人心动、激动和感动的生命历程。每个人都有自己独特的人生经历，每个人都有对自己人生的回味和感慨。一个人度过不知忧虑的童年时光，走过孜孜不倦的求学阶段，历经奋斗进取的青年时期，途经辛勤劳作的中年时代，就进入了收放自如的老年人生。人生步入老年，告别了繁忙，辞别了劳苦，从此可以去开发往日无暇顾及的技能和本领，经营自己晚年的幸福人生。人老了应努力坚持俏、笑、闹、跳、撂。晚年心境才能轻松自如，夕阳生活才能潇洒绚烂。

"俏"是人生晚年应当保持不变的追求。"老来俏"是很有道理的。老年人即使白发苍苍、容颜迟暮，也要有一颗爱俏爱美之心，也要时髦，也应该适当的打扮。潇洒大方的仪容和外表，不仅会给人们带来愉悦感和赞誉感，也会给老人带来轻盈的心情和年轻的心态，还会给日常生活带来点缀和情趣。有人认为，退休赋闲在家，离开了外界的"场面"，生活可以随意散漫，穿衣可以随便搭配。那恰恰忘了爱美是人之天性，是人们的共性需求，老年人概莫能外。人既要重"里子"，也要重"面子"，往往"面子"反映"里子"，"里子"决定"面子"。唯有表里如一，才是真正的君子。正如《中庸》言："君子慎其独也"。说的就是独自一人时也会慎重自己的言行，注意自己的言表。穿衣打扮，不仅是向外人外界的展示，更是内心向美的追求。郭沫若说："服装是文化的表征，衣裳是思想的形象。"莎士比亚说："衣裳常常显示人品。"又有一句："如果沉默不语，我们的衣裳和体态也会泄露我们过去的经历。"人生难免苍颜，爱俏不分年龄；年老无法阻挡，美丽可以追求。俏是靓丽外表，更是美好心境。老年人更要注意穿衣打扮，要有俏的心理、俏的行动。我认为，服装还是力量的展示。朋友相见，对方说你穿得精神，显得年轻，精神、年轻不都是力量的象征吗？人老了退休了，虽然抛头露面少了，直接监督管束不多了，但也不能老气横秋，应该继续洒脱，穿着不能干枯无色，不管在家还是外出，都要着装得体，既不过分花哨，也不邋遢随便，努力保持优雅的身形，这既是自尊，也是尊重他人。人老心不老，人生老来俏，有利身心健康，展现老年人的形象与魅力，从容优雅，永葆气度。

　　"笑"是晚年人生的宝贵财富。光阴之叹是我们听到看到的最多感慨。这种感慨在《论语》中也不例外，"子在川上曰：逝者如斯夫"。孔子曾给后人描述人生轨迹，告诫后人理性看待时光流逝，并在每个阶段有所追求。人生的老年阶段，轻松自如许多，最好的追求是微笑和快乐。民间有句俗语说得好："时常开口笑，寿比南山高"。当我们对别人微笑时，别人也会自然地以微笑相迎；他人对我们微笑时，我们也会自然地以微笑回敬。笑是人们心灵的绽放，神情的抒发；笑展现在脸庞，运行在神志；笑流淌在血液，愉悦在心田。笑是长寿之方，是幸福之道。一个人寿命的长短、生命的质量和心态紧密相连，如果常发怒气，焦躁不安，就必然疾病缠身。《黄帝内经》说道："百病生于气也。怒则气上，喜则气缓，悲则气结，惊则气乱，劳则气耗……"所以说，情绪

2012年7月19日，回良玉在黑龙江省佳木斯市考察现代农业建设情况时愉快地与水稻高空喷洒作业人员通话。

乐观，地阔天宽;情绪悲观，乌云满天。人不能阻挡生命老迈，但能够让心灵青春永驻。老年人要学会给自己找乐儿，乐活不老，笑伴人生，生活才不会单调和枯燥。人的笑容是灿烂的花朵，是和煦的春风，是温暖的阳光，是从心灵深处生发而来。老年人要善于找乐儿，生活中的乐趣很多，要用我们的双眼发现乐趣所在，用我们的耳朵听闻趣事美谈，用我们的双手营造开心快乐，让我们的面庞始终微笑荡漾，让心情自然开朗，欢笑永在心田，舒畅伴随人生。

"闹"是晚年人生的趣味展现。老年人不仅要恬淡闲雅、深沉冷静，更要有风趣幽默、豁达爽朗，"闹"就是最好体现。民间常常将那些风趣的老人比喻为"老小孩""老顽童"，可能就是这个道理。从繁忙的工作岗位上退下来，压力和紧张散去，曾经的车水马龙，也许变得门可罗雀，极盛的喧热变为静淡。活动空间变小，步伐节奏变缓，生活似乎不再充实，人生似乎不再满盈。但万万不要忘了，乐趣要自己寻找，环境要自己营造，老年生活不可由此沉沦，晚年人生仍需热闹。老人自主支配的时间多了，但不能总闷在家里，暮气沉沉，郁郁寡欢，要热爱生活，热爱自然，热爱社会。或坐在热闹繁华的街口，或来到熙攘的人群中间，在生活中发现热闹，在自然中品味热闹，在社会中享受热闹。远离孤独失落，憧憬生活美好，让热闹成为积极人生的表现，在闹中观阅古今世事，在闹中找寻快乐逍遥。其实，生活中能让人戏"闹"

起来的由头很多，可以说一触即发，一触即"闹"。电视荧屏上一些激动人心的节目，小说剧本里一些扣人心弦的情节，社会上流传的美好故事，有时会让我跟着"闹腾"。

"跳"是晚年人生的健康保障。跳乃动也。静养心，动强体。人生的变化既是一个人生理阶段的变化，也是一个人家庭事业的变化。人从小到大，生老病死，这是谁也无法抗拒的自然规律。但选择不同的生活方式，决定着生活的质量和效率。健康的身体是自身的财富也是自立的本钱，更是对儿女和社会的最大支持和贡献。人常说："生命在于运动。"老年人更要动起来、跳起来，经常运动健康身体，蹦蹦跳跳快乐人生。晚年生活，锻炼身心是主打歌，轻松活动是主旋律。有选择地适度参加运动，能使四肢灵活，促进气血流通，老年人尤其要注意保持头脑清晰，让头脑处于用的状态。只有身心健康，才能防止疾病缠身，减缓衰老。

"撂"是晚年人生的自由释放。岁月如歌弹指过，光阴似水不再来。回望来路，人生总有一丝不舍，一些牵挂。人到老年，荣辱成败，得失取舍，都已是前尘往事，撂下最好。顾名思义，撂下其实既包含放下，也包括忘记，这两点在前文已作阐述。这里着墨的"撂"，既与前文遥相呼应，又有其特定的广义和内涵。到了人生的晚年阶段，在岁月长河里徜徉了半个多世纪，苦过、累过、笑过、乐过，经历过多少坎坷磨难，品味过多少酸甜苦辣，得到过多少开心快乐，拥有过多少伤心烦恼，现在应该到了撂下担子、卸下包袱，静静品味人生的美好时候。撂下年轻时的争强好胜，保持平和心态；撂下中年时的事业压力，还自己一身轻松；撂下在岗位上的思维定势，回归百姓、走进人群；撂下对子女的牵挂羁绊，给子女独立发展的自由和空间。退休之后，既要"退"，也要"休"，事少管、心少操，不要事事掺和说自己，事无巨细爱唠叨。世间万物，谁都难以逃避新陈代谢的规律。每一代人有各自的职责和使命，有各自的机遇和挑战，儿孙自有儿孙福，江山代有才人出。对人生舞台，要真诚面对，要参悟看透，适时撂下行头和装束，逍遥平安活到老。

## 树立六趣　有滋有味

人生追求快乐的要点，离不开一个"趣"字。古人造字遣词颇为考究，"趣"字，乃"快步趋之，必有所取"。往往"乐趣"并用同行，意旨乐是趣的追求，趣是乐的源头。这样的论说，道出了乐与趣的天然联系和辩证关系。林语堂曾在《论趣》一文中说："人生快事莫如趣。"一个人的兴趣和情趣，无一不体现在他的爱好、习惯和生活取向之中。人们常说，兴趣是人生的第一老师。人有了趣的引导，便有了做事的激情和动力。有的家长时常感叹孩子不听话，让孩子学的东西没能认真学好，做的事情没能努力做好，直到后来才醒悟，自己要求孩子学的做的，恰恰是孩子不感兴趣的。事实上，凡是在各行各业有所成就的，大多受益于"趣"的引导，得益于"趣"的支撑。趣对人生具有无可比拟的价值和意义，人们往往因志趣而择业，因情趣而结缘，因意趣而抒怀，因妙趣而探索，因兴趣而执着……在一定程度上说，"趣"是人生快乐的主宰。

人生漫漫，岂能无趣？一个人把握了"趣"的真谛，用"趣"激励心灵和行动，就能把对生活的无限憧憬，对生命意义的不断探求，转化为真善美的情结和旋律，让内心深处的琴弦发出动听的天籁之音。生活因趣而丰富多彩，日子因趣而有滋有味，情感因趣而深刻隽咏，人世间因趣而美丽动人。有趣的人生绚烂多彩，无趣的人生索然寡味。我们每个人都期盼人生充满趣味。发现"趣"，启发心智；理解"趣"，倾听心声；拥有"趣"，永逸身心。对于步入老年的人群来说，要让晚年生活多姿多彩，富有情趣和趣味，做些力所能及自己又喜欢做的事情。人老了，不要被世俗所左右，应从年龄的束缚中和不必要的拘泥中解脱出来，坚持洒脱、优雅、有趣的生活。为此，晚年生活要识趣、善问趣、敢求趣、会解趣，要树立生活的兴趣、家庭的乐趣、学习的妙趣、锻炼的意趣、事业的志趣、为人的情趣，绽放自己缤纷绚烂的夕阳之趣。

要培养生活的兴趣。退休之后，离开工作岗位，进入一个自主支配的"自由世界"。徜徉在晚年生活的自由空间里，没有束缚，可以尽情释放，择一乐而从之，避一恶而远之，悉心培养和经营自己的兴趣爱好，从而享受丰富精彩的夕阳人生。晚年是培养兴趣爱好的最好时段，是品味生活快乐的最佳时期。有的人钟情琴棋书画，有的人沉浸诗词摄影，有的人热衷体育锻炼，有的人喜爱高山流水，有的人痴迷出行旅游……我的晚年生活也是兴趣丰富，喜好多元，其中让我倾心投入的当属泡茶品茗。"茶"者，人在草木中也。泡茶饮茶，鉴茶品茶，也是在感受生活，领悟人生。退休之后，有了轻松和悦的心情，有了往事随风的阅历，喝茶不再是"难解其中味"的解渴，泡的是起伏舒展的人生，品的是茶中意蕴和意境。一杯茶汤，红茶艳丽明亮、白茶浅淡晶黄、绿茶碧绿清澄、黄茶黄亮甜香、乌龙茶醇厚浓郁、普洱茶通透甘爽，那种诱人之美让人难以抗拒。茶的苦、涩、甘、香，蕴藏着人生百味。品茶让人清除主观欲念，虚心观察事物本然，觉悟事物本源。盏起杯落，人生拿得起，也要放得下。茶之苦涩，让我们感受人生旅途之苦。随着苦涩缓缓褪去，人生到了懂得退让和回旋、内敛与反思的成熟阶段。茶之甘香，让我们感受人生经历之后的苦尽甘来，好比耄耋老人回首沧桑往事，品味人生的沉香与回甜。经历之后，恍然觉悟，天之安详、人之温馨，时光流逝让你味觉丰富，让你对生命的感知越发透彻。茶是人生陪伴，以茶相聚平淡而高雅。我愿意为家人和朋友泡茶，在泡茶中纾解心情，提神醒脑；在喝茶中养生消遣，交友抒怀；在品茶中畅谈人生，感悟世事。泡茶之后不浪费，把剩下的茶叶或陈茶加上花椒、大料、陈皮、酱油、盐等一起下锅煮茶蛋，和亲人朋友们共同分享，又是满屋飘香，其乐绵绵无尽。

2005年 欣欣

2003年 佳佳

2013年 元元

2001年 亮亮

爷孙情

掌中宝

要享受家庭的乐趣。家是人生起步和发展的根基，是人生老来归航的温馨港湾。人老了都要回归家庭，更多地感受家庭的温馨之情、祥和之乐。我退休后，尽量多陪老伴聊聊天、遛遛弯、逛逛街，尽量让她休闲和愉快。最具乐趣和幸福感的是经常要抽出时间陪陪孙子、外孙和外孙女，小的举在手上欣赏、蹲下去聊天、抱起来亲昵，大的牵着手散步、促着膝谈心、拍着肩交流。五个孙辈从出生后的百天起，一直到三四岁，我都会让他们站在我的手上托举起来玩耍，并拍下照片留存，一些照片还放大了挂在我的卧室里，看着我的"掌上明珠"们，心里无比甜美。每年春节，小辈行叩拜之礼，从长辈手中接过压岁红包，那个美好时刻，一家几代同堂，其乐融融，兴奋的心情难以言表，真是乐在其中，乐而忘累，乐而忘老。

要体会学习的妙趣。人活到老，就要读到老学到老。青年时代，书籍是人生进步的阶梯。老年时代，读书是健人之身、养人之神、强人之心、提人之气的良法。古人曾说："少壮不努力，老大徒伤悲。"在我看来，白首正是读书时，老年不甘脑无知。老年人读书，没有时间限制，没有条框约束，没有琐事烦扰。要多读书，读多种书，用多种方式读书。世界是一部无字天书，生活是一本精彩小说，山水是"大块文章"。常看书的人不孤独，爱读书的人不易老。人生有种种享受，读书是其中之一。特别是贤哲之书、经典文章，真是字里有乾坤、词里有日月、墨里有天地，它们往往以言简意赅、含蓄隽永的语言为世人称道，更以其丰富的思想内涵传承于世，经久不衰。徜徉其中，我们常常被书中那美妙的故事所吸引、美丽的语言所打动、美好的思想所震撼，并思忖感悟，受益终生。在工作和生活中，我记住和记录了一些名言警句，常以此自省自律自奋，开导自己、解脱自己、提升自己，淡泊功利、抵住诱惑、放弃偏见、为人宽容、精神愉悦，有时也用这些名言警句劝慰他人、助人向善、排除郁闷、纾解委屈。读书学习，既要读有字之书，也要读无字之书，在社会大学里，拜众人为师，集百家之长，成一人特色。往往是大家都在睁眼观望，却并不等于都能看清社会的一切；大家都在捧书而读，却并不等于都能读懂书中的真谛。读书破万卷，下笔如有神。日有万步思，笔下千行书。我常常是读书有所感，就边读边记下来；散步有所思，就休息时记下来；坐车听广播有所想，就边听边记下来。晚年读书写作是夕阳光彩的记录，是晚霞美丽的描绘，是人生宝贵情感的尽情流淌和释放。总之，读书学习可以让人们开阔视野、增长知识，了解人世间的趣味和提高生命的质量，可以让人们以放松的心态面对人生的阴晴圆缺，使社会多一些从容和谐，少一些功利浮躁。

要追寻锻炼的意趣。新陈代谢是客观规律，人到老年必然面临身体和机能的下降。退休以后，是锻炼身体的好时机。

工作可以退，健康不能退；岗位可以离，锻炼不能离。锻炼不仅是为了长寿，更重要的是提高生活质量，让自己在活着的时候，活得健康一点、轻快一点，给别人少添些麻烦。晚年锻炼有三讲：讲科学、讲乐趣、讲体悟。锻炼讲科学，才能起到事半功倍的效果。持之以恒，让锻炼成为一种习惯，增强体质，运动应循序渐进，从小运动量开始，量力而行。锻炼讲乐趣，才能不枯燥不劳累。选择自己喜欢的健身项目，或散步，或慢跑，或爬山，或游泳，打打太极拳，做做广播操。选择容易坚持难，不喜欢就难以坚持。锻炼讲体悟，才能达到身心合一的境界。体行心悟，身体在前行，大脑在思考。边走边思，身脑兼炼，相得益彰。在锻炼中，观察四季景色更替，观阅万物生长变化，观悟人生大道。晚年锻炼，我特别推荐老年朋友多到大自然中去，在自然中行走，健身养性。过去我们在工作中到过很多地方，但往往是匆匆一瞥。人老了脚步不能停，可以有计划有节奏地到一些地方，慢慢观赏，细细品味。到农村去走一走，看一看碧绿的田野，望一望茂密的青纱帐，瞅一瞅父老乡亲黝黑的脸庞；到大草原去走一走，看一看丰厚广袤的青草，闻一闻沁人心脾的花香，听一听马背上悠扬嘹亮的歌唱；到大海边去走一走，看一看波涛奔涌的海浪，望一望大海深处的苍茫，躺一躺湿润松软的沙床；到少数民族地区走一走，看一看多服饰、多色彩、多习俗、多文化的奇特景致，尝一尝富有民族风情的美味佳酿，瞧一瞧各民族多元一体、繁荣一体、团结一体的和谐景象。

要坚持事业的志趣。俗话说："老来人生第二春。"人到晚年，绝非无动于衷地等待西山日落，而是迎来了人生的另一个春天。"丈夫为志，穷当益坚，老当益壮"，"鞠躬尽瘁，死而后已"，古人先贤身先示范，教诲我们太多。人生进入晚年的夕阳阶段，仍要释放余热与和煦的光芒。人老了，仍然要有事业的情怀，奉献的情操，忠于党和国家的情感，服务人民的情意，不冷眼观花看笑场。人退离工作岗位，并非人生事业追求的戛然而止，而是站在人生新的起点，走在新的路上，有了更多的精力，更自由的空间，集中心智，奉献余力。所以要读书看报了解国家大政方针，走走广袤农田倾听农民心声，串串大街小巷唠唠家常，写三两句话提点中肯建议，为国家富强和人民富裕继续做点贡献。

要展现为人的情趣。情趣是个模糊的词，在我看来，为人的情趣，关键在真情和幽默。人生天地间，不能独来独往，亦不能特立独行。老年时光，更需要人际、人气和人缘。身边有组织你才有底气，身边有朋友你才不孤单，身边有儿孙你才真快乐，身边有老伴你才笑开怀……在我们现实的生活中，确实有很多付出往往以回报为目的，确实有很多交往往往以利益交换为目的。然而，父母对子女的付出是无私的，真挚朋友的交往是真情实意的。爱情因相依而美好，友情因真诚而长久，亲情因珍惜而温暖。到老了，真情一定要认清，要把住。

而幽默，则是智慧和力量，是艺术和文明，是解脱、自嘲、释放，是生活的润滑剂。幽默让人愉悦而又意味深长，能够抚平烦恼、摆脱孤僻、带来欢乐。生活特别垂青幽默的人，没有幽默的老年生活，总是乏味的。人老了应该乐对人生。我虽然不懂音律，五音不全，但也学唱了几首蕴含醒世明理、血脉亲情、友好有情的歌曲。孙子过生日，献上一首《我的快乐就是想你》；老伴劳累时，唱一曲《妻子辛苦了》；结婚纪念日，唱出《遇见你是我今生的幸运》，愿做《两只蝴蝶》继续飞；老友来访，重温《永远是朋友》，大家共勉《莫烦恼》；年轻同事，是青春少年《样样红》，也要学会《数天数》，光阴不虚度。《人在世上飘》，情趣很重要，快乐来相伴，生命不孤单。

## 珍惜七情　晚钟悠远

情是生命之魂。古人云"道始于情"，"通情"方可"达理"，"重情"必然"多义"。有情，才有人生的出发点和归属感；有情，才有生活的韵调和意义；有情，才有社会的温馨和动力；有情，才有人世间的美妙和精彩。情与生命同来。生命绝非仅仅血肉，生命之所以为生命，就是有情相依。情是人类世界共同的拥有。人生在世，岂能无情？

我们生活在一个充满大爱真情的时代，生活在一个充满激情热情的社会，生活在一个充满友情感情的多民族大家庭，每一个人都会因情动心，抒情赞叹，为情祝福。人生七十载，工作五十年，回首经历过的人人事事，回望走过的那些地方，在记忆的最深处总是与情紧密相连。总有一些足迹铭记肺腑而历历在目，总有一些情感铭心镂骨而难以忘怀……一路走来，一路征程一路情，一路是情的伴随、激励、关怀和感动，让我不知疲倦地前行在工作和生活的道路上。在丰富醇厚、真挚热烈的情感世界里，有着最让我魂牵梦萦、难割难舍、倍感珍惜的七情：组织情、国家情、民族情、事业情、故乡情、家庭情和朋友情。

要珍惜组织情。人们常说，感谢感激组织的培养之情。可以说，人生起步是组织为我们奠基，人生方向是组织为我们引导，人生行程是组织为我们帮扶，人生归途是组织为我们安排。我们人生发展和事业成功，须臾不能离开组织的培养、选拔、使用和关怀。离开组织的关心与怀抱，那就是无源之水、无本之木。饮水要思源，本末勿倒置。没有组织哪来个人前行的平台，没有组织哪有拼搏努力的方向，没有组织哪有事业进取的力量？我出身普通家庭，20岁开始参加工作，在为党和人民服务的五十年里，工作经历公社、县、市、省和中央五个层级，每走一步都是组织的精心培养和高度信任，同事们的真诚关爱和鼎力相帮。人越是离开岗位，越是懂得组织的恩情；越是到了晚年阶段，越是怀念组织的温情。组织的恩情、教诲和温暖让我铭刻于心，终生难忘。至今犹记老领导、老同事与我促膝谈心的情景，他们谆谆教诲，殷殷叮嘱，传经送宝，使我深受感动。逢年过节，或打一个问候的电话，或寄上一封写有祝福吉语的书信，寄托着对组织和老领导的深深情意。

要珍惜国家情。常言道："没有国就没有家。"我还记得在读小学时，第一次听老师讲解国旗和国歌的时候，心情万分激动，一股暖流在血脉中喷薄和涌动。那时我就有一个梦想，什么时候能到天安门亲眼看到五星红旗冉冉升起，什么时候能到天安门给祖国敬个礼。国家情，成了我人生情感当中十分高大珍贵和弥存不变的情感。特别每当我出访考察时，那种深厚的情感和思绪总是定格在我们伟大的祖国。了解别国发展情况，我总想到祖国如何谋划和发展；每当我看到国外的山川，我总会油然想起家乡和工作过地方的美丽景色和巍峨山脉；每当我看到外国的江河，我的脑海里总是呈现哺育中华民族的万里长江和滚滚黄河。眼看的是别国的风景风情，情思的是祖国的大好河山。无论你身处哪里，无论你去向何处，祖国都是你坚强的后盾，激励你昂扬向上，支撑你不卑不亢，指引你回家的方向。爱国不分长幼、先后，为国家奉献永远不晚。我们每一个人都要深深眷恋和爱着自己的祖国，从心底里祝福国家繁荣和富强。

要珍惜民族情。我们伟大祖国是一个统一的多民族国家，是 56 个兄弟民族组成的命运共同体。在历史发展的长河中，我国各民族间自然接近，亲密交流，深入交往，你中有我、我中有你、交错和融、互补共生。我是回族，长期和各民族同胞与民族工作者交往，我深深感受到各民族对祖国的热爱之情，各民族之间的兄弟之情，全社会对民族文化的欣赏之情，人民大众对民族团结的珍惜之情；我深深感知少数民族群众的聪慧憨厚和生活艰辛，民族地区的天籁大美和发展滞后，民族问题的复杂、民族政策的敏感和民族工作的繁重。我们应该带着这种深厚情感和认知，处理民族关系，尊重民族习惯，把握民族问题，做好民族工作。

2011年7月21日，回良玉到西藏山南地区慰问各族干部群众，这是在乃东县泽当镇看望农民尼玛土登一家。

　　要珍惜事业情。事业是人类的专属，是人生最基础又最崇高的追求。人生在世几十年，碌碌无为得过且过是虚度光阴的愚笨活法，而为事业不懈拼搏和努力，才是真正充实的智慧人生。从岗位上退下来，虽不必再插手过去的工作，但依然会保持着对以往从事事业的珍惜和热爱之情。回顾工作的一生，那些自己为之呕心沥血、艰苦打拼的事业，凝聚着人生经历和汗水，融合着理想信念和追求，饱含着人生情感和希冀，弥足珍贵。在五十余载的事业奋斗历程中，我担任过地方领导，在国务院期间曾经分管过民族、宗教、扶贫、救灾、民政、老龄和残疾人等方面的工作，但这五十余年工作的主线是"三农"。我同这些事业结下不可割舍的深深感情。这些经历，让我深深体悟农业"政首邦本"的地位和农业农村工作的繁重艰巨，深深期盼全社会崇农护农敬农爱农，给予"三农"更多的关注和关心；让我感知工作要满怀感情和热情，竭力帮助弱势群体排生产之忧、济生活之困、解发展之难，把国家和社会的温暖送到他们的心坎上。事在人为，为者不悔，切莫光阴虚度。遥想当年人生理想、事业志向，唯有初衷不改，矢志不移，专注于心，执着于行，事业才有所成。

　　要珍惜家乡情。家乡是生命的起点，是生我养我的地方。在外的游子，都盼望回家乡。在外读书时，盼着放假回家乡；在外工作时，盼着过节回家乡；在外出差时，盼着结束回家乡。因为家乡有我们生命依赖的山水田园，有我们成长相伴的父老乡亲，有我们学识奠定的学校师长，有我们人生起步的血脉根基。家乡让人魂牵梦绕，刻骨铭心，永世不忘。到老了，更是如此。每一个人都有讲不完的家乡事，唱不完的家乡曲，忘不掉的思乡愁，报不完的乡情恩。这些情感和情怀，来自我们的血脉，融注我们的经历。家乡把我养育和培育成人，家乡给予我的太多，而我长期工作在外，回馈家乡的太少。对于远离家乡的游子而言，家乡总是那么善解人意，总是那么淡泊纯真，家乡父老浓浓的乡情、温馨的亲情、真挚的友情，始终是深情的牵挂、无声的教诲和有力的鞭策。因为工作关系，我曾走过几个地方，对那些地方有了家乡的情怀和感念，不是家乡情，胜似家乡情。爱家乡，就要牢记家乡父老乡亲的教诲，铭记他们的嘱托和希望，汲取他们奋勇前行生生不息的力量；爱家乡，就要牢记家乡历史贡献和发展变化，感念感恩家乡父老乡亲，支持家乡建设和发展。

要珍惜家庭情。家庭是个人与生命源头联结起来的主要纽带，是人类社会中最自然的组织，是人在世上的根基和休憩的港湾。筑一个好窝，护佑好亲人，就感觉踏实和愉快、满足和陶醉。工作时，家庭是减缓压力和调整心态的最好去处；退休后，家庭是亲情互动和尽享天伦的不二选择。家庭太平凡了，也太不平凡了。常在家时，对她的温馨、踏实和可贵不一定完全理解。然而不在家时，对她的牵挂和留恋却日益倍增。长期离家就感到虚飘和缺少了很多东西。每一个人都应珍爱自己的家，珍惜家庭的缘分和情感，珍视家人健康和发展。夫妻互敬互爱，兄弟亲热相好，妯娌和睦相处，儿女孝顺父母，长辈关心晚辈，让属于自己的小天地充满柔情蜜意。人退休了有更多的时间倾听妻子的唠叨和子女的诉说，更多地得到家庭成员间的照顾和亲情的温暖，更多地享受到家庭的欢乐和温情。

要珍惜朋友情。在人生的道路上，总有一些人同我们的事业和生活相知相伴。人总是从不识到相见，从陌生到相识，从相识到相知。人熟为宝，人知为友。朋友情，是人与人相识相知之情，相帮相助之情，相扶相伴之情。朋友情，是人的情感世界里的宝贵财富，是社会和谐交往的情缘纽带。对朋友要讲深情厚谊，要讲真情挚意。真正的挚友相交，不只是工作和生活的联系，而是与整个人生的联系；不只是相互的惦记、牵挂和帮扶，而往往是影响着彼此生命内涵和质量的广度和深度。真正的挚友是讲精神素质和道德修养的，是讲共鸣、相知、相亲和相爱的，绝不是无端的夸赞、曲意的迎合、唯诺的奉承、傲慢的施舍和功利的盈亏，也绝不是回报多少和灯红酒绿。挚友要以诚相待、心灵相通，这样才能"天高地也厚，山高水长流"。人越到了晚年，越要珍惜朋友之情。晚年之友，是经得住岁月考验、经历过世事洗礼的真朋友，弥足珍贵。

大千世界，芸芸众生，又有多少人能够真正参透悟明这个情字呢？现代生活中，不少传统已被颠覆，一些欲望淡化了情感，功利吞噬了情操，物化舍弃了情义，多变动摇了情理，这是十分危险的。我们要珍惜宝贵的人类情感，激发向上的情怀，化解误解和矛盾，消融冷漠和隔阂。人到老年，情可以使人意志不减、思维不滞、体态不老、朋友不少、精神不靡，永葆青春活力。以情为礼、以情为感、以情为馈、以情为谢，就能让社会变得更加美好和谐。

## 箴言八字　寓乐于行

箴言是人生经历和感悟的凝练和总结，是人生智慧的闪光。我们总是为那些经典人生哲理所折服，它们早已深入我们的骨髓，融入思想，指引行动。上个世纪九十年代初，我在湖北工作时，当地的一位老同志年过九旬，头不晕，眼不花，耳不聋，腰板硬朗，步履轻松，思维敏捷。当向他请教养生秘诀时，他讲了八字箴言：童心、蚁性、龟柔、猴行，给我们很大启示，留下深刻的记忆。到今天，也有了更切身的感受和体悟。

老年人，要保持童心。童心就是真心，一种纯朴简单、乐观好奇、与世无争的心态。童心可以让你像孩子一样纯真无忧、天真无虑，也可以使你和孙辈一起欢快游戏、乐呵玩耍，还可以让你对事物充满新鲜感、好奇心。这样才能忘掉老之已至，生活自然轻松愉悦，生命得到有品质的延伸。我们常常说，"童叟无欺""童言无忌"，就是说儿童的心理是最天真、最无邪、最单纯的，儿童说的话也是最可信、最真实的。这也顺应了《道德经》里说的"赤子之心"。其实，每个人都有一颗童心，然而随着年龄的增长，社会的磨砺，生活的磨练，人的心思就变得不再单纯，童心自然而然地被尘埃世俗蒙蔽。著名作家冰心在《寄小读者》中曾写道："因为我若不是在童心来复的一刹那顷拿起笔来，我决不敢以成人烦杂之心，来写这通讯。"所以，我们保持童心，就是让大脑处于一种简单放松状态并得以休息。童心不分长幼尊卑，下至襁褓小儿，上至耄耋老者，不论达官显贵，还是平民百姓，任何年龄阶段的人都可以拥有。童心，总是与阳光、快乐相伴相随，总是简单、坦诚地对待身边的人和事。拥有童心，就没有世俗的纷扰，周围世界的一切都是美妙和奇幻的，对未来总是充满期待。保持童心，就要抛开一切烦恼与忧愁，脱离杂念、简单纯洁、直率纯真，无忧无虑地生活，生气勃勃地做事，满怀好奇地欣赏，思维专注地研究，总是乐观开朗地面对生活中的不如意和事业上的困难。正视老年人的生理变化，有病即医，客观应对，开明疗养。恐惧疾病的人病难愈，害怕衰老的人老得快。殊不知，比容颜肌肤衰老更可怕的是心灵情感衰老。保持童心，就会"毒虫不螫，猛兽不据，攫鸟不搏"，外邪不能侵犯，这样一来能防病健身、延年益寿。

童心可以改变人的一言一行，使人的言行举止更加充满纯真，绝不强颜欢笑，佯装安好，而是超然对童真的复归，直接表达感情，从而获得幸福。

老年人，要有不离群的"蚁性"。多和同志及朋友在一起交流，喝茶下棋打球聊天餐饮，甚至旅游和欢歌起舞，不能闷在家里，活动方式要丰富多彩。人生不能重来，但岁月可以回顾，当今能够畅怀，未来可以展望。蚁性就是要注重团结交流，乐于与人打交道。在浩繁的地球生物中，蚂蚁是渺小、微不足道的，也常被人们视而不见。它既没有虎狮的强壮体魄，也没有蛇蝎的致命毒性。无论从体型还是技能来说，人们都难以看出它的威胁。毋容置疑，蚂蚁是一个弱者。然而，"千里之堤毁于蚁穴"，足见蚂蚁不可小觑。纵观生物演变史就会发现，在上亿年的生物进化过程中，犹如恐龙那样庞大的许多同时代的物种早已灭绝，而蚂蚁不仅目前仍在地球上活着，且数量越来越多。有专家统计过，蚁族的总重量和所占地域已与人类旗鼓相当。这可以说，是微不足道的蚂蚁创造的世间奇迹。那么，为什么小小的蚂蚁能从灾难重重的远古顽强地生存下来？探究原因，才知道这正源于它们具有高尚卓越的蚂蚁精神，也就是蚁性。一只蚂蚁微不足道，可一群蚂蚁就举足轻重。蚂蚁是自然界同类交流最频繁的一种生物。虽然我们听不到它们的声音，但并不妨碍它们相互间传递信息。在蚂蚁的王国里，无论多么庞大的工程，只要齐心协力、通力合作、精确分工都能完成。可见，同类之间的交往是多么重要。独木难成林。人在社会中生活，过于孤僻便会伤身，如果常与人们交往，就能排忧解困。蚁性对我们老年人来说，还包括要像蚂蚁一样吃东西，吃得少，吃得杂。蚂蚁的食物非常不固定，往往就地取食、不分精粗，并且蚂蚁一般饮少食微、细嚼慢咽，而它们的生命力却十分顽强。中医讲究"饮食自倍，肠胃乃伤"，意思是说暴饮暴食危害极大。老年人不可过度节食或大吃大喝。古语说："所食愈少，心愈开，年愈益；所食愈多，心愈塞，年愈损"，就是这个道理。于是，我们应鉴赏蚁食要细嚼慢咽，不可狼吞虎咽；要多食五谷杂粮，不可追觅山珍海味；要饭饱食足，不可饥肠辘辘；要适当节制，不可暴食暴饮。可以风趣地说，老年人要拥有"蚁性"，讲究"蚁力"，学会"蚁食"，追求"蚁乐"。如此一来，晚年生活，祥和安康，幸福永远。

老年人，要有宽容的"龟柔"。龟柔若水，龟坚如石，有软有硬，能屈能伸，长命百岁，被誉为长寿的吉祥物。龟性情温和，相互间无咬斗，耐性极好，尤其是耐饥饿能力超强，数月不食也不致饿死。从生物习性来看，龟是现存古老的半水栖、半陆栖性爬行动物。白天多陷居水中，夏日炎热时便成群地寻找荫凉处。遇到敌害或受惊吓时，便把头、四肢和尾缩入硬壳内。因此，有时用"缩头乌龟"来讽刺不敢担当，遇事逃避的人。其实在无关宏旨的事情上，不妨像乌龟那样多些与世无争，少些斤斤计较，有一个宽广的胸襟。龟柔就是要寡欲，保全精气神，从而能够健康长寿。欲壑难填，欲望过深是毒药，欲望无节，人生失去方向，甚至会沦为阶下囚。我们要像龟似的清心寡欲，活得洒脱。龟柔就是要与人和蔼相处，不要因为鸡毛蒜皮的小事而轻易动怒。人到晚年，唯有健康和家庭最为重要。健康是生活的船，家庭是生活的港，这才是幸福生活的依靠。名利、地位、钱财均是身外之物，生不带来，死不带走，完全没必要较真，更不要挖空心思地去奢求。人到老年要保持平静的心态，多散步、常静思，少掺和、远是非，养心养身，颐养天年。

老年人，要有常动多动的"猴行"。多动是猴子的天性，也正因为这种天性，猴子反应灵敏，身手敏捷。我们应当学习它的这种天性。尤其是，老年人更要学猴行，尽量保持身体各部位的灵活机敏，而不能老态龙钟、老气横秋。在生活中，不妨常写写字、下下棋、唱唱歌、跳跳舞、打打牌等，活动活动大脑。日常要随时随处伸伸胳膊、转转脖子、扭扭腰、散散步、晒晒太阳等，活动活动筋骨。总之，是让大脑和身体适度保持活动的状态。俗话说：心灵手巧，其实这两者互为因果。手若灵巧，心自然不会愚钝。尤其是老人，做一些锻炼手脚灵巧的活动，对保健身体大有益处。然而，猴行也要量力，根据自身状况，周身上下活动到、伸展开就行，而不要再去追求速度、力量。科学的锻炼运动才是健康之本。要做到猴行，就要有良好的体力和无忧无虑、欢乐天真的心情，常登山观日出、游湖赏美景，陶冶情操，乐在其中。

## 曲调九自　唱响人生

退休以后，我离开了奔波繁忙的工作岗位，觉得轻松自如许多。告别了日程紧张的公务，多了些悠闲自在和温馨的交往；舒缓了忙碌奔跑的脚步，多了份从容安逸和静谧的沉思。自此，静观天地自然气概，常读古今经典文章，含饴弄孙天伦之乐，访亲会友融情交往，锻炼身心享受生活，品味世事感悟人生。一个人到了晚年退休阶段，可谓"时间富裕了，空间广阔了，阅历丰富了，经验成熟了"，一切思想和活动皆随于"我"，循其内心，尊其自我，看得透彻，想得自主，行得自在，活得自然。自主自在使生活和心情得到全面自由的舒展，自主自在使快乐和幸福掌握在自己手上。

经历了岁月的雨雪风寒和人生的酸甜苦辣，才会更懂得自主自在生活的可贵，务必要十分珍惜，自己应妥为安排和践行，我离职退休后归纳了一个"九自"小调：睡觉自然醒来，生活自理自立；活动自行安排，时间自主支配；坚持自警自律，思想自强不息；学会自得其乐，经常自我安慰；心有自知之明，避免自讨没趣；常思自重自爱，切莫自我麻醉；内心自鸣得意，绝不自傲清高；活得自然愉悦，才算自在逍遥；并非自圆其说，诚为自赏自励。这样才能心智平和、心灵安定、心情满足、心地炽热，这样才能避开烦恼、远离孤独、忘掉忧愁、寻求快乐。

自主使得时间和空间属于自己，使得心思和意愿得以率真表达。自主安排活动和事务曾是我们在岗位上时不敢诉求的奢望，也是我们在岗位上时不能逾越的规矩。当你退下来，有了更充裕的时间，有了更放松的心态，有了对自己活动和事务的支配权，你会觉得未曾有过的轻松愉悦。"自此光阴归己有，从前日月属官家。"在职时是自选动作少而规定动作多，离职后是规定动作少而自选动作多；在职时工作驾驭你，离职后你驾驭生活；在职时礼拜天也是工作日，离职后日日都是礼拜天。终于

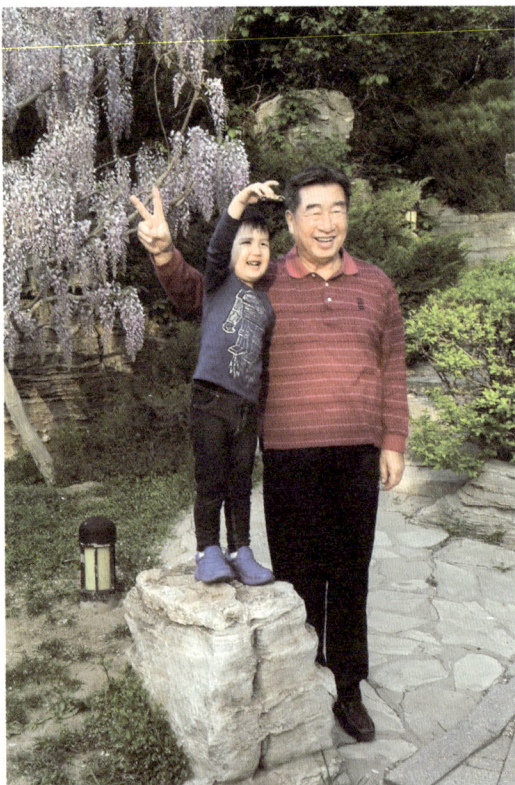

含饴弄孙　天伦之乐

有了清闲的时光，可以好好地放松自己，不再需要废寝忘食，可以日出而作、日落而息，有规律地生活。

自在使我们得到了幸福和快乐的拥抱，使我们拥有了人生的愉悦和安享晚年的自由。离开工作岗位的责任和任务，头脑的空间不再那么拥挤，步入了自在自由的状态和境界。当你自在品味生活的时候，你就会更加感悟到生活的本质和甜蜜、社会的芬芳和美好，你就会增加一种别样的幸福感和获得感；当你自在观看眼前花开花落、天上云卷云舒的时候，你就会更加体验到大自然带给人们的安逸和恬静。以往走在林荫下，行在小路间，脚步匆匆，思绪总是离不开工作案头的那些事；退下来大不一样了，林荫下小路间看的是芳草萋萋，想的是美好的日子像花儿一样甜美，充满着生机和希望。以往下班回到家，心情和心绪总是沉浸在凝思竭虑中；退下来长居在家，陪老伴儿聊聊天，和儿女们谈谈心，与孙辈们逗逗笑，真是其乐融融。

晚年的自主自在，可以畅通你的血脉，调养你的身心，洁净你的灵魂。我们每一个人，在不同阶段有不同的人生使命和职责，有不同的生活方式和节奏。少年时代是跑跑跳跳地快乐成长，青年时代是大步疾行地快速发展，中年时代是稳步健行地事业推进。当人们步入老年，没有了事业生活的紧张和压力，就得放慢节奏、放飞心情，开启了追求精彩和境界的慢生活。晚年的自主自在，是对多年奋斗生涯的一种回馈和返璞，是对坎坷人生经历的一种修护和调节，是对曾经艰辛生活的一种慰藉和补充，是对家庭和亲人太多欠账的一种补偿和回报。在我们疾步前行的时候，总是有那么一些人、一些事，我们来不及悉心对待和思考，总觉得自己亲历的一些事还没做妥做好。当我们慢下来静下来，就会自觉地回忆往事、回味人生、回想亲友，用温馨珍爱的目光欣赏曾经的世人和世事。站在人生长河之滨，回望走过的路、回溯经历的事、回念相遇的人，无论是平坦的大道还是曲折的小径，无论是奋斗的艰辛还是收获的喜悦，无论是相帮相扶还是形同陌路，我们都能心平气和地看待，轻松愉悦地面对，一笑中泯然释然了。

晚年的自主自在，犹如找到了一片自然和谐而又美丽的"世外桃源"，诗意地栖居其中。轻松自主地安排日常活动和起居，惬意自在地分享世间的关爱和乐趣，这不就是人们心灵中的家吗？晚年生活，没有了激烈的追逐，没有了奋力的奔跑，有的是闲庭信步的从容，慢步逍遥的乐趣。行走天地间，品味人和事，不以物喜，不以己悲，随心随性，优雅轻松。读书不受工作和行业框框限制，可以博览群书，广泛涉猎，聆听庄子的"逍遥歌"，学习老子的"道德经"，在中华文明的浩瀚海洋里徜徉前行。写作可以排空思绪，放松心情，意由心生，不用匆匆忙忙的"奋笔疾书"。这不正是现代人的心灵向往，值得品味的"慢生活"吗？！晚年并不晚，老年亦不老，关键是你有什么样的心境。在自主自在的人生境界高妙处，在空明澄澈的精神家园中，幸福的晚年生活正在拥抱我们。

行笔至此，九九之乐，即告终篇。犹记得在我离岗离职后的第三天，一个有心用心的朋友，送给我一幅他自己亲绘的竹画，并题写"心安茅屋稳，性定菜根香。世事静方见，人情淡始长。"送者绘者有心，受者观者更是感触感悟颇多。如今退下来已近五年，我的所思所悟所盼，常在九九之乐中，愿乐意人生久久绵长。

**图书在版编目（CIP）数据**

九乐集／回良玉著． -- 北京：中国言实出版社，
2017.3

ISBN 978-7-5171-2304-0

Ⅰ. ①九… Ⅱ. ①回… Ⅲ. ①散文集－中国－当代
Ⅳ. ① I267

中国版本图书馆 CIP 数据核字（2017）第 128350 号

出 版 人：王昕朋
总 监 制：朱艳华
封面题字：王家新
责任编辑：肖　彭
文字编辑：鹿生伟
　　　　　张　强
出版统筹：冯素丽
责任印制：佟贵兆
插　　画：梁　骁
装帧设计：叶　子

**出版发行** 中国言实出版社
　　　　地　址：北京市朝阳区北苑路 180 号加利大厦 5 号楼 105 室
　　　　邮　编：100101
　　　　编辑部：北京市海淀区北太平庄路甲 1 号
　　　　邮　编：100088
　　　　电　话：64924853（总编室）　64924716（发行部）
　　　　网　址：www.zgyscbs.cn
　　　　E-mail：zgyscbs@263.net
**经　　销** 新华书店
**印　　刷** 北京盛通印刷股份有限公司
**版　　次** 2017 年 7 月第 1 版　　2017 年 7 月第 1 次印刷
**规　　格** 710 毫米 ×1000 毫米　1/16　23.25 印张　3 插页
**字　　数** 213 千字
**定　　价** 86.00 元　　ISBN 978-7-5171-2304-0